高谈文化

高谈文化

高谈文化

高谈文化

原色

Primary Colour

李黛 著

安徽文艺出版社

Primary Colour

有人说爱的容器可以释放无边的痛苦和爱，
还可以消融无尽的苦难。
而我却相信它可以盛放我的心，容器有多大，爱就有多深。

Contents
Primary Colour 目录

1．痛苦的容器

我从小生长在单亲家庭，自我记事起母亲就没有快乐地笑过，我甚至怀疑她生来就不会笑。我和外婆、母亲住在一块儿，因为外公在外面组建了新家，外婆的皱纹里拥挤着痛苦不堪的记忆。

十二岁那年我才知道我还有个父亲，而抚养我长到六岁的人却是我养父，他在我心目中的光辉形象从此坍塌了，我一时想不开，差点离家出走。外婆给我讲了母亲的过去，我那时才知道一个从来不会笑的人，在很多年前也曾像花儿一样绽放。母亲也有一个爱她的男人，而当那个男人抛下她远走高飞时，她便从此萎谢了。之后她不得不嫁给我的养父，而作为埋葬那段爱情的代价是孕育了一个小生命，这个小生命就是我。外婆说那是痛苦的结晶，母亲生我时难产，她当时侥幸没死，为此她一直忿恨不平，她觉得是上苍捉弄她，连死都不让她死得痛快。

为了父亲的事我和母亲吵架，一个月没和她说一句话。我偷偷去了一趟峨眉山，我想许愿后就远走他乡。在万年寺许愿时我偶遇一和尚，那时我愁眉不展，他说我有慧根，便叫住我给我讲了个故事。

他说一位年老的印度大师身边有个总爱抱怨的弟子。有一天，他派这个弟子去买盐。弟子回来后，大师吩咐他抓一把盐放在一杯水中，然后喝了它。大师问："味道如何？"弟子呲牙咧嘴地吐了口唾沫大叫："真苦！"大师又吩咐年轻人把剩下的盐都放进附近的湖里。弟子于是把盐倒进湖里，老者说："再尝尝湖水。"年轻人捧了一口湖水尝了尝。大师问他什么味道，弟子答道："很新　。"大师问："你尝到咸味了吗？"年轻人回答说："没有。"

这时大师对弟子说："生命中的痛苦就像盐，不多，也不少。我们在生活中遇到的痛苦就这么多。但是，我们体验到的痛苦却取决于我们将它盛放在多大的容器中。"所以当我们痛苦时，你只要开阔你的胸怀，不要做一只杯子，而要做一个湖泊，那么你的痛苦会相对少一些。

我从此知道痛苦是可以融化掉的，于是在很多年里，我试图寻找能融化痛苦的容器。当我长到可以飞时，我毅然选择了离开，用母亲的话说我的翅膀长硬了，她管不住了，实际上我只是想换一个痛苦的容器。我以为广州有多大我的容器就有多大，可我到了广州多年，却只找到三只容器，他们就是我生命里的三个男人。

我以为爱情是盛放痛苦的最好容器，我以为会比母亲更幸运，因为她永远都在等待，而我却可以主动去寻找。母亲说繁华都市绝不适合我，我需要成都的安静磨砺我的锐气。可我却不想磨掉锐气，我想找个地方释放自己，广州就像一个巨大的容器在召唤我。我也以为我找到了盛放痛苦的容器，直到我遇到袁慕尼和宁海，直到白云再次出现，我发现他们都是我的容器，而我的苦痛却不知释放在哪个容器里。

2．拥抱缺乏症

我常常回想起和宁海相识的情景。

记得他对我说的第一句话是："我真想抱抱你。"如果这不是玩笑话，那只能说宁海的"拥抱缺乏症"已病入膏肓。我当时和朋友在白云山上，那是个二十多个人参加的烧烤聚会，我站在一群人高马大的男人之中，细长的身子格外惹眼。别人都说我不像四川人，足有一米七五的身材，高挑颀长，除了我特别白皙的皮肤外，轮廓倒像北方人。

来了广州后，我就像一只飞出笼子的鸟儿，无人管束，自由自在。

那晚，当我和同事们笑闹着，一边斜睨着一声不吭的宁海，对他产生了好奇。我以为一般参加聚会的人都热爱群居。他的外表不算帅，皮肤略黑，五官比例略显失调，长得算是很有个性。我之所以那么注意他，原因有二，一个是他是那晚唯一的陌生人，李直向我介绍说宁海是他的高中同学，四川夹江县人，和我的家乡彭山县离得并不远，在广州算是又多了个老乡，亲切感油然而生。还有一个原因是他很特别，从头到尾就没出过声，如果不是他说过一句"请大家多关照"，我会怀疑他是哑巴。

从李直那里我得知他以前在公安局做档案工作，后来有了变故才到了广州，算是南下流浪一族吧。我当时忍不住多看了他几眼，除了他一米八零的魁梧身材外，他的经历让我觉得很神秘，心里有种诡异的感觉。李直说他身上有很多故事，我再次忍不住多瞟了他一眼，看他样子顶多三十出头，年纪轻轻会有什么故事？我怀疑李直故弄玄虚。

这件事过去很久，我一直都认为是李直捣鬼，他明知我这人好奇心强，再加上业余写作，他要是不加最后一句，我怎么可能去注意一个陌生人？

当我不停地看他时，嘴里吃着烤得香喷喷的火腿肠，嘴角流着油水。我禁不住抓起纸巾在嘴角抹了一把，这时他便对我说了那句话，他说："我真想抱抱你——"我震惊不已。

"我的意思是说，我这样的高个子，抱你这样的高个子会怎样？"他有些尴尬。

当他发现所有人都停止了动作，齐刷刷看着他时，他的脸禁不住火辣辣烫起来。当晚夜色遮掩，再加上忽明忽暗的火光，他的神色有些高深莫测。他尴尬地笑了笑，再次向众人解释："她的样子有些像我幼儿园的同桌，我读幼儿园时是班里最大个的，经常看别人父母来接小孩都是抱着他们，而我从小没人抱，我父母都在外地工作，乡下的外婆带着我，她身体不好，我长得大一点儿她就抱不动了——"

没等他说完，在场的所有人都开始起哄。宁海皱了皱眉，没有再说下去，李直却笑得一脸稀烂，不怀好意。我横了他一眼，眼睛也笑得眯成了一条缝，天晓得我怎么会和幼儿园的娃娃有相似之处？我舞动着手里的半截火腿肠，有些激动。

"哟，还有这种人？没被人抱过，想抱抱别人？那不是拥抱缺乏症吗？"

我站起身双手撑腰，笑得快窒息了，在场的人一起哄笑，宁海被我们笑得有些手足无措。

那一晚，烧烤场的火光映照在我们的脸上，就像涂了一层蜜。

后来我一直没告诉他，那晚当着那么多人的面我真想对他说，你可以抱抱我的，可我最终没敢说。

我其实和宁海是同一类人，我们都患有拥抱缺乏症，准确地说是"亲情缺乏症"。

3. 德国苍蝇

和宁海初次相识，像心湖里扔进一颗石子，波光潋滟。我从未想过和他会有交集，更没想过未来会和他纠缠不清。在认识宁海之前，我还有个网上男友，那时我常在文学网站上贴小说，他常在那里神出鬼没，我们的相识纯属偶然。

我是个快乐网民，平常不开心可以谁都不理，一个人待在屋子里，听歌、写作、上网，自得其乐。性格看似柔弱却又坚强，像蜗牛的壳里藏着柔软身体，怕坚硬的东西伤害，常躲藏起来。所以业余时我除了写作，大量时间都花在网上，在五花八门的文学BBS上，在虚空里去填充无止境的虚空。

在认识宁海之前我曾以为网络是个最大的容器，它可以释放我身上压迫的重负。

我和袁慕尼的相识有些戏剧性，正印证了"不是冤家不聚头"的老话。

我在网络上和袁慕尼狭路相逢，源于他古怪的名字，他在网上叫"慕尼黑"，我当时在论坛上和他初次相遇，还以为他是德国鬼子，我一向对希特勒没好感，看见他的名字便突生歹念，想教训教训他，省得他跑到中国的地界逍遥。

碰巧那时另一个网友在线，我就叫住他，我说和你猜个谜，如果啤酒里有只苍蝇，美国人会马上找律师，法国人会拒不付钱，英国人会幽默几句，而德国人会怎样？

那个网友正不知如何作答，慕尼黑却突然掺和进来，他说："我知道德国人会怎样。"

"会怎样？"我笑着问，心里却暗自窃喜。

"德国人会用镊子夹出苍蝇，并郑重其事地拿去化验，看啤酒里是否有了细菌。"他从容回答。

"错。德国人会测量一下苍蝇的翅膀，以便算出它的飞行速度。"我笑着说。

"有这么夸张吗？你对德国人又不了解。"另一个网友插进来说。

"为什么要测飞行速度？"袁慕尼果然很好奇。

"他想看看德国苍蝇用什么速度飞进啤酒瓶，而我更想知道它飞越欧亚大陆，到中国需要多久！"我忍住笑说，心里却得意非常。

"你讽刺我？"他终于感觉出我在取笑他。

"哟，你不是人吗？怎么突然变成苍蝇了？还是德国苍蝇，我想请教您一个问题。"我故作严肃地说。

"但说无妨。"他说。

"不知德国苍蝇来我们中国要不要护照？"

我在论坛里说出这句话，像一颗炸弹扔进了人群里。在线的网友都涌了进来凑热闹，大家纷纷回帖，发表对"德国苍蝇"的看法，一时间论坛跟帖子的竟然多达上百个。我发现袁慕尼那天还真沉得住气，他说不管德国苍蝇也好还是德国人也好，要比中国人更严谨，德国人做事向来一丝不苟，也从来不会造假，不像中国人，制造假货给自己人吃，写作还要剽窃他人情节，有些人还美其名曰叫"拿来主义"。

他给我们讲了一个故事，他说有人去德国的柏林旅游，花了七马克买了块巴掌大的柏林墙作纪念。带回中国后，他拿给朋友观看。可几乎所有朋友都问同样一个问题：这花了近四十元人民币从德国买来的水泥块，真的是柏林墙上的一块吗？会不会是假的？

中国人对假货的畏惧心理由来已久，殊不知德国人却从不会制造假货。

那天我们的唇枪舌战到最后我并没捞到半点便宜，用一句俗语说叫"偷鸡不成反蚀把米"，当我们各自心怀鬼胎下线时，都记住了彼此的网名。我曾想一定要找个机会报这一箭之仇，伺机再戏弄他一番，却想不到这样的机会千载难逢，他倒是一向以捉弄人而闻名，我也得甘拜下风。

4．"慕尼黑"争论

作为一个忠实网民，我常在租的小屋上网，屋里一贯的凌乱，花花绿绿的服装挂得满墙都是，都是我的即兴之作。从地摊上淘来的二手书、设计稿摆了一地，乍一看不像女人的香闺，倒挺像鸟窝。除了一台二手笔记本，一无值钱的东西。我平时除了上网聊天，就是写小说在BBS上乱贴，别人称这叫灌水。

有一群网友给我一个雅号叫"抽水机"，他们说只要我一抽水，论坛就会洪水泛滥。在网上我还有一大批拥趸，常围在我周围大肆吹捧，当我成为网络上争抢的优秀写手时，各种杂志报刊的约稿也纷至沓来，可惜我不是万能，时间也有限，我只能埋头写长篇。虽然稿酬不菲，可我依然热爱服装设计。

我和别人同租了一套房子，在东圃不太繁华的路段，两室一厅。与我合租的是个做地产业务的年轻男人，由于生活作息不同，虽处在同一屋檐下却极少碰面。

自从和慕尼黑在网上较上了劲，只要是有他在时，论坛里总少不了砖头横飞，我的小说后面也多了他的评头论足。这晚我依然是一个人。那个合租房的男人除了白天工作，晚上几乎都在酒吧泡着，很少能见到他。今晚也这样，窗外有皎洁的月亮，轻洒在窗台上，留下斑驳参差的影子，清凉而疏冷。

慕尼黑在网上同我打个照面，和其他网友一样，我在论坛上回帖，他像尾巴一样紧跟着，甩也甩不掉。今晚我挑了个特别话题，我问他们如果有三个男人，一个是初恋，一个是现任的，一个是网络的，他们会选择哪个。

想不到帖子刚发出去，慕尼黑的回复就出来了，他说如果让他选择，他就让这三个人永远也不见面。

不见面又怎样？我让你选择一个，我最讨厌机会主义者。

没有选择就是选择，难道不可以同时和三个男人交往？哪条法律写着不能交三个男友的？

当然不可以。我有些恼火，这家伙纯粹是想捣乱嘛。

我觉得可以。他还挺固执。

那你站一边稍息去，听别人的意见。

另一个网友这时插进来，他说没什么可选择的，爱哪个就选哪个。我想他一定是个理智的人。

如果没法分清爱哪个呢？生活总是这样矛盾，爱情总是难以想象的复杂。

那就等分清了再说，齐人非福。

慕尼黑再次插进来，他说这有什么好讨论的，如果三个人同时都爱呢？难道你还想作选择？

我心里咯噔了一下，没有再反驳他，我想他是对的，当自己也无法分清爱谁时，也许不作选择就是最好的选择。慕尼黑说真想不到你竟是个传统的女人，我原以为你够现代，现代的女人一定要有超前的思维，我真是错看你了。

我很不服气他对我的评论。

说实话，从外表看，我的确够现代，我的衣着向来引领潮流，看见我就可以知道今年的服装流行趋势。服装设计师嘛，不标新立异还怎么混。我的屋子里收藏着五颜六色的指甲油，每天我都会在手指上绘上不同的色彩和花纹，式样之多常常令同事瞠目结舌。

我今年二十六岁，正当职业是服装设计师。

当年在来广州这件事上我还和母亲争得面红耳赤。母亲说广东这个地方你千万别去，那里有很多披着羊皮的狼，也有很多美丽妖精，她说你去哪儿不好偏要去广东，那种地方是你一个弱女子去的地方吗？

我当时很执拗，完全没理会母亲的劝阻，我觉得母亲是"一朝被蛇咬，十年怕井绳"。当年我的养父在成都的一家外资公司当副总，后来就和公司的一位董事发生了关系，最后到了广东音讯全无，抛下我们孤儿寡母叫天天不应，叫地地不灵，那时我才六岁，最后只得搬回了外婆家。

从小生长在阴盛阳衰的家庭，心灵的成长自然比较迂回曲折，就像在阴暗的石缝里生长的小树，在我的外表下的确包裹着一颗传统的心。可由一个陌生人看穿我多少有些不服气，连我自已都无法辨识识我的内心，更何况是他人？

我不屑地说："这叫传统吗？你觉得追求爱情的唯一性和传统有关联吗？古代人都传统，为什么多是三妻六妾？而现代人思想超前，为什么都渴望唯一的爱情？"

"爱情的唯一性的确与传统和现代无关，关键是在这样的城市中，还有人竟然相信有真正的爱情，我感到奇怪而已。我以为现代社会只有欲望与索取，并无相互奉献的爱情。"我想不到他的思维这么快。

"没有，并不等于就不能相信。"我相信有唯一的爱情，可我并不能确信我能找到，这两者并不矛盾。

"所以我说三个情人我宁愿他们永不相见，因为在没有确信哪个是真爱以前，我们的责任是寻找。"他固执地说，也许眼神狡黠。

我那时并不知道我和慕尼黑一次无心的争论，竟然一语成谶，成了我生活的写照。

5. 两代人的悲剧

后来我知道慕尼黑真名叫袁慕尼，现居深圳，祖籍山东。因为他父母在德国旅游时播下的种子，所以名字还真和慕尼黑有渊源。

那次争吵后，我悻悻地下了网，心里却漂浮着一团阴影，让我久久无法从郁闷中抽离出来。

我想起母亲程萍，我们相依为命，感觉上更像姐妹俩。

母亲从小在富裕的家庭长大，性格难免有些纤弱，但有时固执起来却像个孩子。在养父抛弃我们后，我甚至不得不处处迁就她的小姐脾气。我外公是当地的建筑包工头，在那些年国家对建筑管制不严时，他已挣到第一桶金，在当地可算是商界奇人。可正因为外公的成功，也导致了程家的不幸。人们说男人有钱就变坏，这也许是亘古不变的真理，他四处花天酒地，让我外婆独守空房，这种境遇也导致我母亲的脾气有些极端。在她十八岁待字闺中时，就和当地一无业游民同居，而那个男人当时也信誓旦旦，发誓要保护她一辈子。结果呢，他在玩弄我母亲几个月后踪影全无，母亲当时是欲哭无泪，她那时肚子里已有了我。

在那种情况下我外公就来了个移花接木，把我母亲匆匆嫁给了成都一个事业有成的商人，他叫高地。结婚前母亲对他一直没好感，实际上她还沉浸在往日的虚幻爱情中。

高地是我养父，他特别率直，且处事果断。在初见我母亲程萍后，见她楚楚可怜，像只小羊羔，他竟然对她一见钟情，也不管我母亲当时的冷若冰霜，他误以为矜持高贵的女人都那样。

母亲的故事像部肥皂剧，连我都觉得无趣。她在嫁给我养父后，依然冷若冰霜。虽然养父对她百般宠爱，她却只懂得享受施与的幸福。不幸是从开始就埋下的祸根，我养父并不是圣人，当他从种种迹象中察觉到某种根源时，他对自己盲目的爱就会重新审视，结果当然发现了更多不争的事实。他最终放弃了他的爱，把我们抛给了无尽的黑暗。

想到这儿，我的眼泪禁不住滑了下来。小时候我叫高媛媛，养父走后母亲就给我取了另一个名字，程袭。我并不喜欢这个名字，冰冷得一点没有女人味道，我常常想起养父叫我媛媛时那种溺爱的神情。母亲让我忘掉他的一切，她向我数落他的种种不是，甚至他移情别恋也是他品德败坏的结果，她从来不会承认自己在这段婚姻里的过错。

养父走后母亲就带着我回了彭山老家，那时外公外婆正是貌合神离，从吵闹升级为冷战，只是一纸婚约还吊着俩人名存实亡的关系，我们就和外婆一起住。我清楚地记得受母亲的影响，我小时候很恨父亲，在读小学后我从来不会在别人面前提到父亲，有人问起时我总会没好气地说他已经死了。那种刻骨铭心的恨像石头压在我心底，日积月累长满了青苔，更像毒液浸蚀了全身。

外婆和母亲被男人伤透了心，开口闭口都在数落男人，所以我心里最初的男人世界也是这样建立的。这种畸形观念灌输在我的小脑袋里，以致我看见男人总不忍逼视，常联想着他们外表下的凶狠与肮脏。

对我来说要明白谁对谁错实在太难了，而等我明白这一切时，我的脑袋里那些根深蒂固的东西已铭心刻骨。我后来之所以狠心抛下母亲远走高飞，其内心的挣扎可想而知。我不想再生活在两个女人营造的阴影世界中，我想，在那样的环境中我不是疯掉，就是永远失去面对幸福的勇气，而幸福总是稍纵即逝，它只垂青于把握好机会的人。

我原以为在广州能找到爱的容器，将童年的毒液全都释放出来，所以我一到广州就和另一个陌生男人同租了一套房。我想彻底改变自己，生活方式的改变是最直接的，它颠覆了我内心本质传统的平衡。

6. 网上升温，网下降温

宁海打电话来时，我正在网上冲浪。我和袁慕尼从小打小闹到纠缠不清，并没经历太长时间，渐渐地我竟然发现没有他的存在，心里就空落得慌，经过多方论证，我断定自己害了相思病。

事情变得有些严重了。我发觉一旦无聊时，容易陷入某种情感漩涡，而这种沦陷是不知不觉的。

袁慕尼不只一次要求和我见面，因为他所在的深圳离广州并不远，想见面只需两个小时车程。

袁慕尼说你如果不想见我就只能说明你不仅传统而且还胆小，我只不过想进一步发展，你却只固守在网络上，不肯往前一步，这样子让我怎么深入了解你？如果网络上能看清一个人，我不介意你继续，可是心灵的距离是建立在物理距离缩短的基础上。

我不知道怎样才算深入？和许多网友告诫的一样，我怀疑袁慕尼只不过想借机接近我而已。网络的爱情靠不住，他们常这样告诫我，毕竟虚幻的东西总是无法用手抓牢的。

我当时有些心虚，我从来没想过把一段虚拟的感情公开化，在我心里他还称不上男友，只是一种精神上的依靠。我把他当做我精神释放的一个容器，也许会是一个爱的容器，也许不是，谁知道呢？我不得不承认，在第一次和他争吵后，他每次出现在网上我都有些惴惴不安，总觉得有一双眼睛隐藏在暗处窥视着我，让我不再那么洒脱自如地和网友调侃，因为他随时可能从中间插一句，令我心情不爽。

后来我干脆不去聊天室了。可是更令人惊奇的是，他居然在我常去的文学BBS再次出现，这一次他更绝，在我的每篇文章后面跟帖，而且还一一评论那些文章的优缺点，言语犀利，不乏精辟的评述。有时为了能引起我的注意他竟然不断刷屏，有几次差点把我惹火。不过我的确开始对"慕尼黑"作了重新审视，所谓惺惺相惜，和他过了几招后我已经不再把他当流氓分子了。

后来他也开始在论坛里发小说，他的风格冷峻硬朗，像他特行独立的为人处世，脉络清晰，尖酸刁钻，到后来我甚至也有些佩服他的文采与敏锐的思维。久而久之我对他的防范也渐渐土崩瓦解，我终于也探知到他在深圳一家律师事务所做律师，竟然还拿了双料的硕士学位，难怪思维总和常人不同。

几次略带火药味的试探后，我们俩逐渐有了轻微接触，聊得最多的当然是文学，他也常给我讲一些他打官司时的案例，我经常被他妙趣横生的描述所吸引，忘记他是在讲真实的故事。当然作为回报，我有时也给他讲设计服装的趣事。

有一次袁慕尼给我讲一桩离婚案，顺便提到了中国古代休妻。他说在中国古代，男子有休妻的权利，女子却无离婚的自由，这多少反映了男权时代女人的悲哀。丈夫休妻有"七出"、"七去"之说，为人妻者只要沾上其中的一条，便可任意被打发回娘家，永远蒙受被休的耻辱。丈夫休妻后，还有妾在，还可再娶继室；妻子被休后，却很难再嫁人，即使改嫁，也被称为再醮妇，终生遭人歧视。讲完这些，他在聊天的对话框里打了个大大的惊叹号，他说："如果你生在那样的社会断定是被休的命。"

我当时正入神，万没想到他会插入这么一句，我好奇地问怎么会这么说？

他嘿嘿地干笑了两声，在屏幕上键入一个笑容。我想如果此时他就坐在我对面，我一定可以看见他狡黠的目光，我常常在网络上也会陷入沉思，我总会幻想他此时的眼神，他的手除了放在键盘上，是不是会不经意地抹一下那略微有些胡子的下巴？当然这一切都是我的臆想，他也许根本没胡子。

我总喜欢幻想两人的亲密，似乎冰冷的屏幕并不能隔断眼神的交流。我想他一定有着深邃的目光，会穿透屏幕投射在我的脸上，于是我总会下意识地整理一下额头那绺不太规矩的刘海。

"你不是说我很传统吗？怎么会被休？"我有些不解。

他在屏幕上又键入了一个很调皮的笑容，他说你不知道古时候女子要恪守"三从四德"，所谓三从，即从父从夫从子。所谓四德，是妇德、妇言、妇工、妇容。特别是你出嫁了便要从夫，其中妇德又是最重要的一项。知道什么是德吗？女子无才便是德，你有才，所以就凭这一项你就足以引起男人的嫉妒，不符合古代传统女人的标准。嘿嘿。

我听了他的话笑得眼睛眯成了一条缝，心情像被涂了荔枝蜜。

"真看不出来你的恭维话还讲得挺有水准，你绕着弯儿是在抬举还是贬低我？"

像这样在网上针锋相对又惺惺相惜的时候很多。我发现我已经不可自拔地喜欢上他，似乎无可挽回。袁慕尼有一次还故作恼怒地说："TMD，我怎么忽然觉得离开你就有些六神无主，难道是太阳从西边出来了？"在这之前他的个性签名写着：对男人、女人、动植物全部免疫。

后来没几天他就把签名改成了"问题严重了，慕尼黑坠入蜘蛛网"，他把我比作蜘蛛精了，我的空间在他的强烈建议下也改盘丝洞了。

对于这种网上嬉闹的示爱方式，我觉得很幼稚，我并没忘记母亲和外婆的教训。

虽然在第一次打开论坛的网页看到他的签名栏，我的心也像小兔一样乱撞过。在这之前大学里那帮无聊男生整天排在女生宿舍楼前，献花示爱也不曾打动我的心。我想也许我也喜欢上他了，每次下线关上电脑，就像关上了和他彼此对望的一扇门，我会感觉一种虚无爬上心头，像我的心被人揪起来吊在半空中晃荡，我不知道这算不算恋爱，因为我已经二十六岁了，可是却拒绝和人恋爱，除了我记忆中的初恋男生白云。

7. 做网上游民

有人问哲学家亚里士多德："你和平庸人有什么不同？"

哲学家回答说："他们活着是为了吃饭，而我吃饭是为了活着。"

我一直在想，自己到底活着是为了什么？永无休止地寻找爱的容器吗？或许我根本找不到。

每次下网我都会茫然失措，在网上流览文章总让人眼花缭乱，我并不喜欢这样的生活，只是它是我的一个释放出口，让我知道每天都有一些东西等在那里，就像有一个亲密的爱人等在家里一样。

我更不喜欢看花花绿绿闪动的网页，在眼前晃来晃去，可不上网又能选择什么？服装设计已燃不起我的丝毫激情，它曾是我二十岁以前最喜欢的职业，可现在，我不得不承认现实把最好的设计师扼杀了，它好像在不停地强奸着设计师的意愿，模仿、抄袭蔚然成风，我所在的公司在行业内属于佼佼者，可是抄款的现象比流行感冒更流行。

常常出现这样的情景，设计总监突然拿来外国图册让我们研究一下，美其名曰是研究，其实质是抄袭。虽然这几年"产品外观知识产权"叫得当当响，可是叫归叫，行内却有自己的潜规则。在服装款式上、花形上、图案上抄袭似乎成了暗疾，有些公司还公然说服装设计也要以市场为导向，在失望之余我已经不想把太多业余时间耗费在设计上，它让我感到耻辱。

　　一个名设计师说设计时装就是为了市场，为了消费者，为了卖。卖出去是硬道理，不然就什么都不是。后来又听模特公司的一位高管说，每次时装秀花的钱并不多，并且这几年越来越少了，企业不愿意投入。究其原因，还是设计与销售脱节，发布很好看，甚至很耐看，但与市场是两回事。

　　而所谓的市场是什么？就是看哪种服装销量好就一拥而上，拿来主义听说在许多行业都发挥到了极致，这一点日本人没少做榜样。所以想做个性的设计师，除非自己做老板，否则你就等着做别人的一支笔和傀儡。据说路易·威登LV革命性地创制了平顶皮衣箱，并在巴黎开了第一间店铺。可他的设计很快便被抄袭，平顶方形衣箱成为潮流，当然他的服装设计更是被抄袭的主要对象。

　　目前我正着手设计一个服装系列，这是我至今最满意的一个设计，我想完成后我的设计使命也将告一段落了，我当然料想不到这个服装系列将对我的命运有何改变。

　　在表面上我还是出色的设计师，可我并不喜欢这个称谓，因为凡是掺杂了不良因素的东西我都不喜欢。就像母亲对养父的埋怨一样，掺杂了太多私愤，尽管我也不能谅解养父抛下我们，但我还是从心底里同情他。客观地说我并没有想象中那么憎恨男人，在现实里我总是戴着放大镜在看男人，难免会看到更丑陋的东西，比如大男子主义的男人就十分可笑，我总是敬而远之。我也不喜欢太现实的男人，被欲望驱使没有自我，我也敬而远之。我更不喜欢温柔得像小绵羊的男人，阴柔有余阳气不足，仿佛先天缺损，这种男人多半在母系家庭中长大，缺少雄性激素。

就像我在母系家庭中成长，灌溉太多口水一样，内心似乎缺少一种东西，那种东西就叫平和。

我总是这么尖酸刻薄，很难在现实里找到顺眼的男人，所以除了业余写作我便泡在网上。虽然网络上鱼龙混杂，可我莫明其妙就能容忍他们的缺点，我总觉得只要不见面，男人的缺点都可以忽略不计，我不想面对网络中的人，我坚信"见光死"之说。

所以对于袁慕尼几次三番的央求，我都严辞拒绝，谁知道鹊桥相会是不是见光死？

我只想做个网上游民，但是说不定哪天我就会失踪，永远消失在网络之外，我自己也无法掌控。

8. 初次约会

宁海的电话把我从网络里硬生生拉了出来，我有些不悦，眉毛不经意地扬了扬。

"喂，是谁呀？"我对宁海的声音很陌生。

"是我，你不记得了吗？我是宁海，李直的高中同学。"他见我沉默又补充了一句，"上次在白云山一起去吃烧烤的，你记起来了吗？我还很想抱抱你的？"

其实我已经记起来了，那个患有"拥抱缺乏症"的男人，他的魁梧身材实在让人过目不忘。想起他那略带生涩的笑容，我的心情莫明其妙好起来，像窗外悄没声息地挤进了一阵风，心里格外清爽。

我禁不住望了一眼窗外，小叶榕已经冒出了不少嫩绿的芽儿，我拍了拍脑门，情不自禁地冲口而出："原来已到春天了呀？！"

"是呀，春天来了，我们公司想出去春游，你有空去吗？"电话那端宁海轻轻地笑起来。

我当时想也没想，我说："有空呀，是去哪里？"说完我才觉得不对，怎么可以轻易地就答应一个男人的约会？至少应该假扮一下矜持，何况我们还不太熟悉。我笑了笑，为了掩饰心里的不安，我搪塞着说："你为什么要约我呢？我说不定没时间去呢。"

电话里宁海沉默片刻，他的鼻息很重，顿了顿说："我们去韶关的丹霞山，你什么时候有时间？"

我想了想，丹霞山是我一直想去的地方，去年五一公司组织去却偏巧下雨，雨接连下了几天，行程就一直搁浅到现在，被宁海这一提我又来了兴致。以前在老家时，我也喜欢去爬山，峨眉山、青城山没少留下我的脚印，那时节假日不喜欢待在家里，怕听两个女人的絮叨，像祥林嫂般令人生厌，我这才理解为什么外公不愿回家，有时女人的悲哀正是自己造成的。

大城市总像个钢筋水泥围合的笼子，把所有人都圈在里面，郁闷无法排解，便滋生出排解虚空的种种丑恶来。

"这个周末我就有空，你们准备什么时候去？"

尽管宁海和我还很陌生，我也猜电话一定是李直透露的，我心里暗骂李直不厚道。不过能认识宁海我心里的确挺高兴，他的形象无疑吻合我对男人的美好想象，他不善言辞也使他显得比袁慕尼更讨人喜欢，他谈话时处处征询我的意见，也表现出男人应有的绅士风度。我把他和网络上的袁慕尼暗自比较了一下，现实中的宁海有些阴郁，眉宇间总有些欲说还休的故事，似乎总缺少一些激情，或者说是敏捷的思维，但是总的来说和他在一起，我会感觉很自在放松。作为女人最敏锐的直觉告诉我，也许他就是我期待多年的真命天子。想到这儿，我的嘴角不经意地露出一抹浅笑，我想我的爱情空想臆想胡思乱想，早应该付诸实施了，现在不就是绝好机会吗？

客观地说，袁慕尼和他，宁海似乎更适合做我的容器，可以将我的锐气和体内的毒液全部释放出来。网络毕竟是虚的，二十六岁了，我必须真枪实弹地演练了，纸上谈兵的日子应该结束了。

宁海开心地打了一下响指，尽管不是特别响亮但我还是听到了。

"那好，就这个星期六，早上八点我们在体育中心门口见，我等你。"他的声音突然充满活力，像变了一个人。

"那好吧。星期六见。"我挂了电话后还一直发愣，怎么没拒绝他的邀约？我平时的傲气失灵了？

读书时班里总有男生约我，我每次都冷若冰霜地回绝，结果得了个"冰山美人"的雅称。记得最清楚的一次，刘德华到成都来开演唱会，听说方园几百里县城的花都卖光了，演唱会的门票一度被炒到七八百块钱，这样高昂的门票除了那些富家子弟，一般老百姓是消费不起的，对于那些毫无经济实力的高中生来说就只能望洋兴叹。

我记得那次赵呈路捧着一大束红玫瑰把我堵在回家的路上，他的样子似乎比大姑娘还羞涩，他的身后还站了一个男生，是平时在班里极为大胆调皮的男生，他看见我走过来时还推了一把犹疑不前的赵呈路，看到他我就明白赵呈路那天怎么会有那么大胆子，原来是他背后捣的鬼。

当赵呈路把鲜花送到我面前，当时我的脸倏地红了。在瞬间的愣神后，我没有接那束花，冷冷地转身一溜烟逃离了现场，把赵呈路丢在那里尴尬地拿着那束花。他好不容易买了两张演唱会的票，还没来得及拿出来我已不见了踪影。据后来同学们传言赵呈路买票的钱还是卖血换来的，我当时听了内疚了好久，我最终伤了一个喜欢自己的男生。

我知道在白云走后，我伤了很多男人的心。

当我们在寻找一个容器时总会放弃更多选择，因为不是每个爱的容器都适合我们。

9. 意外邂逅

星期六那天，我早早地起床，梳洗打扮，为了找一件漂亮衣服我花了大量时间。正在画指甲时，电话铃不识趣地响了起来。我尖着指头拿起来听时，便听到宁海暗哑的声音，他说："你准备好了吗？要不要我过来接你？"

"不用了，我半个小时后就到，应该没迟到吧？"我看了看时间，那时才七点二十五分。

我从来没有迟到的习惯，可屋里太乱，让我做起事来就滞缓了许多。当我画完指甲才发现那个很久没用的旅行袋不知放哪去了，我一向不善于收拾，母亲就常数落我，说我一点没有遗传到她的优良秉性，身上的劣根性都是我那个死鬼老爸遗传的。她很少在我面前提我亲生父亲，她平时只喜欢数落我的养父薄情寡义，却绝口不提那个真正抛弃她的负心汉。

等到我从一片杂乱的书堆里翻出那个旅行袋，收拾好要带的用具时，我发现时间已经快八点了，想起第一次约会就迟到，我禁不住虚汗直冒。等我匆匆赶到时，宁海和一大堆同事正翘首以待，显然有些急了。当我从的士里钻出来，想了想好像忘了付钱，又转身匆忙地把20块钱塞给司机，连零钱都顾不得找，我就一个箭步冲了出去。

远远地宁海已经迎了上来，脸上荡漾着阳光般的微笑。

"哟，终于把你盼来了，真是盼星星盼月亮呀。"宁海背后冷不丁冒出来一个小女孩，扎着两根羊角辫，约摸十五六岁，她上身穿着玫瑰红的紧身衣，紧紧地包裹着她刚发育的身子，仿佛刚灌浆的玉米苞，下身着一条牛仔布的高腰七分裤，稍不留心白嫩的肚脐就暴露在众目睽睽之下，不过她毫不避讳。她笑时眼睛眯成了一弯月牙。她的身后跟着一个长发女子，一身黄衣衫裙，身材高挑，长得细眉细眼温柔文弱，笑起来软软的，让人像吃了棉花糖，和那个小女孩又是截然不同的气质。

我忽然觉得有些面熟，好像在哪里见过，可是又想不起来。那女子上前拍了一下小女孩的肩说："小草，怎么这么没礼貌？"她对着我很拘谨地笑了笑，文静内敛。

"对不起，都怪我，让你们等急了吧，我们现在可以走了吧？"我望了一眼站在眼前的宁海，从我们见面以来他还没说一句话，只是一个劲地上下打量我，似乎第一次见我。那天我把长长的头发扎成了一条马尾辫，上身穿了一件紫色无袖T恤，下身是一条洗得发白的牛仔裤，上面有几处是我画画留下的红黄蓝颜料，已经模糊不清。他的眼睛就盯在那块颜料上，目不转睛，似乎那上面写着我的故事。

看得我实在不自在，我轻轻地挪动了一下腿，笑着说："画画时不小心粘到裤子上了，洗不干净，索性就这样了。"

"哟，原来还是个画家呀？"一旁叫小草的姑娘又故作惊讶地叫了起来，声音清脆得似刚开光的银铃。见她伶牙俐齿的样子，我丝毫没介意，反而有些喜欢她的爽直。

我笑着说偶尔画服装的效果图时才动一下笔，平时多数用手勾一下素描。从学校出来这几年很久没认真画过，拿起画笔手生疏了许多。

我们先坐车到仁化，然后再转车去山上。

一路上要经过花都、清远、从化、英德，越往北行进，山就越来越多。整个南岭的地形绵延起伏，一山更比一山青，偶尔也有地方露出一潭碧水来，和广西桂林那边的水有些近似，绿得像温润轻滑的翡翠。像《松树的风格》里所描述的一样，沿途经过的山松树很多，有的长在悬崖上遒劲挺拔，有的则英挺刚毅直插云霄。

在车上时，白草和她姐姐就坐在我和宁海的邻座，大家一抬眼就可以相互对视。我后来知道和白草在一起的女子是她姐姐，叫白荷。宁海是家具销售经理，白荷是他的秘书。

"对了，我忘记给你介绍了，她们俩姐妹也是四川人，姐姐叫白荷，妹妹叫白草，说起来你们应该是老乡啊。"宁海笑着介绍。

"白草，白荷？我以前有个同学也姓白，叫白云。"我忽然想起白云，初中时和我同桌的那个男生，长得清瘦斯文，他那时对我有种特别的情愫，记得蜜桔上市时，每天早上我的书桌里总有个桔子，等我望向他时，他总是对着我很腼腆地微笑，我这才发现白荷和他有几分神似。

"白云？哪个白云？我二哥也叫白云，和我姐是龙凤胎。"白草在一旁哧哧地笑。

"你们是哪里人？"我一惊。

"四川彭山。"白草没等姐姐出声便抢着答了。

"真的？我也是彭山人，初中时和白云同班，后来他搬来广东了。"我惊叫出声，白云和眼前的白荷眉眼极为神似，难怪我总觉得她面熟。

"这么巧？我们读完初中，就随母亲来了广东。当时二哥还闹情绪，他好像不愿来广东，说是喜欢班里一个女生——不会是你吧？"白荷望着我，我的脸禁不住红了。

姐妹俩的眼睛像探照灯，连宁海也耐人寻味地看着我，好像我有什么不可告人的秘密。

"白云——他现在还好吗？"我犹豫了一下，还是忍不住问了，我眼前又浮现出白云清瘦颀长的身影，恍若梦境。那些成长的记忆像清水在我的脑海里流淌而过，我想起那个带着温暖笑容的男生，那闪闪发亮的眼睛，像星星一样闪烁。

我初恋记忆里那个无比纯情的少年，这些年，他还好吗？

10．青春梦的破碎

白荷姐妹突然亲切了许多，聊起家乡的种种见闻都有些激动，聊到兴头上反而把宁海冷落了。

"姐姐，你在广东生活得还好吧？我二哥到现在还对你念念不忘。"白荷和宁海换了位置，直接坐到我旁边，我们拉着彼此的手，亲热得好像久别重逢的姐妹，让宁海好生嫉妒。

"他——有女朋友了吧？有空约他出来玩。"我的眼前再次浮现起白云瘦高的样子。

记得读初中时我妈妈向老师反映一定要把我调到前三排，那样有利于我的学习，因为据她说后三排的学生都是大龄生，或是四肢发达头脑简单的差等生。可我在前三排坐了不到一天，就有五六个学生去告状，说要是我还坐前面就退学，因为我就像一座山峰，后面的同学根本不用看黑板，就只看我的后脑勺，我那时已经有一米六五高，后来我就一直和白云坐在教室最后一排。

那种少男少女的朦胧情愫，在初中时代沉淀成美好的记忆铭刻在心里。

"我二哥那么帅，当然有女朋友啦。"白草忍不住插了一句。

"我当时还想，哪个女生把我哥迷得茶饭不思，想不到是你。"白荷星眸流转，清丽得像朵白荷花。

白云那时和我同桌，上课时他的余光总会和我相遇，不知是有意还是无意，我们竟然达成了一种默契。有时老师讲到很好笑的问题，我们总会转过头望着对方会心地一笑，他的笑有些腼腆，但却很温暖。当时已经情窦初开的我，对他总是害羞地一笑，两人的目光总会长久地纠缠在一起，尽管那时大家都很单纯，可朦胧的情感却像雨一样滴进彼此的心田里，润物细无声。

他那时挺有女生缘，班上的女生有好几个暗恋他的。我甚至看见过她们塞电影票在他的文具盒里，不过他每次都没去。但有时怕伤害那些女生，一向好脾气的他总会补偿她们，比如请她们在学校的小卖部吃雪糕，或者把带给我的蜜桔分给她们吃，这种大公无私虽然令我有些不高兴，可那时还不知争风吃醋，只觉得他喜欢自己就很满足了。

白云的名字像他的外表，脸蛋白皙，身材颀长，学校的女生都把他当偶像明星，也难怪有那么多女生喜欢他。那时我还暗自兴奋，这么多人喜欢的男生，却只对我情有独钟。他每次给我桔子时总是偷偷给我的，这明显区别于对其他女生的落落大方；他把借来的小说首先塞到我的课桌下，而其他女生抢也抢不去；他每次买的雪糕都是我最喜欢的草莓味。他还把母亲从广东带回来的大白兔糖整袋都装进了我的书包，害得我回去被母亲臭骂了一顿，她说如果是男生送的就把它扔进厕所，千万别被他们的糖衣炮弹迷花了眼，男人没一个安好心。

我那时虽然表面上听从母亲，可是那袋糖还是被我偷偷保存了下来，吃起来颗颗都甜到了心里。

白云的身上有种绅士的优雅，虽然我那时并不懂这些，可他身上明显有着养父的某些气质，总是温文尔雅富有绅士风度，这无疑是最吸引我的地方。但养父可以为一个女人赴汤蹈火，白云却并不具备这种精神。在初中还没毕业他就离开了县城，因为母亲远嫁广东，他那时虽极不情愿，可并没有为此作太大的努力，他似乎对命运的安排总是逆来顺受，这也许和一个单亲家庭抚养的男人有着莫大的关联。他从小死了父亲，母亲一直带着他们几个兄妹艰难度日，据说他母亲颇有几分姿色，俗语说"寡妇门前是非多"，她最终也没法坚持下去，被一个广东客商看上了，最后远嫁他乡。

白云家的事，我只是听那些好打听的女生提及过，我那时是极其厌烦女生们搬弄是非的，不过能够听到关于他的议论总是心灵上的慰藉。

他走时我没敢去送他。听说很多女生都去了，哭得一塌糊涂，我买了一本相册送给他，里面放了一张我十四岁时照的相片，相片里我穿着那件白色纱裙，我记得第一次穿那条裙子时白云说真漂亮，好像电影里的新娘一样。那句话留在我的记忆里，如此深刻，仿佛笑容还新鲜如在昨日。我记得他走的那一天，是个阳光明媚的星期天，我一直呆在家里，把自己关在房间里，眼前一片黑暗。我不停地听着老狼唱的《同桌的你》：

你从前总是很小心

问我借半块橡皮

你也曾无意中说起

喜欢跟我在一起

……

我以前有写日记的习惯，这也许是我最初爱上写作的原因。在我初中几年的日记里，白云的名字总是出现得最为频繁。可是他走了，似乎也同时破碎了我的青春梦想。他走后音讯全无，甚至连一封信也没有收到，可他走时却信誓旦旦地说每天给我写信的。在我接触的男欢女爱中，无一不是以男人的离去而收场，这段初恋无疑给我留下了更多阴影。

多少年后，我才从母亲的箱底看到那些尘封已久的信，都是白云写给我的，有厚厚一大叠，翻看着那些情深款款的信，眼泪禁不住涌了出来，母亲亲手碾碎了我的青春梦，这也是我最终背井离乡的根源。

11．他的笑脸

和宁海从丹霞山回来，我们俩的关系自然更进了一步。他在山上给我买了一串象牙和贝壳做的项链，卖项链的老头说这串项链能给我带来幸运，他二话也没说就买了下来。看着那老头在一旁数钞票时禁不住偷笑，我有些尴尬。我说，你也太傻了吧？这种东西还值二百五十块？那象牙估计是塑胶做的，那老头恐怕晚上睡着了都会笑醒。我一向说话不留情面。

宁海站在那里，就知道憨憨地笑，他说只要相信它就可以给你带来幸运。

当他把那串项链给我戴上时，我有些怦然心动，我还是第一次见到这么天真的男人，看他人高马大的样子，实在难以和他的幼稚举动联系在一起。每次他笑时好像无法完全调动面部肌肉，总是似笑非笑，那样子总让人觉得他的智力发育有问题。

"你没事看着我傻笑什么？我脸上又没长花。"我被他笑得莫明其妙，以为脸上有东西，下意识摸了摸。

"你的脸比花还好看。"宁海怔怔地望着我，把跟在后面的白荷姐妹弄得差点呕吐。

"哇——我身上的皮唰唰往下掉，别那么肉麻好吗？这儿还有那么多人听着，你要是想求爱也选个没人的地方呀。"白草一张犀利的嘴绝不饶人，"真稀奇，我们这里这么多人，就只有袭袭姐的脸上有花呢。"说完她也盯着我的脸直看，把我弄得无比尴尬，脸红到了耳根。

要不是白荷在一旁拉她，还不知她会讲出什么话来呢。

"小丫头片子知道什么，少乱说。"宁海把目光收回来，窘迫地搔着后脑勺。

"我就要说，你又不是三岁的小孩儿，还害羞呢？"白草躲在姐姐身后，嬉皮笑脸地逗宁海。

等到宁海举起拳头跟着她追时，她一边叽哩哇啦地叫着，一边往山上跑，直累得气喘吁吁喊救命。"你饶了我吧！宁海大哥，我脸上又没长花，你干吗追我呀？"她的嘴巴绝不饶人。

"你还说，还说我真要打你了——"宁海举着拳头作势要打她，举到半空却停住了。"算了，我姑且饶你一次，不过你千万别再取笑袭袭姐了。"

我和白荷一起往山上爬，早已香汗淋漓，一边爬一边蹲下来喘息。

"你们别跑那么快好吗？想把我们累死呀？"我喘着气抗议，宁海的一群同事也在抗议。

"我早说过和我比体力那是白搭，你们还不服，不服的就来比试一下，来不来？"宁海自信十足。

"哟，谁敢跟你比呀？你今天有精神支柱，脚底像抹了油，我们哪里比得赢？"同事故意取笑他。

"跑不赢就自认输吧！还想耍赖？"宁海有些得意。

他边说着边看着气喘吁吁追上来的我，白皙的脸已红透了一半。他后来说那天的我宛若初绽的桃花，娇艳欲滴，他又萌生了想抱一抱我的欲望，看来他的"拥抱缺乏症"还挺严重。

"看来你小子艳福不浅呀，被三位美女前呼后拥。"另一同事打趣道。

"我抗议，他顶多被两美女拥着，我可不算。"白草噘着小嘴样子煞是可爱，她直起腰来时粉白的小肚脐又露了出来，白荷上前瞪了一眼妹妹，"尽知道瞎说，一点都没礼貌。"

"嘻嘻，你们大人的事，我可不凑热闹。"白草说完做了个鬼脸，丢下一群人往山上跑去。

白荷抱歉地对我笑着："她从小就不怎么听话，你们别介意。"

她当然知道妹妹性格的根源，白草对于世间的一切天生就有叛逆倾向。对于母亲改嫁她更为不满，父亲去世时她才六岁，但对父亲的记忆却刻骨铭心。

"没事儿，她还小，不懂事。"白草和我小时候有些相似，总是和我外婆和母亲对着干。现在想起来，我多少觉得不该，毕竟母亲和外婆的不幸，绝大多数是男人造成的。

12．少年怀春

白云的出现扰乱了我的宁静，心里总七上八下，似乎会有什么事要发生。那个曾让我在少女时代郁郁寡欢的少年，他怎么样了？自从在白荷那里得知他的消息，我就无法让自己平静下来。

我一直在考虑要不要见他，他现在已今非昔比，身边有了女友，听白荷说已谈婚论嫁，如果这样突然出现在他面前，会不会给他们造成不必要的误会？我没有把握控制将来的局面。躺在床上辗转反侧，他那温柔的笑总是像云一样飘浮在眼前，让我忍不住想去抚摸一下。

我想起了初二那个炎热的暑假，他约我去看《霸王别姬》。

那天，天气热得没有一丝风，坐在白云的自行车后我已汗流浃背，他背后的白衬衫也已湿透。他把车踩得风快，还一边回头关心地问我："媛媛，你热吗？要不你抱着我的腰吧，我再骑快些，很快就到电影院了。"他叫着我的小名，每次叫我时就让我想起养父，很幸福的感觉。

我那时还没那么大胆，一来彭山县城不大，极有可能碰到熟人，二来我也不敢在光天化日下抱着一个男生。我只有紧紧地抓着自行车后架，把太阳帽压得低低的，怕不小心被熟人撞见传到母亲耳朵里，那可不是一件小事，母亲对我管教甚严，若知道我和男生牵扯上还不打断我的腿。

　　记得那天看电影的人真多，进电影院时人群熙熙攘攘，挤来挤去快到门口时却不见了白云。我那时急得大汗淋漓，电影票还在他的手里攥着，没有他我根本进不去。我一边用手帕抹汗，一边扯着嗓子直喊："白云，白云，你在哪里？"

　　还没等我叫第二声，一双粗大的手已经牵住了我，只觉得手心一暖，一股热流传导给我，我的手心像盛开了一朵温暖的棉花。

　　"媛媛，我在这儿呢。"白云的声音像是从天而降，让我既惊又喜。

　　那是他第一次牵我的手，在那样突然的状况下，那感觉让我终生难忘。

　　他的另一只手拿了两只甜筒，脸上的汗直往下流，"我看这么多人一时半会儿也挤不进去，就趁机去买了点吃的。"当时我看着他满脸的汗，不知哪来的勇气拿出纸巾就给他擦起来，而他的眼睛便一直目不转睛地盯着我，他说了一句让我终生难忘的话。他说："我永远爱你，媛媛。"

　　永远有多远？直到今天我才明白，那一个永远只是当时当日的永远，而今天我们已经远离了。

　　那一天我和他几乎都没仔细看《霸王别姬》，以致后来我们根本就搞不清电影是在演项羽还是在演张国荣。整个电影从开场他就一直看着我，直到我娇嗔地怪他："你怎么不看电影，老看我？"

　　"电影没你好看，我喜欢看你。"除了拿甜筒的那只手，他另一只手紧紧地攥住我的手，直到汗水把两只纠缠在一起的手浸湿透。

　　"有什么好看的？"我把头埋得很低。

"好看，百看不厌。"

"骗人——"

"没骗你，真的好看。"

……

最后弄得坐在后排的观众实在忍无可忍："到底是看张国荣演，还是看你们演呀？有本事上台演去。"

弄得我俩极其尴尬，只得起身灰溜溜地提前离开了电影院。出来时太阳已没有先前那么猛烈了，他还一直牵着我的手不肯放。我脸红红地把手挣脱出来，有些嗔怪："被人看见多不好意思呀。"

"怕什么，你又不是小孩子。"

"你这人——"我故作生气地转过头去不想理他。

"好了，好了，不牵就不牵，反正迟早我都要牵你的手，而且要一辈子牵着不放。"他郑重其事的样子，仿佛已经料定我们能走一辈子。

"你想得美呢，谁答应给你牵一辈子了？"我转过头去脸红红的，低头看着脚下的白色凉鞋发呆，心里却如小鹿乱撞。

"嘿嘿，这可就由不得你了。"他白皙的脸上露出狡黠的笑容。

那一天的每个动作，乃至每个眼神都让我心动，多年以后想起来还有些心旌荡漾。白云的笑脸，那令人销魂的笑容，在这近十年的光阴里常常在我脑海里浮现，如此温暖却令人神伤。越美好越让我心恸，就像一场梦，在我醒来时还禁不住去回味那温暖，可是梦中的人已然消失在我生活之外。

现在他终于再一次出现了，他和宁海、袁慕尼一前一后地出现，让我有些莫名的惊慌。他们三个显然是不同类型的人，一个优柔寡断，一个沉稳坚韧，一个幽默风趣。一个是理想中无法割舍的，一个是现实中可以依靠的，另一个则是虚幻网络里倾诉心声的人，他们都像是我寻觅的容器，而我的爱和苦痛应该释放在哪里？我却犹豫不决。

　　和宁海相处的时间并不多，虽然没有太多深刻的记忆，可他却让我感觉到从未曾有过的悸动，他的身上也有养父高地的某些影子，这一半的影子就是他的执著与豁达。

13. 有多少爱可以重来

　　回家的第二晚，我接到白云的电话。

　　"喂？我是程袭，请问找谁？"我习惯式地问话，因为和那个做地产的男人同租房，每次有电话我们都要问清楚对方是谁，否则不小心弄错了闹笑话。

　　"媛媛——是我，白云。"他的声音在电话那端颤抖着。

　　"……"沉默，我的心似乎一下跳到了喉咙，一时竟说不出话来。

　　"你过得好吗？"他的喘息声仿佛就在耳边。

　　"我——还好。"我的眼泪顺着脸颊流了下来。

　　"我可以见你吗？"他停顿了一下说。

　　"现在吗？"我下意识地看了看墙上的挂钟，已经是九点四十五分了。

　　"是的——就是现在，我不能再等了，否则我睡不着觉。"他的喘息声更加剧烈。

　　"那——我们在哪里见面？"我低低地说，其实我很想拒绝他，可口舌却全然不听使唤。

"你在东圃吗？我在天河，我去你那里——方便吗？"他有些迫不及待。

"没什么不方便——你过来吧。"我告诉他详细地址后便挂了电话。

直到门铃声响起，我还处在迷糊状态中，以为这只是幻觉。

打开内门，防盗门外的白云似乎比以前更高大瘦长，南方的太阳把他的皮肤晒成了麦芽色，这也难怪，十多年没见，他自然是有变化的。但他的眼神依然没变，目不转睛地看着我，像是要把我刻进他的脑海里。直到我把防盗门打开，他走了进来，我这才发现他的确比以前高了许多，我一米七五的个子也只及他的肩部。

在他的注视下，我慌乱地给他倒水，他接过来放在茶几上，依然目不转睛，似乎怕一眨眼我就飞了。

"你还像以前一样，好像没啥改变——不过你高了许多。"他轻声地说。

"是吗？怎么可能？女人怎么逃得过岁月的痕迹？"我下意识地摸着自己的脸，刚来广东时不太适应，脸上长过一次青春痘，好了后虽不明显，多少还留有一两处痕迹。

"痕迹？不，你比以前更成熟了。"他的声音比之以前更有男人的味道，很悦耳动听。

"成熟是女人老去的证明，它代表花儿快凋谢了。"我笑了笑，躲避着他追逐的目光。

"不，成熟代表优雅的风韵——你那么年轻，像花朵才刚刚绽放。"他在屋子里扫视了一圈，沙发上放了一卷图纸，他随手拿起来展开看，"这是你设计的服装吗？真漂亮。"

"是啊，是我新设计的服装系列，叫《原色》。"我淡淡地笑了一下，没想到第一个看设计稿的人居然是白云，世事真是难料。

"《原色》？是三原色吗？这名字真特别。"他放下图纸，扫视着屋里的陈设，当看到门后鞋柜里的男式皮鞋时，他的脸明显黯然了一些。"你男朋友该回来了吧？"他试探地问。

"他不是我男朋友。"我被他的目光吸引到鞋柜上，"有一个和我同租房的男人，他喜欢过夜生活，我很少能见到他。"屋子里很安静，彼此的呼吸声都能听到。我想我何必给他解释那么多，他现在和我除了旧时的情谊，又有何关联？我站起身把音响打开，高亢的音乐声把他吓了一跳，我随即关小了音量，屋子里很快弥漫着爵士蓝调柔和悠扬的声音，这样的情景总让我想起那次看电影的午后时光。

"你已经完全独立了——不再需要我。"他下意识地舔了下嘴唇，顿了一下又继续说，"在来这里之前，我一直都在担心你是否过得好，白荷说你还没男朋友。"

提到白荷时，我愣了一下，很快我已经明白她为什么会那么说。我从来没在她面前提过男友的事，那天白荷看宁海的眼神早已泄露了一切。

"我有——男朋友。"我并不想撒谎，可是看到他宠溺的眼神，我怕不小心就会陷落在里面，不能自拔。"你也有女朋友吧？有空带她来我这儿玩。"我不经意地扫了一眼墙上的挂钟，时针已经指到十一点。

我的眼神并没逃过他。"哦——太晚了，我该走了。"他站起身准备告辞，声音却明显有些失望。

我拂了一下披在肩上的长发，也站起了身。

"有空带她过来玩吧，来的时候给我电话。"我递给他一张名片，我的骄傲使我这样说，心底却掠过一丝刺痛，两个人的陌生感在多年以后表现得如此强烈，让我难过。

他点了点头没有出声，眼神里却流淌着难以描述的感情。出门时他犹豫了一下，当我准备关上门时，他猛地转过身来，眼神似乎被火点燃了，他走上前一把将我揽进了怀里，我挣扎了几下却无济于事，他抱得更紧了。"媛媛，你过得好吗？我们还能回到从前吗？"

他温暖的喘息声包裹着我，似乎是很久远的记忆了，小时候养父是这样抱过我的，只是那种感觉已经淡漠，淡得快记不起他的手臂是否有这种力量和温度。我的意志渐渐模糊，无法听清他在讲什么。

"媛媛，让我们重新来过，好吗？"他这次说得大声了些。

我被他的声音似乎突然唤醒了，猛地推开了他。

两个人四目相对，电光火石。

"你不是有女朋友吗？她怎么办？听说你们快结婚了。"我有些惊惶失措。

他低下头，没有再说话。沉默时他的脸显得格外苍白，走廊里昏暗的灯光下有一群飞来飞的蚊虫不停地鼓噪着，使氛围更加烦躁。过了很久他才抬起头，有些无奈地说："我们真的不能回到从前了？"

"我想回不去了。"我想起这些年经历的种种，丢掉的东西还能失而复得吗？几乎没有可能。

白云临走时深深地看了我一眼，那种眼神依恋而怅惘，仿佛诉说着一种久违的情感，以致于他离去后很久，我仍然无法从那种感觉里挣脱出来，这次重逢我才明白我是个念旧的人。

初恋的美好让我沉浸其中，无法自拔地痛。

有多少爱可以重来？我躺在床上，一次次地问自己，我该不该抓住这份感情？

我还需要他吗？他那么诱人，他比另外两个容器更具有吸引力，因为在这十多年的时光里，我心里盛装的全都是他，点点滴滴，已经酿成美酒佳醇。

14．现实中的爱

从丹霞山回来后宁海几天没有来电话。这一天是周末，我正在一堆乱书丛中吃盒饭，这是我生活最无聊的时候，我有时常想为什么人总要吃饭？我觉得吃饭是最浪费精神的事了。有一次我突发奇想，要是人能够一边上网一边往身上输送营养，就像病人输液一样，那该多好。我把这一创想告诉我的同事，马上就引来多数人的反击。

袁浩说上帝造人时既然造了牙齿就离不开咀嚼，咀嚼是最原始也最富有美感的生理活动，他说不能想象人类如果离开了咀嚼会不会成为植物人？我们要区别于这种植物就必须咀嚼。

李直说吃饭多好呀，它为人类提供了共享天伦之乐的机会，有多少家庭只有在饭桌上才能体现最质朴的亲情？有多少人通过饭桌解决生意情感的大事？如果都像医院那样，躺着一群吃饭（输液）的人，那多煞风景呀？

还有人说我肯定是退化了，中国五千年的饮食文化博大精深，而我却不屑于吃饭的过程，却要让工作与吃饭同时进行，真是典型的实用主义者。

不管怎样，我很多时候总是玩得废寝忘食，不是泡在网上就是钻进一堆书里面查资料，然后写我的网络小说。宁海打电话来时，我正在写一部科幻长篇——《原色》，故事讲的是一个医生经常用意念强奸他的病人。在未来的时空里，社会对人类的道德规范更加苛刻，除了行动上的伤害或强奸，通过意念强奸他人也将受到法律的制裁。这对一贯以君子形象示人的道学者来说，的确让他们对自己的行为有了更多的克制，当然这也引起了人类的恐慌。

电话铃响了很久，我还没有找到自己的手机在哪儿，它被埋在一堆书中。等我找到时电话已断了，我看了看来电显示知道是宁海，心里多少有些可惜。

等我正准备再次敲击键盘的时候，电话又响了起来，这次我很迅速地接了。

"喂，是宁海吗？"

"是我，怎么很忙吗？我还以为你忘带手机了。"他体贴地问。

"不是很忙。是我这儿太乱，一时没找到手机。"我坦白地说，和他说话我尽量直白。

"有空出来吗？我想请你——吃顿饭。"他表达任何事都显得挺木讷，一般男人追女人喜欢去浪漫的场所，咖啡馆、酒吧、电影院什么的，他却直接去吃饭，反正每个人都要填饱肚子，想拒绝都难。

"我正吃着呢——真不凑巧。"

"那我去你那里吧，我带些好吃的给你。"他坚持着。

"这……这怎么好意思？"我看着已经满桌狼藉的盒饭傻了眼，桌子上已经乱得一塌糊涂，我平时不敢在厅里吃饭，那个从事房地产行业的男人曾经领教过我的乱，有几次实在忍无可忍才好声警告，并和我约法三章，不准我在俩人的公共区域乱来，否则他就搬出去。最后我妥协了，倒不是我怕他搬出去，而是我从小怕一个人住一间屋，有个男人在隔壁我总觉得安全一些，即使他夜夜笙歌，夜不归宿，在心理上屋里不是只有我自己，我就会坦然入睡。

听到宁海要来我这儿，我的头皮就开始发麻。

"有什么不好意思？那天要不是你，我的钱包就没了，我还没感谢你呢。"他态度诚恳，看来是非来不可。说到那天在山里的情景，倒真是多亏了我。当时我们在一处买纪念品的地方正看得入神时，一小偷把罪恶的手伸进了宁海的钱包。那时恰好我转身撞见，我当时情急之下不知哪儿来的牛力气，冲上前去一拳打在那个小偷的鼻梁上，同时还伴有一声惊天地泣鬼神的尖叫，那人被打得一个趔趄差点跌倒，鼻血长流，听到尖叫声闻讯赶来的民警把小偷当场擒获。

大家都说从这个突发事件中可以看出我内心叛逆，爆发力特强。不过我平时没开发出来，连我自己都不知道会有如此英勇的表现，被山上的民警一阵表扬我就有些飘飘然了。我想起养父走后的那些年，我还小，母亲和外婆身子孱弱，我也没有哥哥姐姐可以保护我，遇到有男生故意和我找茬，我总会冲上去乱咬乱叫，直到对方害怕地逃窜。

记得我十二岁时有一件事印象非常深刻。有一天放学，班里的高个子男生不知为什么和我吵架，我毫不示弱地和他对骂，具体骂什么我记不清了，只记得那个男生后来骂了一句："你是杂种——你妈不要脸才有的你，哈哈哈——"一群男生跟着一起哄堂大笑。我那时也是这样子冲上去的，不过手里捡了一块石头，我拿起石头就往那人身上砸，好在石头不大，那个男生比我高大，那些人一惊慌就四散逃去了，不过嘴里还在骂着"你妈不要脸——"

　　我记得那天是哭着回去的，我把那些骂人的原话告诉了母亲，我委屈地问她："妈，你是不是不要脸？"我当时并不知道这句话对母亲的伤害有多大，我的母亲一愣，随手一巴掌扇在我的脸上，顿时我的鼻血长流，血顺着嘴巴流下来滴到衬衫上，那件衣服被弄得血迹斑斑，以后我再也没穿过。

　　后来我几乎一个月没叫母亲一声，直到外婆轻言细语地劝我，并把母亲被人抛弃的事告诉了年仅十二岁的我，我那时听完竟发表了一句慷慨激昂的评论，我说："我妈真可怜。"从那时起，我知道养我长到六岁的父亲原来只是我养父，我一时想不开就一个人跑去了山里。回来后我觉得自己长大了，我要为母亲和外婆撑起一片天，让她们不再受到伤害，可我最终还是选择了逃避，我以为离开母亲我就可以得到真正的自由，我可以重新找到属于我自己的幸福容器，它只盛放我一个人的苦痛。

　　"我这里很乱。"我不得不回答宁海的请求。

　　"没关系，我不怕乱，我可以帮你收拾。"他说完要了我的地址，把电话挂断了。

15．午后的幸福时光

　　宁海进门时，我本想快速整理一下屋子，可转念又想，我没必要在他的面前掩饰缺点，而且我希望他能接纳屋子的乱，就像接纳我的人一样。

　　当他进我的屋时，的确把他吓得出了一口冷气。挂得满墙的服装样版，堆得满地都是的书籍与杂志，还有CD碟、设计图稿、书稿，让他差点没从它们的身上踩过去，这里几乎容纳不下两个人的存在，像我的鸟窝。屋子并不小，但却找不到一处可以落脚的地方，他手里提着两大袋东西，只有像"水上漂"一样踮着脚尖才勉强跟着我走到书桌前，我转身盯着他笑，把他笑得有些局促不安。

"怎么了，我的动作很可笑？"他看了看身后，终于松了一口气。

"没有，你可是第一个走进我这个鸟窝的人。"

我的确没让其他男人进来过，连同租房的男人都只在屋外瞟过一眼，根本不敢越雷池一步。他还开玩笑说我真是个怪女人，喜欢待在鸟窝里，一般的漂亮女人都有金丝编织的笼子，他在暗示我怎么没傍个大款什么的。但这鸟窝却成了我的宝地。

床上也堆满了书和画稿，我看着宁海惊异的眼神，却爽朗地笑了。

"别笑我，鄙人的鸟窝，白天还是书房，到晚上就真成鸟窝了——让你见笑了。"我有些脸红。

"的确与众不同，要说你是鸟吧，一定是鸟中的凤凰，太稀有了。"他的措辞委婉，"你是在这儿吃东西吗？"他惊讶地看着桌上的盒饭，桌面上除了电脑、书，几乎没有空闲的地方。

"把你吓坏了吧？我这里很乱。"我再次汗颜地说。

"乱是有点乱，不过我以前没见过凤凰窝，大概都是这样吧？"他风趣地说，"我们还是去外面吃饭吧？我给你买了很多好吃的，可在这里施展不开呀。"

"那可不行，我这里还有个房客，他不喜欢我把客厅搞得也像鸟窝。"我尴尬地说。

"是谁呀？这么霸道。"他为我愤愤不平。

"是个做房地产的男人。"我说。

"男人？我的天——你没说过你有男朋友呀？"他的脸一下变成了酱紫色。

"你想哪儿去了，现在不是流行和陌生人租房吗？他可不是我男友，如果是，我才不准他夜夜笙歌。"

"天哪，这样你觉得安全吗？"他皱了皱眉，眼瞪得溜圆。

"安全呀——没他在我才感觉不安全。"这是我的真心话。

"不行，我怎么觉得不安全？凤凰鸟要是遇到色狼怎么办？你这么漂亮，简直无法想象，除非他是正人君子，不——现在的正人君子最不可靠，我觉得你还是重新租个房比较好！"他似乎非常担心。

"不用了，哪有那么多色狼？我现在这样很好，自由自在。"我不以为然。

"自由自在？这完全是送羊入虎口嘛，不行，这样太不安全了，我不放心。"他还挺执拗。

"太夸张了吧？什么羊入虎口？我和他住了两年，什么事也没发生呀。"我哭笑不得，遇到一个较真的人。

"不行，以前没事发生，不等于没有安全隐患。"他认真的神情，好像他是我保镖。

"好了，我们不讨论这个问题了，你没吃饭吧？我还没吃饱呢。"我有些不耐烦，想转移话题。

"不行，安全是第一，吃饭是小事。如果你不想租房就搬我那里吧？我在东圃有套三房两厅的房，去年买的，我一个人住太大了。"他认真地看着我，看得我心虚，他才转开头。

"那怎么行，我们是啥关系？不行，不行。"我想起李直安排的烧烤聚会，忽然觉得他早有预谋。

"一定要有关系才能住一起？你敢和陌生男人同租房，却不接受一个朋友的帮助？你是看不起我？"他莫名惊诧，眼再次瞪得溜圆，在他看来我简直不可理喻。

"这怎么相同？首先我们认识，住在一起，会被人说闲话。"我摇头否定，才认识一个月和他住一起，瓜田李下谁扯得清？我总游离在现代和传统之间，母亲和外婆的经历是前车之鉴，我绝不能重蹈覆辙。

"天哪，我不知道你脑袋里是啥歪道理，怎么和陌生男人一起住没闲话？和朋友住反而有闲话了？"他摸着后脑勺，憨厚地笑着，"算了，你要这样坚持我也没办法，为了保证你安全，我以后常来巡视，隔天我再买个报警器装在你屋里。"

"不用那么夸张吧？再说我这屋子也没法安报警器呀，乱得很。"我看看屋子，的确乱得不成样子。

"先去外面吃饭吧，吃完饭我给你收拾。"他提着袋子，再次像蜻蜓一样从书的缝隙里掠过，这对一米八多的魁梧身材来说的确有些难度，他的动作并不怎么协调，两只手像左右摇摆的秤砣。

看着他的样子我忍不住想笑，却不得不克制自己。

他很快把菜拿出来摆得满桌都是，有烧鸭、糖醋排骨、火烧鲫鱼、大良野鸡卷等，色香味都很诱人，惹得我直吞口水，我很久没吃过可口饭菜了，我的食物大多是速食的。

他动作麻利地摆弄好一切，一边递给我筷子和碗，一边笑着说："你先将就吃一顿。"他拿起筷子夹了一块野鸡卷给我，"这个香脆可口，你尝尝。"

"这都是你做的吗？嗯，不错，真好吃。"我吃得急了，不小心噎住了，直翻白眼。

宁海慌忙给我捶背，一边关心地说："慢慢吃，你别急呀。"我的囫囵吃相一定让他很意外。

"这次我来得急，是在酒店里打包过来的，你如果想吃，以后我亲自为你下厨？"看着我狼吞虎咽，活像一个饕餮之徒，他的脸上露出满足的笑容，比自己吃好像还开心。

"你真会做菜？"我的眼睛瞪成了大灯泡，眼前这个长得人高马大的四川老乡，怎么都无法把他同厨房联系起来，"你也吃呀——别光顾着给我夹菜。"

"嗯，我最拿手的是川菜，你要是想吃，我甘做你的厨师。"他边吃边说着，他吃东西时不再矜持，好像是饿坏了，我猜他是为了配合我的吃相。

那个夏日午后，两个人坐在玻璃桌前，午后的阳光斜斜从窗户外照射进来，留下长长短短的影子。我们俩边吃边望着对方笑，仿佛时间静止了一般，幸福就从那太阳的光线里透射出来。

16．劫后余生

和宁海认识两个月后，我接到了出版社的电话，那时我还躲在被窝里睡大觉。

当我匆忙赶到天河购书中心时，出版社的关河主编已在那里等候多时，一脸的不耐烦都挂在脸上，看见我时他指了指表："Good Morning，我的大小姐，你是不是写稿走火入魔了？怎么一点时间观念也没有？让我在这儿足足等了半个小时，我的时间可是金钱。"

"Sorry——知道你时间宝贵，我道歉，我那稿子现在还没头绪，你也知道我最近太忙。"我尽量陪着笑脸，和出版社签好三个月交货，《原色》小说却怎么也出不来，这段时间感情的事已弄得我焦头烂额。

"工作忙——我看你是忙着四处叫春吧？你这么漂亮，还怕没人要？你说像你这样既有才又有貌的女人现在广州有多少？你急什么？等成功了还怕没人要？My God，我真服了你。"关河曾在美国留学，说话时常捎带着英语，一急起来中文就会汩汩而出，要是让他慢慢说，他总半天找不到确切措辞。

"对不起啊，《原色》——原色，人的本能就是他原来的本色，我如果能抗拒本能的欲望，我就不写这部《原色》了。"我有些生气。

"OK，我也不说你了，你只要告诉我什么时候交稿？合同期是三个月，现在你已延迟一个月了，你到底想怎样？我在社长那边早替你打马虎眼了，但你一拖再拖，我怎么向上面交代？"他有些无可奈何。

"你让我安静地写，行吗？我现在遇到了难题，这个难题在我的生活中也同样存在，我不知道怎么处理那一场主人公——莫天人，他怎么面对前生今世的爱情，还有那个在虚幻中主宰着他意念的情人，我不知道人类在最原始的本能前，怎样处理这种矛盾。这也是我目前创作的一个结，解开这个结我就能成功完成小说，也同时完成我人生的一次飞跃，如果解不开，我在生活与小说中都是失败的。"我若有所思地说，那些小说里的人物忽然跳出来，胀满了我的脑袋。

"OK，我的大小姐，你如果有什么难处只管提出来，我们一起协商解决。只要你能快点交稿，我就烧香拜佛了。"他无奈地笑了，脸部的肌肉也放松了许多。

"OK，没问题。我决心为了你的一片苦心，闭门造车半个月，书稿肯定不会再拖了，你放心。"我陪着笑，为了缓和气氛顺便做了个鬼脸。

告别关河回到出租屋。走进屋时我吓了一跳，赶紧退出来再看看厅里的陈设，然后再次走进去。里面的书籍有序地堆在一起，书稿叠放得整整齐齐，其他的画稿、CD等都各得其所，整洁得让我不敢相信自己的眼睛。再看床上，以前乱成一窝的东西现在也不见了，连被单都被折得方方正正，我一下明白是宁海已经来过了，一个月前在他的一再要求下，他终于获得了我的住房钥匙，有空他就兼职做我的清洁工和厨师，俨然成了我这里的家庭主男。

宁海做家具销售，经常要出差，不出差时所有的业余时间几乎都泡在我这里了。

这一次他出差的时间比较长，听说是去大西北的新疆。他半路上常打电话给我，说是车行到半路遇到了沙尘暴，车子好像被抬起来了，人在车里被抛上抛下的，那阵势简直像坐海盗船，他说小时候他老想父母陪他去游乐园坐那玩意儿，却一直没机会，外婆岁数大了又禁不起折腾。外婆说要是让她上一回海盗船，估计她的骨头都会摇成灰了。

他打趣地说这次倒好，让他免费坐了一次海盗船，他在车里兴奋地大喊大叫，被一河北佬看不惯骂他："你喊个屁——你丫是不是脑袋有毛病？快见阎王了你还高兴？再叫——再叫把你扔到窗外去，让沙尘暴把你抬到西双版纳去。"他当时只好闭了嘴，听到旁边一老兄念念有词，他仔细听，是这样说的："救苦救难的观世音菩萨，求你救救我吧，我家上有老下有小，还有三个老婆等着我养，你也让我享几年清福才收我去西天吧……"

　　那人吓得两眼发直，全身筛糠式地抖，把宁海乐得差点没跳起来，不过车子倒是把他抛了起来。

　　我在电话里笑得差点闪了腰，我说那个吓得直发抖的老兄不会是你吧？宁海笑着说你可别抬举我，我一个老婆还没找到呢，人家可是有三个老婆的。这世道呀，哪里找公平去呀？

　　我发觉宁海和我熟络后，话也多了，嘴巴上像抹了油，身上的幽默细胞一下繁殖了不少，这是不是为爱而改变？或者说他的另一个自我正在向我展露？

17．初恋综合症

　　正想着宁海的事，电话铃忽然响了起来。

　　"喂，是宁海吗？你什么时候回来的？"我抓起电话想也没想就问。

　　"宁海——是谁？"电话那端白云的声音明显有些不高兴，像打翻了陈年醋坛子。

　　"他是我朋友。"我的声音顿时低了许多，听到他的声音我的心就紧缩了一下，初恋时那种酸涩且甜蜜的感觉又浮了上来，像泉眼汩汩而出。

　　"男朋友？"他的声音提高了八度。

　　"对——是我男朋友。"我犹豫了一下，想到宁海给我收拾屋子又慰劳我的胃，我再次撒谎。

　　"他和你住在一起？"他再次充满敌意地问，连喘息声都清晰可闻。

　　"没有，不过这和你有关吗？"我被问得有些恼火，他这是在审问我？"我什么时候可以吃你的喜糖？"我有意刺激他。

"没那么快。"他停了一下，呼吸急促，"媛媛，我要是不和她结婚，我们还有机会吗？"

"你觉得还有机会吗？"我反问。

"我——我现在很想你，很想见你，很想抱抱你。"他的声音嘶哑，夹杂着哽咽的哭声。

"……"我心里大恸，不知道应该说什么，他的声音让我心动。

"媛媛，我想你了——可我应该怎么办？她很可爱，没有你坚强，没有你乖巧，但却比你不幸。她从小在孤儿院长大，后来被人领养，可领养的那家人后来又生了个男孩儿，对她并不好。他们经常打她，她后来就逃出来了。这个世上她再也没有亲人了——就只有我，她不能离开我，你知道吗？我如果离开她，她会死的——"他不停地说着什么，听到最后我已听不清，只是觉得心里很痛。

挂了电话，我一直在发愣。我想他既然不能离开她，为什么要来招惹我？让三个人都陷入这种混乱的泥淖中？记忆里那些桔子的味道已经变得酸涩了，可我还总想起他当年的笑脸，那充满阳光而爱怜的眼神，烙在我的记忆里，那样深刻。

嘀嗒——嘀嗒——我的电话再次响了起来。

这一次我谨慎了一些，首先问："喂，请问找谁？"

"你是谁？"对方是个年轻女孩儿，说话很冲，火药味很浓。

"你又是谁？"被人打电话质问并不是第一次，和从事房地产行业的男人住一起后，经常有女人打电话来骚扰，似乎对我和他同居一室很怀疑，好在我身正不怕影子斜，从容面对。

"你先回答我。"对方还挺冲。

"你是谁？我为什么要回答你？"一股无名之火在心底升腾。

"我是于小柯，行不更名坐不改姓。"她那傲慢的语气，似乎她是女皇。

"我是程袤，小时候改过名字。"我忽然想起白云，心里一下明白对方是谁，明白了反而不生气了，一下还来了兴致，"我认识你吗？"

"你不认识我，不过你和白云是怎么认识的？"她的话语酸溜溜的，像打翻了陈年老醋。

"白云只是我的一个老乡而已，我们是初中同学。"我不知道为什么要撒谎，为了白云刚才那动人的哭诉吗？我想爱一个人太难了，如果希望他幸福我应该懂得放手，尽管这样我会更不快乐。

"仅此而已？"她兴奋地追问。

"仅此而已。"我肯定地说，"如果有空的话你和他一起到我这儿玩吧。"我之所以这样说不仅为了自己，也为了白云能尽快从初恋阴影里走出来。

"好呀，我隔天和他一起去找你玩。"她的声音变得格外的动听。

伴着于小柯欢快的笑声电话被挂断了，我却一直拎着电话呆愣着，脸上一阵冰凉，泪水顺着脸颊不经意地滑落，如果爱早已不存在，为什么还会心痛？当我们把记忆里的美好都拆解得支离破碎时，还有什么值得我们去永远珍藏？

我颓然地跌坐到电脑前写东西，想不到心情差时写出来的文字也惨不忍睹，一种悲伤的情绪总是缠绕在指尖，连敲打出来的文字都带着忧伤的色彩。

等电话再一次响起时，我以为这一次应该是宁海打来的吧，可接电话时依然是白云的声音。

"媛媛，小柯打电话问你什么了？"他的声音明显地焦虑不安。

"你直接去问她好了。"我有些生气，被她骚扰，还要受他的质问？

"你对她说什么了？"他再次追问，有些急切。

"我什么也没说——我说你是我初恋。"我咬牙切齿，白云的电话让我恼怒，我凭什么要向他汇报。

"你——你怎么可以对她乱说？"他似乎很生气，"她在广州一个亲人都没有，她如果因为这个有什么三长两短，我不会原谅你。"他的话让我脚底冰凉，浑身发冷。

"白云——我乱说什么了？我即使真的说了那也是讲实话，我不像你那么虚伪。"我很生气，心如刀绞，这种状况出乎我想象，我心底那个神圣的他，居然一下变得遥不可及，他那柔和的声音忽然变得倨傲而冰冷，似乎从来不曾认识过他。

他竟然打电话来质问我，我说什么了？我甚至后悔为什么没有告诉于小柯真相。

我一生气就把电话挂了，颓丧地跌坐到地板上，无助像一张丝网笼罩着我，密不透风。趴在地上，任由泪水在脸上流淌，像小河泛滥，把地板湿了一大片。即使是当年白云临走时，我把自己关在房间里也不曾这样伤心过，委屈的泪水一阵接一阵地涌了上来。

直到黑暗把整间屋子包裹起来，我感到未曾有过的疲累与倦怠，以致电话响了很久我都一直保持着趴在地板上的姿态，一动不动，什么也不想去做，死寂般的沉默，似乎世界在此时静止不动了。

美好的初恋就这样面目全非，我原本以为我又找回了爱的容器，可他却已盛放着别人的幸福。

18. 埋藏记忆

宁海来时我还趴在地板上一动不动，像死去了一般。

他进来时吓了一跳，惊慌失措地跑过来扶我。

"怎么了？袭袭，身体不舒服吗？刚才我打电话一直没人接，我就怀疑出了事。"他的手在我额上摸了摸，并无异样，看见我满脸泪水他一下慌了神，"到底出了啥事？袭袭，你快说呀！"

被他一摇晃，我的泪水又涌了出来，像决堤的水闸突然开了一道口，把一旁的宁海弄得不知所措，"怎么了呀？是谁欺负你了？"见我只顾着哭，他更加六神无主，"谁敢欺负你，我去找他，到底怎么了，袭袭，你说话呀？"他大概没怎么见识过女人哭，站在一旁手足无措，只有不停地递纸巾给我，很快我的身边就堆了小山似的纸巾。

我还在呜呜地哭着，眼泪像泉水汩汩而出。也许我的哭声让他柔肠寸断，让他想起小时候的种种委屈，想起外婆艰难地拉扯他，想起她渐渐老去的背影，他鼻子也一酸，眼泪顺着脸颊流了下来。

见他哭，我的声音反而弱了下来，我一边接过纸巾抹眼泪鼻涕，一边好奇地问："我哭是哭那个负心的白眼狼，你凑什么热闹？"我从来没见过劝人劝到自己也哭的，有些哭笑不得。

"谁是白眼狼？"他睁大了眼睛，似乎来了兴致，也顾不得脸上还挂着泪水。

"还能有谁？白云呀，他和他那个野蛮女友快把我气死了。"我的眼泪毫无声息又涌了出来，我边抹泪边问，"你又哭什么呀？不会是哭没人抱过你吧？"我又想起第一次当着众人面，他说想抱抱我，害得我恨不得找个地洞钻进去。

"我才不会哭这个，我伤心的事多着呢——哪像你，有那么多男人追你，还哭鼻子。"他含泪笑着说。

"追个鬼，他都快结婚了，我还有什么戏可唱？"我万分委屈，想着白云对于小柯那么紧张，我心里就直冒酸水，记忆里他是属于我的，可今天我才明白他早已不属于我，这种转变对我是个沉重打击。

"他结不结婚关你啥事？反正你又不愁嫁，他敢欺负你，我下次好好给你出气。"他笑着安慰我。

"这是你说的呀？你们男人一个个都是喜新厌旧，没一个真心的。"我还在忿忿不平。

"别一棒子打死一船人嘛，白云对你不真心，我可不是。"宁海苦笑着争辩。

"我看你也好不到哪里去。"我冷哼。

宁海听了冷着脸有些不高兴，他说男人为女人付出不是没条件，那要看那个女人是否值得，说这话时他的眼睛一直盯着我，那眼神里飘动的火花想把我融化。见我没有吱声，他笑了笑，接着说："其实有些人就留在记忆里，有些事过去就算了，能删掉就删掉吧，我们的脑袋内存有限，只能记住美好的。"

宁海的话让我轻松了一些，我从地板上一骨碌爬起来振臂高呼："程袭，你要记住最美好的——"

突如其来的吼声把宁海吓了一跳，他也从地上跳了起来，跟着我大叫："对，忘掉过去，重新来过！"屋子里传来嗡嗡的回音。

在一阵笑闹后，我俩又重新坐回到地板上，心情豁然开朗，过去的阴霾也随着呐喊声暂时逃遁了。

　　白云他有新的生活，无论他是和于小柯好，或是和张三李四也好，我都没有理由反对，我们已经相隔在两个不同的世界里，各有各的生活，虽相隔咫尺，却是咫尺天涯。记忆再美好终归是记忆，当它成为历史，我们就只能永远让它尘封在心底。

　　我那时并不知道，宁海也在那天晚上下定决心告别过去，他内心埋藏的东西似乎比我想象得更多。

19. 一网情深

　　早上起床时发现黑眼圈很浓，便在镜子前端详了很久。上班时，当我把《原色》的设计稿交给设计总监时，显得有些无精打采。袁浩盯着我看了很久，随即笑着开玩笑："昨晚去做小偷了？这么没精神？"

　　"我整晚都在做梦，累得不行。"我勉强挤出一丝笑容，他哪知道我一夜未睡，和宁海坐了一个通宵。

　　"那放你一星期的假回去休息吧，我可不想我们的大美女累成了病猫。"

　　袁浩是设计总监，他一边笑着，一边似乎漫不经心地翻看着我的设计稿。这是一组以《原色》为主题的春夏服装系列，我花了两个月时间搜集资料，还请了一星期的假去西双版纳采风。这个系列的设计倾注了我所有的设计才华，大自然的原色给人耳目一新的感觉，极富视觉冲击力的作品让袁浩眼前一亮。

　　"不错，不错，你越来越有前途了。"他啧啧称赞，越看越兴奋，"如果累你就快回去休息吧。"在设计这个系列稿之前，他曾答应完成后给我放大假，想不到他还挺爽快。

　　我提着包没精打采地下楼，七天的大假呀，没有时我是多么渴望，真的有了却觉得空虚无聊，像紧绷的弦突然松掉，整个人一下虚脱了。那次去西双版纳采风简直是马不停蹄，我不知跑了多少家少数民族的居所，回来后足足瘦了十斤，当时把我的同事都吓了一跳，说我是"拼命三郎"。

　　走在大街上，脑海里却抹不去白云的影子，回到住处时已是早上十点过，本想睡一觉的，躺在床上却怎么也无法安然睡去，白云的影子就像鬼魅一样，在我心里飘来荡去。最后我索性坐到电脑前玩起来，漫无边际地在网上游荡，像孤魂野鬼。虚空却越来越紧地跟随我，这段时间我没有一点写作兴致，我想我是遇到了瓶颈。

　　到我常去的论坛登陆，发现很多来信。翻看了一下，没有一封是袁慕尼留下的，不禁大失所望，心里空落落的，像跌入了寒潭。看来男人都是没心没肝的，母亲真没说错。打开MSN和QQ都看了一下，也没有留言，似乎他和我一起失踪了。我漫不经心地回复着网友的留言，很多是我小说的拥趸。有一个网友问我小说是不是都是写自己？我觉得好笑，故事来源于生活却高于生活，我这样回复他，小说家就是坐着时空穿梭机穿越在现代古代，穿行在无数人的人生里，编织着多数人的梦想。

　　回复完后我正准备下线，想不到袁慕尼的QQ头像突然闪烁起来，让我禁不住心跳加速。

　　我记得约翰·G·雪得曾说过"我喜欢蓬勃有朝气的人，与其满身污泥，不如像间歇温泉一样偶尔喷出泉水来。"袁慕尼于我，就似间歇喷泉一样。

　　"这几天死哪儿去了？怎么现在才露头？"他首先发来信息。

　　"才几天呀，你自己还不是神出鬼没。"我打了一个翻白眼的图像。

"人间三两日，网上已十年。我只为伊人而生，没有你我又何必出现？"

"你就爱耍贫嘴，老实交待，是不是趁我不在去泡美眉了？"

"岂敢，我这几天别的事没做，就趴在网上恭候大驾，心诚所至你终于出现了，否则我准得进医院急救不可。"他嘴巴比抹了油还滑。

"你少夸张，你又不是豆腐西施，怎么在网上泡了几天就要进医院？"我回他。

"你不知道呀，我四十八度高烧三日不退，没把我烧坏，竟然差点把我的电脑CPU烧坏了，本着轻伤不下火线的精神，我一直坚守阵地，差点为了等你光荣牺牲，我正祈祷主啊你救救我吧，这不他老人家听到了，你一上线我的高烧就退了——"他的夸张表情连带语言都让人爆笑。

"你尽管吹吧，四十八度高烧，你快烧成'肯德鸡'了吧？"和他在一起，想不贫嘴都不行。

"肯德鸡没做成，我坐了飞机，我这几天出了一趟远差。"

"去做什么？相亲？"我调皮地吐了吐舌头。

"不是。"他否认。

"那是什么？"我紧追不舍。

"你这几天开心吗？"他反问。

"开心又怎样，不开心又怎样？"

"开心我就告诉你，不开心我就不徒增你的烦恼了。"他似乎话里有话。

"那我开心。"我显然是在钻空子。

"你并不开心，我感觉得出来。"他笑了笑。

"哟，你几时成了袁半仙了？能掐会算？"

"我凭直觉，你几天不上网肯定遇到了烦心事？解决了吗？要不要我帮忙？"他的关怀让我心动。

"你能帮什么忙？恐怕是越帮越忙。"我挤对他。

"是感情方面的事？"他的思维很快。

"是——"又让他猜到了，我有些心虚，仿佛电脑屏幕前就有一双眼睛紧盯着我。

"你让我猜猜，是遇到一个你喜欢的人了？你却犹豫不决？"他分析得头头是道。

"嗯。"我点了点头。

"看你郑重其事，莫不是遇到过去的情人了？初恋？"

"嗯。"我再次承认，很佩服他的判断力，不愧是律师。

"他有女朋友了？否则以你的性格不会这么犹豫不决。"他打字也快。

"嗯。"我还是一个字。

"你不要总是'嗯'好不好？你的意思是还喜欢他，他却无法决断是要你还是要她？"他顺藤摸瓜。

"我不想再提他了——提到他我就头晕目眩，我这几天都在想他，想得头都快炸了，你说我是不是很傻？"我不得不承认了。

"你当然不傻，我看这里最傻的就数我了，蹲在这里等佳人，谁知佳人芳心有属，我不是没戏可唱了吗？"他沮丧地瘪了瘪嘴，似乎很伤心的样子。

"得了吧，我们是根本不可能的，又何必伤心？你这个大众情人不是整天穿梭于美女之间吗，要让你动情恐怕比登天还难。"我笑了起来，心情也轻松了许多。

"你忘掉他——我就不伤心。"他居然撒起娇来。

"我现在已经忘了。"我撒谎。

"那我要亲亲。"他键入一个烈焰红唇。

"好吧——不准亲嘴巴，只准亲额头。"我也撒起娇来，在我看来两个人的网络游戏即使与爱情无关，但至少能让我感到片刻欢愉，这就足够了。

"那我要亲十下，留十个唇印。"他竟得寸进尺。

"不行，只准亲五下，我额头皮肤嫩。"我害羞地说。

"哪里的皮肤最厚？"他高兴地反问。

"脚底板的。"我想也没想。

"切——想让我舔臭脚丫，没门儿，我要舔宝贝那里。"他也作势羞答答的。

"哪里？"我突然紧张起来，下面居然有了反应。

"那个最神秘的——三角地带。"他说。

"死鬼——不行。"我佯装恼怒扔了他一颗炸弹。

"你想哪儿去了呀？亲眼睛和鼻子也不准呀，太吝啬了吧？"他坏坏地笑，这让我禁不住想看看他坐在电脑前，眼中那狡黠的眼神，他是怎样的人？现实中也这么幽默诙谐吗？我常常萌生很多遐想，现实中的他会是一个好情人吧？

虚拟的网络掩盖了太多真实，我怀疑现实中的他和网络中判若两人。

20．假如生活欺骗了你

七天的大假我呆在屋里哪儿也没去，一直趴在电脑前赶小说，《原色》快结尾了，越到后面我越觉得力不从心，好在袁慕尼像个百科大辞典，我只要一遇到疑问找他总会迎刃而解。假期很快结束，我的小说也快杀青，心情自然好得不行。

放大假后第一天上班，我刚在位置上坐定，李直就兴冲冲地跑过来，把时装画报递给我看，那上面刊登着今年全国青年时装设计大赛获奖的消息。我的眼睛一下似乎不会转动了，脸色由白转红，由红转青，然后由青转白，只是一瞬间，也没有逃过李直的眼睛。

"怎么了？你身体不舒服？你没看见我们老大获奖的样子，得意得像拿了诺贝尔，他前两天才去北京拿的奖。"李直眉飞色舞，说得泡沫横飞，似乎这大奖是他拿的。

时装画报上设计师袁浩的名字用黑体注明的，非常刺目，"《原色》系列时装力压群英夺得最高大奖"这个题目也极具视觉轰炸性，我看得四目发呆，热血上涌。

"袁浩，这个狗娘养的，我和他没完！"我心里这样骂着，并没喊出来，我还不想把事情弄到不可收拾的地步。当我拿着画报气势汹汹地冲进袁浩的办公室时，他正斜靠在工作椅上，神情得意斗志昂扬。

我冷不丁冲进去，把画报用力地摜在办公桌上，"袁大总监，请你给我一个合理的解释。"我的声音嘶哑，愤怒使我的脸有些变形。

"小程，你放假回来了？我正想去找你呢。"他挺了挺身子，得意之情有所收敛，脸上随即堆积起热情的笑容，"这个奖——我正想跟你说，当初你在休假中，我是以公司的名义拿去参赛的，当时离截稿日期很近，我就没来得及跟你打招呼，反正你的设计都是属于公司嘛。我写的是公司的名字，但是他们要求填写上设计总监的名字，不得已我就填了。你看——想不到他们误会把奖给了我，真不好意思呀，其实这个奖是给咱们公司的。"他竭力地提到公司，而实际上这种谎言仔细推敲就会露出马脚，时装设计大赛一向有集体组和设计师个人组，如果是以集体参赛获奖的一定是公司，不是设计师个人，这一点哄一个外行还行，骗一个内行伎俩也太次了点。

"这事你上报公司了吗？"我冷笑着问。

"赵总出差了，我已经在电话里请示他了，他非常高兴，说回来后开个庆功会，当然你是我们的功臣。"他那虚伪而空洞的笑，显得无比矫情。

"呵呵，不敢当，袁大总监。"我说完掉头便走，脸上的笑容已僵硬得如雪天里冰冻的石头。

我气冲冲地从袁浩的办公室出来，一屁股坐回到座位上，脸色铁青。

李直和另外几个设计师都一窝蜂围上来，大家七嘴八舌地问这问那。有的问出了什么事？怎么刚上班就像吃了火药似的？有的则从我的脸色上看出了点苗头，跑来故意套我的口风，他们说你不是前段时候搞了个设计专题吗？还专程跑去西双版纳采风，好像和获奖的那个系列服装有些类似呀。我拉长了脸一声不吭，别人对我怎么卑鄙都行，我却不知道怎么诋毁别人。我从小在母亲和外婆的数落声中长大，十分厌倦整天扮着可怜相说长道短，我也不擅长这个。

那些人正说着，袁浩拿着一个文件夹从办公室出来，看着我们聚在一起，他的脸一下乌云密布，"你们不做事，瞎嘀咕什么呀？还想不想拿这个月的奖金？"

那些设计师看到袁浩都灰溜溜地如鸟兽散，各自回了自己的位置。

袁浩冷着脸走到我的座位前停下来，看着我一脸的不屑与愤懑，他故作轻松地笑着说："小程，你来一下我的办公室，我和你谈谈你的设计图改动的问题。"

我高昂着头跟着他再次走进了他的办公室。办公桌上有一盆沙漠美人，红红的顶小巧而迷人。以前我还曾开过他的玩笑，说那盆沙漠美人是他的情人，他呵护它比对女朋友还好。

"小程，你坐。"袁浩满脸堆笑，指着他对面的椅子示意我坐，还无比殷勤地给我倒水。

我也不客气，一屁股就坐了下去，弄得椅子吱嘎一声转动了一圈。

"你来公司多久了？"他的声音似乎充满关怀。

"三年半。"我面若寒霜，丝毫没给他好脸色。怎么以前就没发现他如此虚伪？

"三年半了没怎么加过工资吧？我觉得这次是好机会，等老板回来我给你提一下，凭你的才气加个千儿八百的不成问题。"他始终笑着，不知道的人还以为他体恤下情，是个好上司。

"不必了，我也不稀罕。"我态度强硬，设计成果被人占为己有，让我愤愤不平，我从没见过这样厚脸皮的人，在背后戳人一刀还假装好人。

袁浩面色寒了寒，笑容有些僵硬，他大概没想到我如此强硬，因为我平时常和他嘻嘻哈哈。

"那你想怎样？"他瞬间收回了脸上的笑，露出了狡黠的真实面容。

"我想你把我的设计稿还给我，你自己去大赛办承认你剽窃我的作品。"我面色铁青，看着他瞬息万变的表情，觉得很好笑，小人就是小人，狐狸尾巴终于露出来了。

"你不要太天真了，给你脸你还不要，我告诉你——没人能证明那是你的作品，到目前为止除了我，没人看过你的作品，我甚至可以把那些图重新画出来，而你——你不过是一个想和我争夺奖杯的人，你自己掂量着吧，即使是上法庭我都不怕你。"他一字一句铿锵有力，卑鄙真是卑鄙者的通行证。

"袁浩——想不到你这么卑鄙！"我端起那杯水就泼向了他，那水沿着他的脸直往下滴，他一下愣住了，时间仿佛突然停滞，他的神情狼狈至极，我也愣了愣随后气冲冲地跑了出去。

李直看见我跑出来连忙上前关切地问："袭袭，出什么事了？"

"你自己去问他吧，我再也做不下去了。"我收拾好办公桌上的私人用品，放在一个纸袋里准备走人。

"傻瓜——你不要你的工资了？"李直瞪大了眼，在他眼里我的冲动十分可笑。

"留着给他喂狗吧。"我提着纸袋和手提包正准备离开，袁浩却突然走出来，瞪着我手里的东西，他一下变得凶神恶煞，他指着我大喊："程袭，你给我站住，你走可以，请不要拿走属于公司的任何东西。"他气势汹汹地冲过来，像狼狗一样瞪着我，似乎想把我一口吞了，衣服上还残留着水渍。

我面如寒冰，血却从脑门直往上涌。

"你仔细看好了，这里面有公司的东西吗？"我把纸袋打开来给他看，所有在场的同事都看见了，那里面除了一盆含羞草，还有一个我平时用的卡通杯，其他什么也没有。记得当初我捧回含羞草时还被同事们奚落了一顿，因为我一向率直，并不属于害羞的类型。但只有我知道自己的内心却像含羞草一样渴望保护，只要有人触及，我就会缩起来保护自己。

袁浩咧了咧嘴，凶恶的表情暂时收敛了一些，他冷着脸指着那袋子说："这不是公司的东西吗？这可是公司用来放服装的，不是拿来给你装花草的。"

"你他妈的真够卑鄙，我本不想把事情闹大，呵，这是你自己找的，"我冷笑着声音突然提高了八度，"让我来告诉大家吧，我为什么要离开这里？你们的袁大总监不仅抄袭我的《原色》服装系列，还想把我赶尽杀绝。"我瞪着他冷笑，"我已经够给你面子了，袁浩，你想让大家看清你的丑恶面目？我就成全你，大家评评理，我在这里工作了三年半，我来的时候他还不知道在哪儿混呢。我在这里没功劳还有苦劳吧？我这个月的工资连一个破纸袋都不值？你别以为其他人不晓得你的丑恶面目，你平时没少把公司的服装往家里提吧，就说你现在穿的裤子吧，就是我们公司的。你出了钱吗？"

袁浩张牙舞爪地冲上来想打我，却被李直眼明手快拉住了。

他见袭击没成便破口大骂："你给我住嘴，臭三八，大家不要听她瞎说，她不过是嫉妒我得了大奖，而她在这里三年多却一事无成。呵呵——我就把这个袋子赏给你，看你能把我怎么样？滚——"

我脚底发凉，心如针刺。终于看清了袁浩的狰狞面目，听他讲这话我更加不甘心，我索性慢条斯理地找了一张椅子坐下，还跷起了二郎腿，我得意地在椅子上转了两圈，"你听着——袁浩，我今天偏不滚，你能把我怎样？我要滚也轮不到你来叫我，你算什么东西？不过是赵总的一条走狗而已，他叫你往东你不敢往西，别以为做设计总监有什么了不起，我只要想做，这位置几年前就是我的，我只不过不屑于整天拿着资料干抄袭的勾当！"

袁浩的脸气得红一阵白一阵，他张牙舞爪地想再次冲上来，恨不得一把将我撕碎，但还是被李直和其他几个男设计师拉住了，"大家先歇歇火，有什么事讲清楚了再吵，好不好？以前我们多团结？怎么说翻脸就翻脸了呢？"李直平时最会拍人马屁，嘴巴像抹了油，不过他心眼细人也善良，所以在同事中人缘也最好，他一出声，大家都随声附合。

这时保卫科的人也闻讯赶到，李直他们这才松开了袁浩的手，袁浩一下恢复了平时的严肃，故作镇静地说："你们做保安的听着，这是上班时间，如果有人想利用离职的机会损害公司形象，你们有权力把她驱逐出去。"

我站起身，笑着对保安队说："刘队长，你来得太迟了，你没看见刚才有一条疯狗拼命想咬我——我就私下想了，我们公司平时纪律严明，保卫工作也做得很出色，怎么容许一条疯狗在这里乱咬乱叫呢？"我把纸袋递给刘队长，"你看看我拿的是自己的东西，我从这里走出去，如果有人想拦我的路，你是不是有权力替我解决一下？"

刘队长也是四川人，平时和我关系还不错，每次见面都笑容可掬，听我讲得头头是道，大概也明白了现在的状况，先前袁浩气势汹汹的样子他多少也看到一点，所以他点了点头，很有礼貌地笑着说："没得事，有我在，哪个敢拦你，我就对哪个不客气，程小姐，请吧。"

出门的时候，被秋风一吹，我的鼻子一酸，眼泪终于涌了出来。

如果生活欺骗了你，

不要悲伤，不要气馁！

这是普希金他老人家说的，而作为女人的我，只是个外表坚强的动物，平时我把自己掩藏起来，藏得很深，可一有他人碰触我就会反击，那些柔软的叶子就成了坚不可摧的刺。

21. 我只想找一个说法

罗马喜剧作家普劳特斯曾说过，忍耐是治疗烦恼的特效药，我终于在爆发后学会忍耐了。

宁海来看我时我正坐在电脑前写小说，手指在键盘上下翻飞，跟没事人一样。

他盯着我看了很久，因为我的脸上丝毫找不到哭过的痕迹。

"你打算怎么办？"他问。

"什么怎么办？"我若无其事，头也不抬。

"你不打算重新找一个工作？"他坐到我身后的凳子上，上下打量我。

"我暂时不想找工作，等我把书稿完成以后再说。"我的手指一刻不停地敲打着键盘，轻描淡写地说。

"你不打算告他吗？"他再次小声地问。

"告他干什么？我又没证据。"我的手停了下来，若有所思。

"你不是有许多设计草稿吗？还有你之前的设计思路，这些都能够作为法庭的证据。"他说。

"我倒是真想问问我的设计草稿去了哪里？你每天给我收拾房间，你把它们扔哪了？证据——我现在没有证据，如果倒过来别人会告我剽窃。"我万分沮丧，拿起台上的一封信递给他，"你看看，他已经给我下了律师函，勒令我在任何时候都不能使用这个设计稿，否则就是剽窃他的劳动成果，真他妈的强盗逻辑，我用自己的设计稿还成剽窃了？！"我的火气又上来了。

宁海的脸倏地变绿了，他一拍大腿喊了起来。

"草稿——糟糕，我把它扔了，我以为那些都是你不要的设计稿，我看过你的正式设计稿，我可以给你作证呀。"他焦急地说。

我看着他单纯的样子，禁不住苦笑："你可真天真，你提供的证据有什么用？人家可以说我随便找个朋友作证，根本没有说服力。"我的眼睛再次回到电脑屏幕前。

"那你就这样被他给坑了？"他倏地跳起来，"不行，不能便宜那狗娘养的！我非得教训他一下不可。"

我也从凳子上跳了起来，瞪着他火冒三丈："你就别再给我添乱了，好吗？我现在还欠出版社《原色》的稿子呢，再不给，估计他们要和我上法庭了。"

"《原色》？你的小说也叫《原色》？那不正好吗？这说明这个名字是你原创的，别人根本不可能想出和你相同的名字，而且还那么凑巧。如果你当初和你的出版社谈过关于你的服装设计，我想对你打赢这场官司应该很有帮助。"宁海越说越兴奋，眼里燃起了一团希望的火焰。"再说，我还可以去给你找那个收垃圾的人，据我所知这附近有几个捡废纸的婆婆，要是我用心去找，说不定还能把草稿找回来。"

我拍了拍脑门，显得格外兴奋。"对呀，我怎么没想到呢？我曾和关河讲过我去西双版纳采风的事。"我一兴奋扑上去亲了他一下，亲完后我才觉得有些不妥，脸上顿时飞起一抹红云。

宁海兴奋得一把将我抱了起来旋转着，把我吓了一跳，看他开心的样子，我的心也豁然开朗。

打电话去给关河说这事儿，他就像闻到鱼腥的猫，顿时来了兴致，他说这么好的维权机会当然不能放过，他愿意配合我打这场官司。他还表示由于里面可能牵涉到《原色》小说，将会是个很有效的宣传炒作的机会，所以他有把握让出版社承担这次打官司的所有费用。他还安慰了我几句，说即使官司打输了，《原色》这部小说也出名了，我以后不做设计师一样能够过得很好。

我虽然不太赞成这种炒作小说的方法，可能够维护自己的设计专利，我当然很高兴。

再晚一些时，关河果然打电话来报喜讯，他说出版社同意了，官司要打，还要把事情搞大，越搞得大越好。他说："做媒介的最会利用这种机会，你可别介意，这种一举两得的事情我们想造假还造不出来呢，现在关键是你的小说什么时候出，如果边打官司边售书，那就太绝妙了。"他说策划部的人绞尽脑汁也想不出这样的金点子，就凭这个你的这部小说肯定能火。挂电话时他还兴奋得直嚷嚷，我听了却有些隐隐不安，他好像唯恐天下不乱似的。

我虽然觉得出版社有些欠妥，可能为我找个说法，我也乐意配合。于是我便默认了关河的提议，我答应书稿再过几天就脱稿，下个星期就可以交给出版社。因为我不用上班，有大量时间来写作，即使是熬通宵我也要把它赶出来，我知道如果投入到官司中，将不会再有那么多时间来写作。

很多时候都是身不由己，我们在不经意中就成为别人的傀儡。

22. 虚拟与现实的距离

《原色》的稿子弄完后修改了一次，传给袁慕尼看时，他竟然毫不吝啬直夸我："写得真不错，想不到你的脑子这么好使，还能想出这么离奇的东西，要是让你来干律师这一行，那我不是没饭吃了？"

"我哪敢和律师争饭碗呀，我现在的饭碗就掌握在律师手里。"我苦笑。

"怎么了？出事了吗？"他一向反应敏捷。

我给他讲了打官司的事，想不到袁慕尼忽然也来了兴致，他说："这么好的机会你都不通知我，你也太不够朋友了吧？再怎么说我还是个专业律师，能够给你提供专业的意见呀。"

我想了想的确是，我这几天累得晕头转向，竟把他的老本行给忘了。

"晕——我忙糊涂了，你倒真算是个行家，我怎么就没想起来呢？现在帮我想想办法也不迟呀。"我一向是信任他的，我把出版社的事向他和盘托出。我也发觉我对他的信任超出了男女关系，在某种意义上他已成为我心灵的一种依靠，有他支持我会更有主心骨。

"什么叫算是呀？我本来就是律师，你却视而不见——那我这次是不是很快可以见到你了？"他表现得比打官司还要兴奋。

"想得美，出版社要等书稿定了后才能打官司，现在只是准备，而且他们有自己的律师，我不敢肯定他们会用你。我想你的作用是给我出主意，当我的军师。"我的心咚咚地跳起来，想到见面我就会紧张，他是我的一个梦幻，似乎有些遥远，但又比白云那个梦更近些。

"我当面和你谈不行吗？"他试探地问。

"当然——也许可以。"我有些犹豫，宁海正在厨房里忙碌，要是他看见袁慕尼会怎么想？

"你不方便？"他相当敏锐。

"不……不是，我是想大家既然可以在网上交流，又何必劳烦你跑一趟呢？"我比较委婉。

"你怎么忽冷忽热的？你的意思还是不想见我？"他有些火了。

"不……不是，我当然想见你，我那天还梦见你了。"我一急，把心底的小秘密也抖了出来。

"是真的吗？在梦里我在做什么？"他很兴奋。

"你在——算了我不告诉你，你很坏的样子。"我有些害羞，那天我梦见他在亲我，醒来时还恍恍惚惚的，一天没有兴致和宁海说话。

"我亲你了？"他反应还真快。

"不是。"我心乱如麻，打了个害羞的表情。

"那是我和你那个了？"他得意地笑着问。

"呸——你想得美呢，我才不会和你那个，你这个慕尼黑流氓。"我嘴里骂着，心里却怪怪的。

"喂，注意你的措辞好不好？你这可是在破坏世界和平，被慕尼黑人民听见了，可要和你拼命的。"他一贯喜欢耍贫嘴。

"不和你闹了，你觉得我这个官司的胜算有多大？"我焦急地问，在我看来如果不能赢就没有必要再打官司了，我可不想去丢这个丑。如果输了，我还要被冠以剽窃的罪名，那我以后还想在服装行业混就难了，尽管我坚信是非黑白不可能颠倒，可世间的事谁又能说得清？我在广州打工多年，对不公平的事有了更深入的认识，有时不是每件事都能讲公理的。出版社可以不管输赢，可我却真的输不起。

"这就难说了，我必须把整个经过情形了解透，才能够作判断，所以说我想亲自到广州一趟把事情弄清楚，帮你出谋划策，你看行吗？"他还挺精明，绕来绕去都在见面的事上打转。

"这事儿不能急，再等等吧。"我还是犹豫不决。

"你就那么怕见我吗？怕我吃了你？这正是我们走向现实的好机会，你不想见我？"他紧紧相逼。

"你认为网络爱情和现实能接轨吗？现实中我们还能这样亲密地侃侃而谈吗？我一直都怀疑虚拟的真实性。"我更害怕面对一份咄咄逼人的感情，我无法轻松抉择。

"除非你一直在掩饰自己，或者你害怕我看到你真实的一面，你怕驾驭不了我？是吗？"他再次问。

"我承认，我离开网络也很想你，可我不能确信这种激情走向现实是否还能继续，我害怕失去这种虚幻的感觉。现实太残酷，很多时候我都在逃避现实，它把很多美好的东西改变得面目全非。"我无法准确表达自己的心情，我的确有些迷恋他，他比白云直截了当，他比宁海思维敏捷，他身上有一大堆优点，可现实中那些优点很可能就会被一大堆缺点所掩盖，我不希望这样。

"你为什么要回避感情呢？为什么我们不能面对面交流？"他还是穷追不舍。

"有感情就能通畅地交流吗？现代夫妻有多少没有感情，好多人结婚前还爱得死去活来，感情质变后不是也像仇人一样？"我据理力争，想到自己的母亲和外婆，不想丝毫退让。

"你有爱情恐惧症吗？你那么害怕感情质变，那为什么要开始？我最后再问一句你是不想见我，还是不敢见我？"他再次问。

"是不敢，我承认无法面对虚拟中的美好感情遭受现实的蚕食，我害怕你讨厌现实中的我。"

我的确害怕面对他，很多个晚上当我躺在床上，面对孤独的自我时，我会和他对话，就像在网络上聊天一样。我想我们在虚拟网络里相遇，如此艰难地找到可以依靠的灵魂，我不想让现实将这个梦幻轻易地击碎，我还想保留一丁点幻想。

"你爱我吗？你需要我吗？你在夜深人静时想过躺在我怀里的感觉吗？我经常想，我常常在夜里醒来，看着黑黑的电脑屏幕，我渴望你能从里面走出来，我渴望你能躺在我怀里，给你温暖。我知道你不开心，我渴望能保护你，可你总是拒人于千里之外，你知道吗？我爱你，我想保护你。"他好像很激动。

"可是据我所知——你已经有女朋友了。"我有些犹豫，我并不想和他讨论他的女朋友。

我是从另一个深圳网友那里得知的。如果他不是紧紧相逼，我想我永远不会提到那个女人，我觉得现实的爱和虚拟中的爱总是有差别的，我喜欢这种精神上的抚慰和依靠。

"她不是我喜欢的。"他回答得轻描淡写。

"不喜欢为什么在一起？你的性格好像不会委曲求全吧？"我忽然想起了白云说过类似的话，心里就像梗了一根刺，为什么男人都这样？怀里拥着一个，还望着其他的？责任对他们来说，毫无意义？

"这话说来很长，她家和我家是世交，我父亲和她父亲是战友。当年我父亲做生意被人陷害差点坐牢，我那时才十五六岁，是她爸伸手帮了我家一把，在那个年代十分难得，当时很多亲戚朋友都袖手旁观，她父亲却救了我爸。我后来选择做律师也是因为我爸当年吃官司的缘故，我和她的亲事是两家老人点头订下的，谁也逃不了。我父母对她比对我姐还亲，我要是提出和她分手，估计我爸准想杀了我。"他顿了顿，苦笑着继续说，"这都是前世的孽缘，我希望下辈子能够娶我喜欢的女人。"

"她爱你吗？"我问，我想不到他内心这么苦，他一向口无遮拦，仿佛天生的乐观主义者。

看来我错看他了，也许我们都在网络上宣泄自己，难怪他和我第一次相逢就能看透彼此。

"如果不爱就好了，她对我很依赖。你不知道她是怎样的人，从小生长在富裕家庭，娇弱得就像温室里的小花，根本受不了打击。"他说。

那一天我们告别下线时，竟然发觉彼此的关系发生了微妙变化。在这之前我一直觉得他的示爱只是一种网络游戏，我并没有当真，可现在我想我对他的依恋是真实的，那是一种爱的自然流露。

我们还是第一次互留手机，然后拥抱后下线。

23．渴望亲情

吃饭时宁海一边不停地往我的碗里夹菜，一边怜惜地看着我："你一定写累了吧？"

"不累，我已经完稿了，交给出版社审核就大功告成。"看着碗里总也夹不完的菜，我皱了皱眉。

"真的吗？那我们应该庆祝一下。"他比我还兴奋，"可惜我没买酒，要不我下去买几瓶啤酒？"

"不用了。"我闷闷地说，心里还在想袁慕尼的话。

"不行，我一定要去买。"他放下碗筷站起身说，"你等我十分钟，我很快回来。"

看着他关上门离去，我愣了愣，不知为什么竟然有一种错觉，我想如果宁海和袁慕尼是同一个人那该多好，他的确是个体贴周到的好男人，这几年我一直飘泊在外无法照顾好自己，有个这样的伴侣无疑是前世修来的福。可有时我又觉得这种幸福好像是一种负累，他付出越多我越觉得承受不起。

如果说袁慕尼是间歇式温泉，那宁海就像一潭秋水，不能一眼望到底，但却波澜不惊，让人感觉安全；而白云就像一座死火山，随时都可能有爆发的危险，也可能这辈子我都等不到他爆发。

宁海很快满头大汗地跑了回来，手里捧着一箱珠江纯生。

他麻利地拿出两瓶啤酒，打开酒瓶先盛满了两杯，雪白的泡沫像浪花一样涌了上来，他埋下头把自己那一杯的泡沫一下舔干，然后把另一杯放到我面前："来，袭袭，我们庆祝你的小说终于圆满完工。"他拿起酒杯示意我来干一杯。

"宁海，我先谢谢你这段时间对我的照顾，让我能这么快完成《原色》，不管它以后命运如何，我都不能忘记你的支持。"我端着酒杯由衷地说。

"怎么忽然和我客气起来？这是我应该做的呀。"他笑了笑，拿起酒杯仰头一饮而尽，他的嘴角不小心渗出几滴酒来，他用袖子擦了擦，随后又往我碗里夹菜。"多吃点儿，你太瘦了。"眼里溢满了关怀。

"谢了，你不用只顾着我，你也多吃点儿。"我有些不安，看着他的眼神，我想起了白云看我的眼神，那种充满柔情的眼神，在这样的夜晚让我感到温暖，再加上一杯酒下肚后热气很快冲了上来，我的脸在灯光下泛着少女的羞红，爱没有应该与不应该，他越是对我好我越是心怀歉疚。

他再次把酒斟满，拿起酒杯对我说："来，我们再干一杯，这次祝你的官司马到成功，往后一帆风顺。"

我们相视而笑，再次一饮而尽，几杯酒下肚，屋里显得有些闷热。他沉默着，一直望着我，眼神里流淌着三月的春江水。气氛突然变得有些微妙，我很快感觉到了，大概是酒精的作用，我有些局促不安，低下头开始不停地扒饭吃。

"别光吃饭呀。"他往我的碗里夹了一些鱼，顺便把鱼刺挑了出来，让我心里一暖，莫名地感动。

"宁海，你下次什么时候出差？"我随便挑了个话题，想缓和气氛。

"就这两天吧，我会去趟内蒙，听说那边的市场很有潜力。"他边喝酒边望着我。

"能看到草原吗？我特别想在草原上骑马，感觉一定很好。"

"有机会我们一起去吧？这次我去开拓市场，恐怕没时间去看草原，听说今年北方雨水少草长得瘦，草原也没啥好看。"他的眼睛亮闪闪的。

难得放松下来一起吃饭，平时我总边吃边上网，常常把他无趣地晾在一边。他曾说他被外婆带大，受外婆影响深远，但我还是对他的身世很好奇。

"你的厨艺都是向你外婆学的？"我好奇地问。

"是啊。外婆把我带大，可她却一天天老了，做事也不利索了。以前是她给我做好吃的，而后来她不能做了我就学着做给她吃。我做得不好，你要是吃过她做的，准会说我这个徒弟笨手笨脚，连她的皮毛也没学到。"我注意到他提到外婆时的眼神，温柔得像一泓秋水。

"难怪你那么能干，我从小与我妈和外婆一起长大，可我就没学到她们一丁点优点，倒是把她们的缺点学了一箩筐。"说完我端起酒杯一仰脖子喝了下去，或许喝得太猛，我激烈地咳嗽起来，脸涨得通红。

宁海站起身给我捶背，"瞧你，怎么不慢点儿？"那神情充满怜惜，我眼圈一红，莫明其妙地就想起养父，小时候我吃呛了，他也这样给我拍背的。

我摇了摇头，希望能把养父的影像从脑袋里甩去，可越摇他的影像却更清晰。

"怎么了？不能喝就别再喝了。"他把杯子收起来，给我换了杯热茶，"你先喝点茶，很快会清醒的。"

这么多年我在广州虽已习惯单身生活，但内心还是渴望人照顾的。和宁海在一起越长，就越让我想得到亲情。近段时间我也常常想起和亲人在一起的片段，记忆深处的细节总是像泉水一样汩汩而出。

那一晚大家都有些醉，那样的夜晚当然应该发生些什么。

是的，我只记得他喝多了，他主动吻了我，他对我喃喃自语，他说："袭袭，你愿意和我永远生活在一起吗？"我没有回答，我只是一味地点头，我也醉了。

24．生活工场

一个星期后《原色》就通过了审核，关河打电话来说这件事时似乎比往常更兴奋。他说你真棒，书很快就可以出了，那时你的官司也可以打了，你也可以一举成名，我办完你这件事就回美国结婚，这世界真是美好呀。

　　我笑着泼他冷水说："你把事情想得太简单了吧？一举成名谈何容易？我每周经过购书中心时都会进去看看，看到那些堆积如山的书我就很兴奋，也有了更大的动力写下去，因为这世上有很多和我做伴的人。可看到他们辛苦写出来的书没人买，我也觉得悲哀，这是写作者的悲哀。多少作者可以忍受不成名的寂寞？多少作者可以忍受读者的冷遇？我不知道成名对我来说是不是好事，我只知道如果有人喜欢我的小说，能够读懂它，我就很满足了，哪怕一辈子也不出名。"以前也写长篇，不过被出版社屡屡退稿，别人不是说文笔太好故事不吸引人，就是说没卖点。好一点的出版社告诉你退稿原因，有些出版社理都懒得理你，因为你不是名人，小说如果没有卖点就等于死路一条。

　　"My　god！"关河惊叫了一声，"你想得还挺多，我不管你怎么想，人一出名了什么事都好办，以后也不愁写的书卖不出去。我一直很欣赏你的才华，我之所以愿意代理你的小说，是我相信你可以成功。我知道成为名人并不只需要才气，更需要机遇，但我希望你能好好把握机遇。"

　　他的话里似乎饱含玄机，这让我有些犹豫要不要告诉他关于官司的事。

　　就在昨天，当服装公司的赵总找到我时，我决定了一件事，他的神情至今让我记忆犹新。

　　我们是在天河南路的"生活工场"（Home Focus）见的面，那里有着极为浪漫柔和的氛围。

　　赵总是三年前面试我的人，那时我刚被另一个公司踹出来，很狼狈。因为我在那个公司并没有积累太多的经验，却因为和设计总监有些矛盾被迫辞职。他当时看了我的简历和作品后并没有拒绝我，他说了一句让我终生难忘的话，他说每个人的机遇不同，你有才气不一定能遇到好公司，但愿你是千里马，我是伯乐，我希望你能在我这里施展你的才华。

所以我一直很敬重赵总，感激他当年的知遇之恩。

赵总坐在我对面，我要了一杯卡布其诺，他自己却要了一杯绿茶。他笑的时候像一个慈祥长者，他说："你一定奇怪我为什么喝茶吧？我平常不喜欢来这种地方，不过我爱人她喜欢。她每次来这儿喝咖啡，我就只能喝茶。"讲到他的爱人时他的神色明显有些黯然。

"你现在还常来这儿？"我好奇地问。

"不，我有两年多没来这儿了。"他低下头看着手里的绿茶，似乎陷入了沉思。

"她不喜欢喝咖啡了？"我再次好奇地问。

"不，她——在两年前去世了。"他的脸上飘过不易觉察的痛苦，不过稍纵即逝，很快恢复了平静。

"对不起，我不该问你那么多。"我一惊，刚来公司时我见过他爱人，很温婉柔和，想不到这么短命。

"没什么。"他苦笑着，似乎在掩饰心底的伤痛。"你和袁浩的事，我希望能够和解。"他望着我说。

"他为什么自己不来说？"我问。

"我一直很看重你们俩，本来在他来公司之前，我希望你做设计总监，你却不愿意。我知道人各有志，你也许不太喜欢设计里掺杂太多商业的成分。我何尝想这样？不过身在商海，心不由己，我毫无选择。"他顿了顿看了我一眼，"我知道袁浩做得有些过火，可他也是为公司着想，即使是他一时冲动对你做了什么，你也看在我多年对你还不错的分上，让这事和解了吧？我不希望看到公司里出现内讧。你呢——如果愿意回来，我随时欢迎。"

"他可以为公司做任何事，可他不应该把我的作品窃为己有，而在我想他弥补过错时，他却那样霸道地对我，律师函是他先发的，你说我能咽得下这口气吗？"想起那天的事，我还愤恨不平。

"我知道他那种做法欠妥，他之后也给我解释了，当时设计大赛截稿期临近，他觉得你的作品不错想拿去参赛，可是团体赛手续繁多，要很多证明，我当时又不在公司，他就自作主张用了自己的名字参赛，我觉得在那种情况下这样做也合情理，而且这个系列服装也将作为公司明年春夏的主打产品推向市场，到时我也将支付给你一笔巨额的设计费。"他讲得情真意切，显然他讲的版本和袁浩讲的版本又有所不同，他们俩好像商量好了和我打太极。

"他为什么不以我的名字参赛？"我再次疑惑地问。

"他说你那几天关机，联系不上。"他回答。

我想了想，那几天的确忘记给手机充值了，可是我家有固定电话呀，袁浩也知道的。想到他那天恶劣的态度心里就生气，"他为什么不告诉我？凭什么我要他还我设计，他还恶人先告状？好像是我剽窃他的原创？"我想这事搁谁那儿都受不了。

"年轻人嘛，做事冲动，我希望你们不要因一时冲动毁了前程。"赵总轻声细语，还是和颜悦色。"你能设计《原色》，也正说明你是个极有才华的人，我当年留用你没错。设计与商业并不是不能分开，而是我们国家还缺少像你这样的原创人才，能把山川河流与人文景观、民族特色结合起来，设计出像《原色》这样富有内涵的产品，我觉得这就是一种成功，无论怎样，这都是属于我们公司的骄傲，也是属于你个人的骄傲。"

"我并不想和他对簿公堂，是他欺人太甚。"我依然愤愤不平。

　　"看在我的面子上，这件事还是和解了吧？我们会对你做应有的补偿。他自从收到法庭的传票已经后悔莫及，毕竟他的原意是为了公司好。"

　　"是他先发的律师函，我才迫不得已——"我抢白道。

　　"他年轻气盛，我已经严厉地批评过他了，一家人的事怎么拿到法庭上解决呢？今天就看在我的面子上给他一个台阶下，你看怎样？"赵总动之以情晓之以理，让我很难招架，我的心顿时软了。

　　可是当关河和我提到打官司的事时，我却有些犹豫了，该不该告诉他我已决定放弃上诉？

　　我想了想还是向他和盘托出，我说我已经答应服装公司的赵总庭外和解，我不想把事情闹大，毕竟他们以前和我关系都不错，特别是赵总对我有知遇之恩。

　　想不到关河一听就火了，他说："程袭呀程袭，你还真是天真呀，被人利用了还蒙在鼓里。你的原创设计凭什么一下就改姓赵了？他现在拉拢你，是因为你还有利用价值，一旦《原色》系列服装在明年春夏推向市场，你就会失去对它的拥有权，到那时你再说那些是你的设计，谁会相信？他们只会相信它是姓赵的公司的产品，而不是你的独创设计。你现在如果想和解，也要他支付一笔设计费，不能就这么便宜他们，你傻不傻呀？"他似乎很生气。

　　"我不傻，他已经承认那是我的设计，他也答应支付我一笔酬劳，还希望我重新回公司上班。"我还在坚持，我相信自己对赵总的直觉，一个对爱人如此眷念的人，我觉得是值得信赖的。

　　"他答应？他给你写合约了吗？他白纸黑字说要给你多少钱了吗？你这样单方面取消对袁浩的起诉，你和出版社商量过吗？你以为我们会同意你这样轻易撤诉吗？你也太单纯了，出版社现在这样出钱出力给你出版这本书，还不是想它很快可以火起来，对你对我们都有益处。可就是你一时的天真把整个策划案给毁了，你自己说你怎么向我们交代？这段时间我们花费了大量时间在你的官司上，还请了几个知名律师商量你的案子，可是你现在说撤诉就撤诉，你这样也太儿戏了吧？有没想过我们的感受？"他好像特别激动，这是他第一次发这么大火，他一向对我还算客气。

"那你想我怎样？出尔反尔？见利忘义？落井下石？要说利用吧，出版社想借此来炒作小说难道不是利用？说实话我只想用作品说话，而不希望读者在看到小说前就看到一大堆垃圾新闻。我并不想用新闻来炒作自己，我之所以会答应你们是因为我希望讨回公道，而现在他们愿意还我公道，我为什么要置他们于死地？"我也有些激动，我想没有人可以主宰我，我不会那么轻易被别人利用。

"我只是提醒你，你这样做同样是出尔反尔，做一个好人并不容易。你不要以为现在你做了好人会有人感激你，总有一天你会明白谁愚弄了谁，谁利用了谁。"他说完气势汹汹地把电话挂了。

那一天我心情差极了，我不知道自己是对还是错，我不明白一个人为什么想做个好人都那么难。

我们常常以为可以愚弄生活，而生活却经常以另一种方式愚弄了我们。

25. 我想见你

袁慕尼上线的时候，我已经在网上守候多时。

宁海到内蒙出差多少天了？小小的出租屋忽然显得很冷清，

它已经不是几个月前乱七八糟的鸟窝，自从宁海来了后，这里已经有了点家的气息。他每次来总是默默地为我收拾屋子，然后给我弄好吃的，以至于当他离开后，我已经无法习惯吃快餐的生活。以前听同事说一个结了婚的女人若想拴住男人的心就要先拴住他的胃，我当时还嗤之以鼻，现在想起来倒是觉得挺有道理，自己就快成了宁海的俘虏了，吃不到他做的菜心里就空落得慌，他竟然拴住了我的胃。

我见袁慕尼一上线，便迅速打了一行字过去。

"怎么才来？"

"刚处理完一件案子，想我吗？"他说。

"是去会你的林妹妹了吧？"我的醋劲儿又上来了。

"我怎么闻到醋罐子打翻的味道？我刚为当事人想了个妙招，准能打赢他的官司。"他有些得意。

"什么案子？不会是又想着法子害人吧？"我挤对他。

"离婚案。我最善良了，只有被人害的命，哪有心去害别人呀。我那个当事人说我是救苦救难的观世音菩萨，终于可以救他脱离苦海了。"他笑着说。

"为什么要离婚？你们男人花心了就把女人一脚蹬了，你还说不害人？我看你是在助纣为虐。"我说。

"这你就错了，我打离婚的官司打多了，女人可不一定都是受害者。就拿我现在这个当事人的妻子来说吧，从结婚后的那天起，她就开始了一场婚姻保卫战，而这场战争纯粹是她的幻想在作祟。她不准他的男人和任何女人说话，如果是聊上一会儿她准会冲上去打断他们，她也不允许他的丈夫带任何女人出差。在她的眼里，似乎每个出现在他丈夫身边的女人都和她的丈夫有染，她甚至为了查找证据去他的女同事常去的发廊找她们的头发，她的种种不可思议的举动让她的丈夫丢尽脸面。这还不算，她的无理取闹还直接影响到他的事业。有一次他和女同事参加与美国公司的合资谈判，不知怎么被他的老婆知道了，她赶去二话不说把正低头和女同事商谈条件的丈夫一把拉出了谈判室，直接导致那次合资谈判失败。他说他如果再和这样的女人生活在一起，他一定会彻底崩溃。"袁慕尼一口气打出一大段字，我还以为他被我气得下线了。

我笑着回复："男人一旦对女人失去兴致，就会制造一些耸人听闻的故事来骗律师，我从来不相信女人会疯狂到监视丈夫的地步，她一定是有缘由的，如果他还爱她的话，那她完全没有必要那样捍卫自己的爱情，她肯定是对他失望了才会做出那么不可思议的事。"说这话时我便想起了自己的母亲和外婆，如果不是男人先抛弃她们，那么她们也不会变得不可理喻，尽管她们也有错。

"打住，我们不要为男人女人的问题争论不休，那是社会学家的课题。"他转移了话题，"离开你一天我都好想你，你想我吗？"

"想啊，想得心痛了，空虚得快剩下躯壳了。"我的确很想他，每当我躺在床上，我就会幻想他的面容，我一直不敢问他要照片，我也没把照片发给他，我固执地认为爱一个人是与容貌毫无干系的。

"我现在给你电话，行吗？"他问。

我似乎在屏幕后看到了他那渴盼的神情。

"好吧。"我同意了，心一下跳动得飞快，似乎有一只兔子在心里蹦来跳去。

一分钟，或者更短，我一直看着桌上的电话，希望它能够突然响起来，而等到铃声真的响起来时我却还是吓了一跳，那声音在安静的小屋里像巨大的音响，把屋子塞得满满的。我的心也因为激动，连拿电话的手指头都在颤抖。

"丫头，是我。喂，是袭袭吧？"我告诉他我的名字，但他似乎更喜欢丫头的称呼，他的声音像拨动琴弦的手，是典型的男中音，口音里有着山东和广东的杂交味道。

"是我。"我忽然觉得语言表达有障碍，突然和一个陌生的声音交谈，心里有些紧张，不知说什么好。

"我很想你——丫头，你的声音真好听，像小孩子的耳语。"他有些兴奋。

"真的吗？你的声音也好听。"我还是找不到确切语言和他交流。

"我想见你——想抱着你的感觉，丫头，你想我吗？"他的呼吸声清晰可闻，让我莫名地兴奋。

这就是爱的感觉吗？这种声音让我感觉快乐，我一下子就迷醉在他的声音里。

"想，我也想见你，真的——很想。"我的声音像被催了眠，为什么会如此想见他？在这样的夜晚面对着窗外迷茫的灯光，我会忽然想到他如果在这间小屋里，那今晚的灯光一定是最绮丽迷人的，我就是那一盏灯，只为他照亮。

"丫头，让我在电话里抱抱你好吗？我太想你了。"他的喘息声扑打着我的耳朵，让我再次感觉到有股暖和的气流似乎从心底流过，我确信那就是爱。

"呜——我也想你。"我竟然哭了，想起关河说的那些话，我的眼泪止不住涌了出来，我一直觉得自己有足够的坚强应付突发事件，可面对他时我会变得如此脆弱。

"别哭，丫头。我现在就去你那里，好吗？这里离广州就两个多小时，我如果开快一点，可以在十点之前见到你，好吗？"他的声音充满了感性，我喜欢听，甚至不想放手。

"呜——你过来吧——我想见你。"我哭得更大声了，不知道为何我会觉得这么委屈。

"别哭，乖乖。我这就去开车，你等着我。"他挂断了电话。

风似乎从门缝里挤了进来，一股透心的凉。

如果我们要为一时的冲动付出一生的代价，也许我们也愿意吧？这一次冲动是我们感情的需要，还是纯粹寂寞的慰藉？我希望是前者，可是它也许更介于两者之间。

26．我们的爱隔了汪洋大海

在这两个多小时的等待中，我的心从一泓秋水涨成汪洋大海。

他要来，这让我激动又害怕。我为一个陌生而熟悉的人从网络背后走向自己而激动，也为他是否能接纳现实中的我而害怕。这种矛盾的情绪一直折磨着我，我在这种情绪中起伏不定。一会儿我觉得自己错了，为什么要见他呢？他不过是一个虚幻的影子罢了，他终究会回到他自己的圈子里，把我永远地抹掉。一会儿我又被见他的喜悦充盈着，即使是一时的拥有又有什么呢？我不在乎未来，不在乎结果，只在乎他是否爱过我。

可是这注定只是一场游戏，一场没有结果的游戏，不管真实与否它都与现实无关，我这样想时心里就会难受，心隐隐地刺痛。

　　没有什么比等待更让人揪心地疼痛与甜蜜，所有的幸福被酿成蜜之前，都需要时间的考验与磨砺。在等待的时空里，我审视自己的内心，看到真实的自我在与现实中的自我争斗着，一个说你不可以这样忘乎所以地爱一个人，否则你就是今晚情场的失败者。一个说我不希望你永远都活在虚幻里，你要把真实的情感释放出来，你为什么要掩饰呢？因为爱情就是勇往直前，因为爱情就是幸福，哪怕只是一瞬间的。另一个再次说，你呀，你太可怜了，你忘记了一个在你身后默默爱你的男人，你如果今晚走出这一步，你将怎么去面对他——他对你的真诚、对你的包容与支持？我想到了宁海那温柔的眼神，又有些动摇了。

　　我说，别再说了，我的心有些痛了，这世上有永恒不变的爱情吗？一定是没有的，那为什么不让我去为那一瞬间的爱情而付出呢？至少我可以得到片刻的温暖，而不是永久地在回忆里痛苦。就像白云，他只是我心上的一块伤疤，永远都无法去除的疤痕，它每天都在告诉我，当爱情已经逝去的时候，你就不要再留恋，否则不过是徒增伤悲而已。

　　也许他是我找的那个容器呢？我的心起伏不定。

　　电话铃再次响起时，我几乎是扑上去接的，手还在不停颤抖着，他的声音里似乎夹杂着风声，好像天外来客那么遥远而幽静，他说："丫头，对不起，原谅我不能来见你。"他的声音似乎很疲惫。

　　"为什么？"我忽然觉得自己的心被什么东西掏空了，"你为什么要愚弄我？"我声嘶力竭地吼道。

　　"对不起，丫头，我们的爱隔了汪洋大海，我没办法跨过去——原谅我。"他的声音那么忧伤，在这样的夜晚听起来像玻璃碎裂的声音，我的心也跟着一片片碎裂。

"那你去死吧——"我扔了电话，扑倒在床上又一次伤心地哭了，泪水不断地涌了出来，把床上的被褥浸湿了一大片，为什么现在才对我说泄气的话？在把我的激情挑起来后，他竟然向它泼了一盆冷水。

我不断地问自己，他为什么要骗我？虚幻与现实，他终于作了抉择，正如他说的最后一句话："我们的爱隔了汪洋大海"。

汪洋大海，我们将怎么去跨越那汪洋大海？有多少爱才能填充这汪洋大海？

我记起了今年夏天我去深圳参加服装秀前，我和他有过一次对话。

我问他："如果在意外的场合见面，你会认出我吗？"

他说："肯定能认出，我相信你在哪里都是一个鹤立鸡群的人。"我曾经给他讲过我的身材很高。

我当时笑了，我说你忘记了，如果是在服装秀上我的身材却是我的缺陷。他说你也忘记了一点，服装模特的表情和你的表情有本质区别，她们的表情都是训练出来的，而你的却是天生的。无论你是站在普通人中还是在一群模特中间，你都是一个独一无二的。我想只有彼此相爱的人才会心灵相通，才会只看眼神就会认出对方，我有这个把握，他当然也不例外。

我当时很满足，我说你的嘴巴可真够甜的，是不是做律师的人都这样？他说不是，一般的律师只对当事人才甜，他却只对喜欢的人甜。我当时心里甜丝丝的，不过我还是没有告诉他我在深圳看服装秀的事，我虽然想见他却怕见到他。这种矛盾对于我这样外表率直内心却传统的人来说，想逾越的确很难。曾经有很多朋友问我为什么并不介意与陌生男人同居一室，我没有回答，其实我只是缺少一种安全感，从小到大都是这样，自从父亲抛下我和母亲走了后，我就一直有这种感觉。

我也想把对男人的恐惧慢慢淡化。

每当我看见街上走过一家幸福的三口人，看见别的父母带着孩子那幸福的样子总让我嫉妒，我总觉得自己是应该拥有更多幸福的，可是母亲却无法给我。养父离开后，再没有另外的男人抱过我，但我却渴望那种臂膀的安全。十多岁的时候我在房间里贴满了刘德华的照片，连母亲都以为我是追星族，其实我压根儿不追星。我只是想看到一个像父亲一样的男人，我才能安然地睡去。十多年后，当宁海说"我真想抱抱你"的时候，我内心的震憾是别人无法体会的，我是在单亲家庭中长大的孩子，我渴望父亲那样的拥抱，可是却无法得到。

这也许是我对宁海另眼相看的原因？我们都是渴望别人拥抱的人，都患有同样的"拥抱缺乏症"，都有着凄凉的童年生活。

27. 心理变态

关河再次打电话来，说出版社不同意我撤诉，除非服装公司给我经济赔偿，否则这官司打定了。他苦口婆心地劝我，让我为自己想想，他说他们只是口头上应承，谁知道是不是权宜之计？

"出版社也是为你好，希望你能够保护自己的正当权益。"他还开玩笑说这可是捍卫知识产权，作为中国公民我们有权维护自己的权益。他说中国人受五千年的封建文化毒害太深，总是拉不下面子，怕和熟人反目成仇。要是在美国这算什么呀，两个朋友还可能对簿公堂呢，何况他们的确侵犯了你的设计原创，还造成了不良影响，别人拿你的作品去欺世盗名，这难道不是对其他欣赏者的蔑视与侮辱？他们有权欣赏到真正的原创，也有权知道真正的作者是谁。

听了他的话我沉默了很久，他说得的确有道理，中国人习惯了顺水人情，往往在自己的权益上不够重视，常常埋下祸根。可我已经说过的话又怎么可以出尔反尔？

他听我没有出声，于是又对我说："你如果怕自己出面不太好做，就全权交给律师代理吧，这件事也不是你的错，而是他们侵权在先，你夺回自己的权益也是应该的，谈不上出尔反尔。"他听我还是有些犹豫，便说："这样吧，明天我和律师去找你签个委托书，你的事情就全权交给律师办吧，我们知道你太善良，这样做太为难你。"

虽然我一直觉得有些对不起赵总，可事到如今也只能这样了。还是关河说得好："作为受害人没有理由那么畏首畏尾，想想他们对你凶恶时，你就会知道对别人仁慈就是对自己残忍。"他的话让我倏地想起袁浩的嘴脸，一狠心也就答应了。

第二天关河和律师从深圳一早赶来找我，很快签订了委托书。

他们走后，我心里一直不安，不知是对是错。我像一个陷入泥淖里挣扎的人，不知通向希望的彼岸在哪里。一生之中我们所经历的选择不计其数，也许无法保证每个选择都正确，但至少是自己决定的。

直到白荷打电话来，我还一直沉浸在这种沉思中。

白荷的电话让我多少有些意外，她急切地问我："程袭姐，你见过我哥吗？"

我听了一愣。"最近没有见过他，他出什么事了？"为什么还想关心他？只要是听到白云的名字，我就会莫明其妙地激动起来。

"他昨天说想去找你，可是今天还没见他回来。他不在你那儿吗？"白荷显然很焦急。

"我没有看见他呀？你们有没去他朋友家看看？"我的心也一下跳到了嗓子眼。

"所有电话我都已经打过了——他不在朋友家，他也不可能在朋友家，我们家里的人快急死了。"她说话时吞吞吐吐，似乎有些隐情不方便对我说。

"他也许想出去散散心，过几天就会回去的。"我虽然在安慰白荷，可连我自己也不相信，白云从来就不是一个让人操心的人，他去哪里一定会有所交待，除非他受不了了，我心里隐隐不安。

"散什么心呀——这几天家里忙死了，没有他我们都不知道怎么办才好。"她的声音里带着哭腔。

"再等几天吧，他说不定只是把自己藏起来了，等他心情好了自然会回去。"我小心地安慰着白荷。

"可我们不能等呀，过几天就是他结婚的日子了，要是找不到他，我们怎么办？"她快哭出声来。

"他结婚？和谁结婚呀？"我猛然间听到这个消息，脑子一下乱了，白云捉住我手的情景又浮现在眼前，如此的清晰却又遥远，那个曾经想给我一辈子幸福的人，他要结婚了？

"于小柯呀——他要娶她，到了这关键时候他却不见人了，真是急死人。"

白荷说了声再见便挂断了电话，而我却一直紧攥着话筒没放下，这个消息让我震惊，尽管我早知道结果，可是这么快却是我始料不及的。像所有女人一样，我多少奢望奇迹出现，他能回心转意再返回我身边。尽管这只是我的幻想，可是在夜深人静的晚上咀嚼起来却是异常幸福。

有时当我想起袁慕尼时，我常常会将他们并列在一起，虽然我并没有见过袁慕尼。一个儒雅斯文如谦谦公子，一个狡黠风趣似风流才子，可是两个都是虚幻而遥不可及的人，却是我想得最多的人。我不知道自己到底怎么了，我常常想起自己的母亲和外婆，那两个同样都不幸的女人，而自己呢？似乎在步她们的后尘，我害怕现实的爱情，油盐柴米能让爱情变得更可爱吗？我想这是不可能的，我绝对不是一个居家过日子的好女人，正如母亲说的，谁会愿意娶一个像我这样的女人，只为着爱情？

电话再一次响起来，还是吓了我一跳，我抓起话筒时手禁不住有些颤抖。

"喂，是程袭吗？你这人怎么这么卑鄙无耻？"于小柯不问青红皂白，在电话里破口大骂。

"我怎么卑鄙了？"一股无名之火从心底蹿了上来。

"你不要假装正经了，我上次还以为你真是他同学，谁知道你们原来是旧情人——你别以为你主动勾引他，他就会上你的当不要我了。"于小柯在电话里十足地像个泼妇。

"谁假装正经了？你不见了新郎跟我又有什么关系？再说了——即使和我有关系也轮不到你来教训我，他长了腿，你有本事把他拴在你腰上？真是莫明其妙。"我的火气直冒，我还是第一次和别的女人为了男人吵架。小时候，我无数次看见母亲和父亲争吵，我当时觉得很无聊，男人的心如果不在自己身上，吵架又有何用？不过是把他推得更远而已。

"程袭，你不用得意，他要是爱你为什么要和我结婚？你别以为凭你那狐狸精的样儿就可以勾引他，你们俩根本不可能。"于小柯从小受的教育和她受的苦使她更像一只刺猬，她不允许任何人抢走她的东西。

"谁勾引他了？你自己没本事拴住他，找我做什么？"我冷笑着，我并不想伤害谁，可当自己在受伤时我也会反击，在某种程度上我和于小柯是同一类人。

"你别得意，你以为他还爱你吗？白云对我说了，他只喜欢像我这样天真可爱的人，绝不会喜欢像你这样冷冰冰的，又心理变态的人。"她知道怎样会刺伤我。

"谁心理变态？你把话说清楚，我不相信他会这样说，除非他亲口告诉我。"有一团火在我心里烧着，如果于小柯在我面前，我也许早冲上去扇她两巴掌了，"心理变态"这个词在二十年前我就听过了，只不过那是从养父口中冒出来的，他骂母亲是心理变态，我记得当时母亲冲上去对他又撕又咬，像疯狗一样，那声嘶力竭的尖叫声至今还让我后怕。多少年过去了，这句骂人的话还让我心悸，我承认母亲有些心理疾病，可是父亲这样骂她太伤人，在那时无异于把一柄刀插进了她的心脏。

"他会亲口告诉你的——你等着瞧吧。"于小柯突然挂断了电话。

我突然觉得天旋地转，世界整个向我压了下来。

28．面目狰狞

再一次和赵总见面也是在"生活工场"，当时袁浩也在场。

而我身后也多了一个高大魁梧的黑衣男人，那是我用五百元人民币在劳务市场临时雇佣的，我花了近千元给他置办一身行头，乌黑的墨镜，全身黑衣，十足像个黑社会保镖，连咖啡厅里的服务小姐也露出惊异的神色。我本人则提着一个黑白相间的小挎包，一身黑白休闲衫裤走在哪里都像个模特，而那个戴着黑色墨镜的保镖则像个护花使者，我们俩人走到哪里都令人侧目。

走进酒吧时一眼便望见两个男人正朝门口张望。这时正是傍晚，落日的余晖从窗户里斜射进来，人走动时似乎光线也跟着移动，这一幕情景总是让人想起在乡下看黑白电影，当投射灯照在荧屏上时那光线里舞动的尘埃。

几个人打招呼时表情显得有些尴尬，谁曾想到昔日的同事要闹到上法庭？真可谓光阴逆转。

很快找了位置坐定后，我要了一杯白开水，现在除了水外我喝什么都是苦的，那个保镖则威风凛凛地站在我身后。赵总的面前还是一杯绿茶，而袁浩则点了哥伦比亚咖啡。据说哥伦比亚咖啡还有"寂寞高手"孤独求败的味道，不知是不是正吻合袁浩的心情。

"我今天想和你谈谈官司的事。"赵总首先说，"我还是希望你能撤诉。"

"有什么问题你可以直接找我的律师。"我跷起二郎腿有些不屑，"他大概已经告诉你我的意见。"我的态度极为冷淡，因为我已经从关河那里得知，他们拒绝支付设计款。

"你是说给你支付二十万设计款的事吧？"他问，表情明显有些不悦。

"是的，我有权利收回设计款。除非你们把设计稿还给我，保证永不使用我的设计稿。"我义正辞严丝毫也不放松，在来之前我已经和关河通过电话，他教了我不少应付的绝招。

袁浩一巴掌拍在桌子上，"你这是在打劫吧？"他早已按捺不住，"像你那破设计稿还值这么多钱？"

"你是承认那是我的设计了？"我抓住把柄，眉毛扬了扬有些得意。

"我没这么说——我只想告诉你，你如果想对簿公堂我们也奉陪到底，你找得出证据证明那是你的设计吗？我可以现在就把设计稿重新画十遍，你可以吗？谁能证明那是你的设计？"袁浩的眼睛里似乎在喷火，如果不是碍于我身后那个虎视眈眈的保镖，他估计早冲上来揍扁我了。

"那好啊，那我们就在法庭上见吧。"我咬着牙根说，在来之前我心里的确没底，我至今还没有找到最初的设计草图，袁浩却咬定设计是他的。

"那你可别后悔，我本来想看在过去的情分上给你一个台阶下，你却不识抬举，我想，上法庭最后的结果只能是两败俱伤。"赵总一改平日里的温和相，露出冰冷而凶恶的目光。

"我宁愿两败俱伤。"我冷冷地说。

"臭八婆，给你脸你还不要。"袁浩再次一拍桌子，指着我的鼻子大吼大叫。

"袁浩，你嘴巴最好放干净一点儿。"我也提高了声音。

我身后的保镖走上前就扇了袁浩一巴掌，扔给他一句："你说话小心点儿。"

袁浩冷不丁挨了一巴掌，气得呲牙咧嘴，气势汹汹地想冲上去和保镖干一场，却被赵总拉住了。俗话说好汉不吃眼前亏，赵英凡见过多少场面呀，他自然知道那个保镖的分量。

"我们犯不着和女人一般见识——你也许忘记了刚到公司时签的合同，你在公司期间的所有作品都属于本公司所有。"赵总真是老谋深算，他说这话时掷地有声，铿锵作响，以为击中了我的要害。

"呵呵，你们俩人真有意思，一个说不是我设计的，一个说是我为公司设计的，拜托你们想好了才来找我谈判好不好？这样很浪费我的精力，你知道美女是怎么老的吗？都是被一些无聊男人给累的。"我轻笑着，忽然觉得自己做得很对。他们虎视眈眈地瞪着我，似乎想把我一口吞了。好在来的时候听了关河的意见，我请了护花使者，否则我自己也怀疑能否全身而退。

"你先别得意，像你这种出尔反尔的人，我们根本就不用和你谈判。今天来的目的只是想来告诉你，你要玩我们陪你玩到底，我不相信你的财力还能斗得过我？惹急了我找人把你废了，看你还能蹦跳多久。"赵总终于露出狰狞的面孔，他已经五十多岁，脸部的肌肉有些松弛，而这时却紧绷得像弦一样，脸上的皱纹更明显了，沟壑纵横。

"你有本事就现在把我废了，如果不能废就不要口出狂言。"我蓦地站起来一拍桌子，眼里喷着火，我真没有想到他会讲这种话，那样子像实足老流氓的派头，真让我恶心，我庆幸听了关河的话。

袁浩和赵英凡同时站了起来，周围的客人都齐刷刷扫向我们。

袁浩一个箭步冲上前，想趁后面的保镖不注意偷袭我，却被眼明手快的保镖一把捉住手腕，大概他用力过猛，袁浩疼得咧嘴，撒开手一边跳一边哎哟哎哟杀猪似的嚎叫起来，嘴里还不干不净地骂。

赵总往桌子上扔了一张百圆大钞，老脸气得像只烂茄子。"程袭，看来我真是小看你了，我就不信我摸爬滚打了几十年，临到老了还会栽在你个黄毛丫头的手上，总有一天你会落在我手上，看我怎么收拾你。"说完他拉着袁浩拂袖而去。

两个人走到门前还在骂骂咧咧的，不时回头恶狠狠地瞪视我。

等他们走后，我气得跌坐到椅子上，脸色发青，半天说不出话来。

身后的黑衣保镖有些不知所措，我从钱包里抽出五张百圆大钞递给他，无精打采地走出了生活工场，外面阳光灿烂，而我的心却冰到了极点。

世事风云变幻，人心却是最难测的。

29. 好人有菩萨保佑

第二天我一觉睡到天亮，醒来时觉得很饿，昨晚在床上哭了一通就睡着了。

下楼时经过卖早餐的摊档，正碰上卖小笼包的胖大嫂，她远远地看见我便迎了上来，亲热地拉着我的手上下打量，"闺女，怎么好久没见到你了？你的脸色很不好，是不是上班太累了？"以前我每天都会在楼下买早餐，然后再打的去上班，我从小喜欢吃小笼包，包子下面有松叶，吃起来柔嫩清滑，这一带的小吃我都尝过，唯独对胖大嫂的小笼包赞不绝口。特别是后来我知道了她的身世，更对她敬重有加。听说胖大嫂是江苏淮阴人，她老公来广东打工挣了钱，不过他却日渐嫌弃胖大嫂年老珠黄，很快和一个漂亮的年轻女子勾搭上并有了孩子，过着幸福美满的三口之家的生活，却忘记了家里的糟糠之妻。

胖大嫂的老公既不离婚也不给家里寄钱，她为了讨回公道就带着儿子南下来寻夫，谁知他竟闭门不见，还带着二奶躲了起来。她没钱给儿子读书就只有出来打工。现在她在广州已经呆了五年，她儿子很争气还考上了华南理工大学，可算是有了盼头。她说她已经对老公失去了信心，他现在即使回来她也不会再理他，她也想通了，没有了丈夫还有儿子，自己还有一双手为自己创造幸福。

"我已经没去上班了，暂时闲着呢。"胖大嫂的热情让我感到很温暖。

一边吃着她递过来的小笼包，一边和她闲聊起来，说到我等一段时间再去找工作的事，胖大嫂给我出了一个主意，她说现在做家教很吃香，她儿子就给别人做家教，一个小时可以拿几十块钱，比她卖小笼包还划算呢。她热心地问："闺女，你会不会画图呀？"

我笑着一边点头，一边用纸巾抹着嘴角的油。"会呀，我是学服装设计的，画图当然会。"

"服装设计？我听我儿子说，美术老师比他还能挣钱呢，他现在也想学画图。他说多一样手艺即使出来找不到工作还可以养家糊口，不至于饿死。"胖大嫂看着我的样子就像看着自己的亲闺女，她见我袋里的包子快没了，又拿起铁夹子往里面加了几个。"慢慢吃，别噎着。闺女，如果有空的话，去我那里帮我教教我儿子吧，他今天正好在家呢，一早上就爬起来照着别人的图在画，我看着都心疼。"

我边吃边点头，这是我一早上遇到的最开心的事了，胖大嫂的儿子我以前见过，长得虽然黑瘦，却也害羞内敛，像个大姑娘。我吃完包子用纸巾抹了抹嘴，一边帮着胖大嫂收拾摊档，一边帮她往回推。

早上的太阳照在我们的身上暖洋洋的，影子倒映在路上，拉得长长的，街上来去上班的人行色匆匆，彼此踩着对方的影子。这样的生活每天都在继续，很多人每天擦肩而过却并不相识，而有的人永远不会相遇却彼此牵挂，这就是生活。我忽然觉得眼前这个妇人很像我的亲人，我突然有些想家了，很久没有和母亲联络，不知道她和外婆过得可好？

　　胖大嫂租的屋子离我的屋子并不远，只需拐两条小巷就到了。这里的房子相对比较破旧，墙上贴满了专治狐臭的粉红色广告，还有各式的招聘广告、办证广告贴得花里胡哨。胖大嫂把用具拾掇好放在楼下，提了收钱的包拉着我的手摸索着上楼。楼梯有些昏暗，她住的屋子在楼的夹层上，沿着一段钢结构的楼梯拾阶而上，快上楼的时候光线渐明，我们已到了夹层的顶部，屋子虽小，却收拾得还算齐整。窗户前有个男子的背影被光线照着，投影在另一面墙上，太阳光穿透过铁窗洒进来，在地上墙上留下了斑驳的碎影。窗户上有一簇用矿泉水瓶养着的绿萝草，青枝绿叶的吊了很长，生机盎然。

　　"红军，快看看我给你请老师来了，你程姐姐可是学服装设计的。"胖大嫂放下手里的包，给我抬了个木凳过来。

　　张红军转过头来便看见我，他的脸在光线的照耀下显得比平常白一些。他平时是不太喜欢和女生接触的，不过对我却很亲热。"程姐姐，你给我看看这张设计稿。"他把桌子上的一卷画稿递给我，"我觉得画得很好，不过我是外行，姐姐看看是不是画得很好？"

　　我看见那卷画稿，一激动差点从木凳子上摔下去。"这画稿是从哪儿来的？"画稿正是我失踪的《原色》草图，真是踏破铁鞋无觅处，得来全不费功夫。自从被宁海当垃圾扔了后，我们找了很多个垃圾站，问了很多拾垃圾的人都说没见过草图，我已不抱任何希望。今天再一次看见它，我的心激动得扑扑地乱跳，图纸上不仅有日期，还有我的英文签名，只要给笔迹专家验证一下就知道是在两三个月前签下的。

"是我在垃圾桶里捡到的。"胖大嫂一边给我倒开水，一边得意地说。她说她这些年除了早上在外卖小吃，下午就去拾一些废纸卖钱，不怕别人笑话，她觉得这也是靠劳力挣钱。

"妈，以后我挣钱养你，你就不要再捡垃圾了。"张红军望着他母亲，有些窘迫不安。

大凡爱体面的人，都不能接受拾垃圾的人，不过我并无此种偏见，富贵贫穷在我眼里只是钱多钱少而已，并没有贵贱之分。

我站起身将胖大嫂一把抱住，激动地说："你真是我的活菩萨，我这段时间为这一卷图纸快愁死了，为了这份图纸我也辞工了。"我的眼泪不知怎么就涌了出来，像河水泛滥，我从来不会在外人面前示弱，那一次却哭得一塌糊涂。当我把设计图被人盗用而自己却差点成了剽窃者的事告诉他们时，胖大嫂的眼睛忽然就红了，她拍着我的肩安慰我："闺女，别怕，坏人是害不了好人的，好人有菩萨保佑。"

我不会相信好人有菩萨保佑，但我相信正能压邪。

30．车祸和律师

下午的时候，我已经坐在去深圳的车上。我心情激动，关河说拿到证据后打赢官司的可能性将会更大，而且他们威胁受害人的做法也将受到法律严惩。我已经等不及关河从深圳赶过来，我迫不及待地想当面把证据交到律师手里。

说来也凑巧，出版社请的也是深圳当地的律师。他们说深圳特区的律师很敬业，而且来往广州也方便。关河还说深圳的出版社效率高，也注重炒作，所以他们对我的官司也相当重视。

我到达和关河约好的地点时，他看到我一直很兴奋，他说先接我去宾馆。

他一边开车一边不停地给我讲官司的进展，甚至把袁浩和赵总在律师面前的种种嘴脸都作了详尽的描述，他还吹牛说想不到打官司这么有意思，早知道当年学法律，当个律师多带劲呀。只是当我说要见律师时他的表情有些黯然。

"怎么了？"我看着他倏然变化的表情，有些不解。

"他……现在不方便见你。"他开着车平视着前方，不敢看我的眼睛。

"为什么，他很忙吗？怎么有律师不见当事人的？我不是签委托书时见过他吗？"我觉得莫明其妙。

"他不忙——签委托书时你见到的是他的助手。"他的表情很奇怪。

"助手？他不忙为什么不见我？"我有些不悦，不知道是哪个律师这么端架子。

"别……别生气，他不是不想见你，是你长得太漂亮，一般定力不强的律师咋敢见你呀？你也不想想，他可是怕被你迷住了逃不掉。"他挤眉弄眼，让我不禁好笑。

"少骗人——除非他神经有毛病。"我被关河的表情弄得哭笑不得。看看自己，今天为了见律师还专程挑了一套黑白配色的秋装，看起来还算端庄，并无不妥的迹象。

"好了——我给你说实话吧，他前两天出了车祸，还在医院躺着呢。"他快速转了一个弯，顺便吟了一句诗，"真是出师未捷身先死。"

"他死了？"我一惊。

"呸——呸——呸，你真是乌鸦嘴，别人只是受了点腿伤，十天半月就好了。"他说。

"你才乌鸦嘴呢，不懂古诗就别乱用，什么叫'出师未捷身先死'？那是说没胜利人就已经死了，你就知道乱用，难怪人家说喝洋墨水的人国语差，就你这水平把人吓死了还不知呢。"我掩着嘴笑。

"还笑，别人躺在床上受苦受难，不都是为了你吗？"他笑着伸手作势要拍我，我却躲开了。

"什么叫都是为了我呀？他出车祸是他自己倒霉，别什么倒霉的事都算我头上。"我噘了嘴瞪他。

"不为你他能出车祸呀？他可是在去广州的高速路上出的事，你敢说他不是去见你？听说还是晚上十点左右呢。他小子也太敬业了，估计想见美女太激动了，你可是害人不浅呀。"他还在开玩笑。

"出车祸？是哪一天？"我一愣，心快跳到了喉咙，有一种不祥的预感。

"就在大前天晚上十点左右。"他还在笑，并没注意到我的表情变化。

"他叫什么名字？"我急着问，那天签委托书时他们来去匆匆，我实在没留意。

"袁慕尼，在深圳律师行业很有名的，听说他还是个钻石王老五，努力一下说不定你还有机会。"

我的脸倏地变了色，"停车——"我尖叫了一声，绝对超过九十分贝。

关河猛地刹车，俩人都差点从座位上抛了出去。

"你干吗呀，叫什么？再叫我也被你害死了。"他转头对着我怒目圆睁。

"你说我的律师是袁慕尼？"我再次想确认一下，是否耳朵出了问题，这么大的事他竟然没提过。

"是呀，这有什么大惊小怪的？"他把车轻轻地开到路边，用手肘撑着下巴意味深长地看着我。

"没……没什么，他不是爱打离婚官司吗？"我也发现自己的失常，连忙扯开了话题。

"他是经常打离婚的官司，不过诸如知识产权的官司他也打过不少，他可是个律师全才。"他笑了笑继续说，"你要相信我们，他打这官司绝对没问题。虽然一开始出了点小意外，也不算什么，他的伤隔一段时间就好了，离开庭时间还早着呢。"他显然以为我是在担心这个。

"现在我们去哪里？"我小心地问。

"去宾馆，我先把你安顿下来。"他说。

"我想先去看袁律师——可以吗？"我想了想小心地问。

"行——没问题，我知道你重感情，一个律师为了你赴汤蹈火，也应该去看看人家——多么伟大的献身精神呀。"关河的嘴巴总像抹了油似的。

"少贫嘴——这可是无产阶级同志间的感情，别想歪了。"我表面上似乎很放松，心里却是火辣辣地翻腾，袁慕尼竟然是我的律师？这太让我震惊了，一时半会儿还接受不了。

"我可没想歪，不过要说无产阶级吧——你和他都算不上，我刚到美国那会儿才真叫无产阶级。"他笑着一边开车，一边给我讲起他在美国的种种辛酸经历，他说他去的时候人还小不懂事，不过美国人对中国人很排挤。他当时在餐馆里洗盘子，比那些日本人还要累，在别人眼里低等民族就要做更重的活儿，那时他才知道一个民族的兴旺对个人也是多么重要。

31．假如有来世，你愿意陪我吗

医院里那一条长廊仅有一百米左右，可是我却感觉走了十公里一样沉重，腿像灌了铅。

行至病房前，轻轻地敲了三下后，门吱嘎一声被关河推开来。屋里明晃晃的白让我有些不太适应，浓重的药水味也让我有些晕眩。这是一间单人病房，除了墙裙是米色，其他色彩都是白色的，连玻璃花瓶里的花都是奶白色的百合。我看了看自己手上的那束黄玫瑰，不知道该不该插进花瓶里。

病床上躺着一个人，他好像睡着了的样子，腿上绑着厚厚的石膏吊在床前的铁架上。

病床前坐着一个女子，看上去很年轻，可能是坐得很疲惫，正撑着病床打着盹儿。关河推门的声音显然吵醒了她，她猛地清醒了，揉了揉眼睛问："你们是？"眼里有些迷茫。

"我们是袁律师的朋友，听说他受了伤，来看看他。"关河轻声地说。

他的声音虽小，可袁慕尼还是醒了，他抬起头一眼就看到了站在关河身后的我，他的眼睛明显亮了一下，不过只是瞬间，他很快定了定神立即笑着打招呼："是关先生呀，你看我现在没办法招呼你们——要不，晓瞳你先回去吧，有朋友照看着我，你也应该先回去休息一下，我姐说她等会儿会来照顾我。"

林晓瞳望着袁慕尼笑了笑，站起身在柜子上拿了一件白色外套，在经过我的面前时她不经意地瞟了我一眼，尽管是不经意的，我还是感觉到那目光的穿透力。她身材异常的娇小，脸小得仿佛只有巴掌大，像个来自江南水乡的女子，浑身散发着水乡的灵气，她很有礼貌地向我们点了点头便轻轻地退了出去。

"你还是躺着吧，不用招呼我们。我看你是真够幸福的，原来有美人相伴，难怪在医院待着也那么享受。"关河任何时候都不忘挤对一下对方。

"你就别再取笑我了，还是给我介绍一下吧，你身边这位美女是……？"

他怔怔地望着关河身边的我，我有些手足无措，手里还捧着那束黄玫瑰。我记得在网上我们曾讨论过，那是我写的一篇关于花的散文，他当时问我最喜欢什么花，我说最喜欢黄玫瑰，他说他也最喜欢黄玫瑰，今天它像成了接头暗号，他一直紧盯着我手里的黄玫瑰，足足看了一分钟。

"袁大律师，这位就是你的当事人程袭小姐呀，怎么样？长得像模特吧？"关河指着我给他介绍。

袁慕尼的眼睛闪了闪，有些兴奋。

他看着我手里的花，嘴角挤出一丝狡黠的微笑："你怎么知道我最喜欢黄玫瑰？百合香气太浓了。"他的脸有些方正，浓密的剑眉使他的整张脸看起来很正气，他的眼神似乎有股无形的力量，看人时总让人觉得好像穿透了你的内心。他的模样仿佛专为律师这个行当而生，如果不是他的眼神，我会觉得他和网络上那个稍显另类的他判若两人。

他和我心中想象的样子有些落差，但我却很快喜欢上他现在的样子。

"你们不是早就认识吗？"关河打趣地说。

"才认识呀。"我在一旁插了一句。

"没关系，一回生二回熟，你们慢慢聊，我去外面透透气抽口烟，这里的药味太浓。"关河说完做了个鬼脸拉门走了出去。

"烟鬼。"我朝着关河的背影扔了一句。

袁慕尼沉默着，眼睛却一直定定地望着我，似乎想把我刻进他的脑海里。

四目相对，电光火石，如果有声音的话一定是哧哧的电流声，这样的场合相遇真是太让人意外。

我走过去轻轻地坐了下来，在原来林晓瞳坐过的位置上。

"为什么说我们俩隔着汪洋大海呢？"我望着他，真希望永远这样望着他，"我不就在你眼前吗？"

"丫头——"他的一声轻唤，似乎很遥远，又似乎很近，仿佛早就在梦里出现过。

我拉着他的手，也定定地望着他，似乎怕这只是梦幻，一眨眼他就倏地不见了。

"你为什么不告诉我你就是我的代理律师？你是想给我一个惊喜吗？我差点被你吓死了，你伤得重吗？"我把他的手放在自己的唇上，轻轻地吻着。

"对不起，我以为你一定会恨我，那天我只是想尽快见你，想亲自告诉你，我要为你打官司，可却出了车祸，我以为再也见不到你了。"他眼神怔怔地望着我，目光幽深得像一潭秋水，我不由得陷落进去。后来我才知道，他自从得知我要打官司后，就找到了WS出版社，凭他在司法界的名声，轻而易举就拿下了这单官司的代理权，而我却一直蒙在鼓里，连那天签代理委托书时也没留意，糊里糊涂上了他的贼船竟然不知道，这就是孽缘吧。

"我以为你再也不理我了。"我的眼圈顿时红了，鼻子一酸眼泪奔涌而出。

"丫头，别哭——我怎么会不理你呢？我那天醒来连家人都没顾上就给你打电话，在救护车上，我打完电话就晕过去了，你说让我去死吧，我的心都碎了——"他轻轻地摸着我的手，像抚慰小孩子。

我眨巴着水汪汪的大眼睛，万分委屈，我既欣喜又害怕："我当时听你说那样的话，我的心也碎了，我不知道你出了事，我要是知道你受了伤，我一定连夜赶来深圳看你。"

"小傻瓜，我没怪你。看见你我就不生气了——腿也不疼了，我现在真想抱着你转两圈呢。"

我们的目光长久地纠缠，仿佛沉浸在梦里一样甜蜜。

"晓瞳——是你女朋友吧？"我小心地问。

"对，她就是我说的那个女孩子。"他依然轻轻地抚摸着我的头发。

"她如果知道会怎样？"我直了直腰，试探地问。

"她不会知道的——即使知道她也不会怎样，她知道我只把她当妹妹看的。"他柔声地安慰我。

"她知道你当她妹妹？那她还要爱你？"我有些惊讶。

"她是在感情上离不开我。"袁慕尼说实际上她是无法正视自己的内心，林晓瞳小时候得过自闭症，所以她家里人对病好后的她简直是百依百顺。她从不愿和其他男人接触，所以在她生命里除了她爸爸和哥哥、爷爷，她最亲的男人就是他，他始终觉得如果她愿意去接触别的男人，她一定可以找到一个比他更好的男人呵护她。

"只可惜她不愿意离开你。"我轻轻地叹了口气，这也许就是孽缘，世上有缘无分的人太多。我常常想是不是上帝造人时出了错？阴差阳错的，有些人找不到自己的容器，也找不到真正的幸福。

"丫头，假如有来世，你愿意陪我吗？"他的手轻轻地滑到我的耳边，轻柔地抚摸着我的小耳垂，让我觉得奇痒难耐，很快心底的那团火便被他挑了起来。

"愿意——可是愿意又怎样？如果晓瞳追你到来世，那你怎么办？"我的醋意翻了上来。

"她不会的——即使她追到来世，我却只要你。"他在我的耳朵上印了一个热吻。

这样一个承诺谁会信呢？恋爱中的人都会信，我们把爱情的期限推到了遥遥无期的来世，可有没有想过，如果在来世，他爱的那个人是林晓瞳，而我又成了现在的晓瞳那该怎么办？人世的无常谁能掂量？谁能够预计来生的命运？当我们在为眼前的幸福设定一个未来时，是否想过未来对于爱情来说是多么的渺茫，我们还需要听到像《大话西游》的经典台词吗？"曾经有一份真诚的爱情放在我面前，我没有珍惜，等我失去的时候我才后悔莫及……"

当我们在把爱推到无限的未来时，是不是在为自己的心灵寻找解脱的借口？或者说这样的承诺总胜过两个人失之交臂的悲剧收场？哪一个结局的伤口更深，哪一个结局更让人刻骨铭心？

32. 爱情保卫战

林晓瞳推门进来时，我已从袁慕尼的臂弯里脱离出来，我正襟危坐，似乎正和他谈论打官司的事。

见她走进来，袁慕尼顿时收敛了眼中的柔情蜜意。

我不由自主地站起了身，脸上抱歉地笑着，我说我并不想如此打扰袁律师，只是案子有了新的进展才不得已耽搁了这么久。这时关河也从外面进来了，浑身的烟味在五步远都能闻到。

"烟鬼，怎么去了那么久，是不是趁机去泡护士小姐了？"我想趁机避开林晓瞳探寻的眼神，"我们早应该回去了，袁律师恐怕被我烦死了。"

"哟，我忘记时间了，这里的小姐个个戴着口罩，只露出两个黑洞洞的眼睛，冷口冷面，没找到一个靓女——否则我就不回来了。"关河看了看病床上的袁慕尼。他的表情很奇特，似乎刚才经历一场大战似的，头发蓬乱，脸色潮红。

只有我知道他的脸为什么会红，因为这种红同样也COPY在我的脸上。

袁慕尼的异样并没有逃过林晓瞳的眼睛，他的目光自始至终都在我的身上打转，似乎他稍一转移视线我就会消失不见似的，即使是刚刚进门的关河也一下发现，袁慕尼对我的异样表情。

"我们应该走了吧？打扰袁律师这么久。"我转身在柜子上拿自己的小挎包，我发现林晓瞳一直目不转睛地看着花瓶里的黄玫瑰发呆，我刚才换掉了那束百合，它现在正躺在垃圾桶里，估计很快会枯萎。被我的眼神吸引，连关河的目光也注意到黄玫瑰，屋子里一时有些沉寂。

"那我们明天再谈具体的事宜，怎么样？"袁慕尼显然闻到了空气里的火药味儿，他故作轻松地笑着，终于把关注我的眼神抽了回去，把大家的注意力再次吸引到他身上。

"那好吧。我们就不打扰了，走吧，程小姐，明天再来吧。"关河适时的回答让尴尬的气氛得以缓和，我这时也回过神来连声说抱歉，随后告辞出来，病房的门"嘭"的一声关上，我的心忍不住抖了一下，似乎感觉到背上还有一束目光一直追随着我。

出来时我终于松了口气。走廊里静悄悄的，只听到我和关河皮鞋的声音，嗒嗒作响，极富节奏。

出了门我们径直到停车场开车，当车行进在大街上，关河这才盯着一直默不作声的我有些狐疑地问："你和袁律师没什么吧？"

"没……没什么呀。"我吞吞吐吐不知作何回答。我可不能让他知道我们的关系，毕竟网络爱情与现实总是有着一道沟壑，我当然清楚如果我和袁慕尼是男女关系，那他作为我的律师就有些不方便了。

"骗人——你们俩私下里眉来眼去，别以为我没看到，我可不是瞎子，林晓瞳也不是瞎子。"他望着后视镜里一直板着脸的我，我上车后就一直紧绷着脸没有出声。

停了停，他见我依然默不作声，提高了嗓门："别发愣呀，喜欢他又不是犯罪，你何必板着脸，像是我欠了似的。"他瞟了瞟我，依然是板着脸，不过脸上的肌肉有些放松，黯然的脸也有了血色。

"得……得，我今晚请你吃大闸蟹，高兴一点行不？人家说恋爱中的女人个个满目怀春，我怎么看你像被霜打了的茄子一样？"他戏谑地说。

"你才茄子呢。"我勉强从嘴角挤出一丝笑容来，"你是老苦瓜。"

"好好，我是老苦瓜，只要你不是苦瓜就行。"他笑了笑，忽然正色道："你和袁律师如果真有感情上的纠缠，那最好换个律师，否则打起官司来难免会授人于柄。"他的思维还算是清醒的。

"可他是最合适的律师人选呀？其他人能够这么快了解案情？"我有些急了，并没否认和他的感情。

"关键是我怕林晓瞳那边会有什么变故，女人吃起醋来有时挺可怕的，她要是知道你们的事情难免会有所阻挠，我不想这单官司节外生枝，出版社也不希望在小说出版中有什么不良影响。"他分析得很有道理，可我还是无法接受提议，我对袁慕尼有依赖心理，有他在，我心里才有底。

"那我们有没有可能庭外和解？"我想起赵总和袁浩的嘴脸，心也凉了。

"出版社不想和解，你也知道我们的目的，是想通过打官司炒作你的小说，除非对方愿意给你赔偿，否则一切都只能到法庭上解决。"关河皱了皱眉若有所思地说。

"为什么一定要现在赔偿？"我不解地问，"他们答应推出服装时会给我设计报酬的。"

"你可真天真，他们说什么你都信，人家把你卖了你还蒙在鼓里。你看他们对你的那种态度，如果不是我早有准备，他们非把你吃了不可，他们若是要给你报酬为啥现在不给？"关河的脸色很不好看。

"我想他们是对我出尔反尔有些生气罢了！"我猜测着。

"你就别做春秋梦了，一个拿了全国大奖的服装系列，想让他们支付二十万设计费，他们还推三阻四，分明就是想欺负你一个弱女子。"他把车停在了一座宾馆大楼前，"先下车吧，我已经在这里给你订了标间，出版社离这里不远，你如果有什么事就直接打我电话，我可是二十四小时为你服务，够朋友吧？"关河嬉皮笑脸地说。

"得了吧，你还是去为你女朋友二十四小时服务吧，我可不稀罕。"关河下来先为我开车门，很绅士。

"我知道你不稀罕我，你只稀罕袁大律师，没关系，我脸皮厚，随时为你服务。"他对我挤眉弄眼，一边说笑着，一边给我提行李。

办完入住手续后，关河就离开了。只剩下我一个人时，我感觉整个人都虚空了，像是被抽干了血的僵尸。林晓瞳的眼神还在我的脑海里盘旋着，那种似乎被抢走宝贝似的戒备心理让我感觉不安，我从来就瞧不起那些插足他人爱情的第三者，我母亲受过这样的伤，我外婆也受过类似的伤，而今天当自己要把这种伤痛带给他人时，我又于心何忍？

33．左右为难

夜色中闪烁的霓虹灯把我的脸映照得忽明忽暗，当我走在宾馆附近的街道上，秋风吹在脸上，有些凉。我不知为什么会在这个陌生的地方散步，当孤独感像冷风一样把我紧紧包裹时，我的心冰凉得快起了霜花。我知道袁慕尼就在不远的医院里躺着，那里有浓浓的药水味，让我感到窒息的除了空气，还有他一直在我的身上打转的目光，那种目光像丝网一样笼罩住我，让我局促不安，可又心动万分。

他以前曾说过，爱一个人是要付出代价的，我现在终于明白什么是真正的代价，当你在爱一个人时却不能得到他，那爱存在的意义将更神圣，一份注定要奉献的爱情，其结局也是悲壮的。

只能在无尽的时空里去缅怀温暖，但我害怕那种温暖会随着岁月流逝而冰冻，我害怕那种日渐在岁月的风尘里磨砺得面目全非的爱情，像我和白云的初恋。

街上的路灯渐次闪亮，来往的行人穿行而过，有手挽手的恋人，有肩并肩的朋友，还有相互擦肩而过的陌生人，他们的表情茫然得令我害怕，我总是想着那光鲜的外表下面会有着怎样的故事？他们的爱情如意吗？他们的事业成功吗？他们幸福吗？

我不知道自己怎么了，当我漫无目的地走着，当我莫明其妙地招手上了出租车，当我悄然地推开袁慕尼的病房时，我才知道原来爱一个人是爱到骨子里的，我毫无知觉，不受控制，我无法去想象在面对他和她惊异的神色时，我应该怎么去面对这样尴尬的局面。

林晓瞳还是坐在白天坐的那个位置上，托着手肘怔怔地看着袁慕尼，在我进门前，她的嘴里好像在说着什么。当她回头看见我时，她的神色并没有想象中那么惊讶，她只是微微点了点头算是和我打招呼，倒是袁慕尼的脸上露出了既惊又喜的神情，似乎我的到来是上天的恩赐，他盼望已久所以喜出望外。

"是程小姐呀，是不是官司的事情又有什么新的进展？"他的反应还挺快，很快岔开话题，打破了三个人彼此面对的尴尬局面。那时大概晚上九点左右，即使官司有什么问题，我也不会这么晚去打扰他，局外人一看就明白。

"哦——是呀，不——只是有些紧张，想找律师聊聊，第一次打官司，我输不起。"我的脸有些红了，我暗自骂自己没出息，怎么可以不由自主趟进这浑水？林晓瞳的脸上虽然一直挂着淡淡的微笑，可她的眼神凌厉，富有穿透力的目光一直停驻在我的脸上，让我禁不住有些紧张。

"我还是先回去吧，你们慢慢谈公事——不过别谈太久。"林晓瞳有些犹豫，她正准备起身，却被袁慕尼拉住了，"晓瞳，你先别走，我和程小姐谈公事你也可以听的。"

"要不——我明天再来？"我手足无措地站在那里，窘得像偷吃东西被当场逮住一样。

"不——我还是先回去，你们谈公事要紧。"林晓瞳站起身对我笑了一下，拿了她的白色外套叮嘱了袁慕尼几句，走的时候她还温柔地替他掖了掖被子。在我看来她的每个举动都是有意做给我看的，每一个动作都是一种挑衅，只是男人不一定这么想，在我眼里却是心知肚明。

林晓瞳走后，我还一直站在原地，没有力气挪动一步，脚好像钉在地板上，似乎有一个人拿着钉锤在我的心上敲了一下，心就这样碎裂开来跌落在地上，我低下头没有勇气再看袁慕尼一眼。

"丫头，你过来——让我看看你。"袁慕尼的一声轻唤，虽然温柔动听，可我听起来却有些刺耳，这个在虚拟中带给我无数快乐的男人，为什么在现实中却让我心痛？这种痛像有人用刀子在我的心上捅。

我的沉默让他有些不安，他激动地动了一下，裹着石膏的腿被拉动，他疼得"哎哟"了一声，眉心顿时皱到了一起，两条剑眉连成了八字。他疼痛的声音似乎敲在了我心上，我情不自禁地扑到他跟前，边抚摸着他的伤腿边柔声地问："还疼吗？"

他眼里的火焰又燃了起来，在我紧紧地抓住他的手时，他再一次不能自控地想摸我的脸，"不疼了，你来我就不疼了。"他的大手轻轻地在我的脸上挪移着，直到停留在我柔嫩的颈上，欲望像水草一样纠缠在他的指尖上，滑过我的肌肤。

　　"你的皮肤真白，像牛奶一样白。"

　　那晚我的眼睛水汪汪地闪动着，在病房里柔和的灯光下更显得楚楚动人。和所有酷爱漂亮的女人一样，我很注意保养自己，我也特别保护自己得天独厚的玉颈，由于身材高挑，我的颈比常人更修长。我还从美容院那儿得了一个小秘方：用土豆泥掺和植物油和鸡蛋清敷颈，可使颈部白嫩漂亮。

　　他的眼神弥漫着雾气，让我不小心就沉迷在雾中。

　　"晓瞳她是不是察觉我们的事了？"我不安地问。

　　"她很敏感，也很聪明。"袁慕尼的回答也算是承认了，只是林晓瞳她既然猜到了，她为什么舍得单独将我留下？难道她不怕我和他发生点什么？也许这正是林晓瞳的聪明之处，退一步海阔天空，她更懂得放风筝的原理，爱一个人更要懂得收放自如。

　　"也许我真不该来，这不过是一场梦而已，梦醒了什么也不会留下。"我苦笑着自嘲，我明白这样紧紧相逼，伤了自己也伤了他人。

　　袁慕尼看着我那像被火灼伤的眼神，眼眶也突然红了，有什么比看着自己的爱人痛苦而无能为力更让人丧气的？看我楚楚可怜的样子，他想也没想就伸手一把将我揽进了怀里。他喃喃自语地说他不应该让我受苦，明知道不能相爱却要来招惹我，他是混蛋，他不应该在网络上莫明其妙地爱上我。他说当他第一次和我聊天时，尽管我骂了他，可他却知道从此已经逃不出我的掌心，这就是孽缘吗？怎么感觉像永远也还不清的债？

　　我看着他被痛楚扭曲的脸，那被愁苦纠缠着的眉梢眼角的皱纹，他下巴上微微颤抖的小胡须，似乎都沉浸在淡淡的伤感中。网络中的爱情，生于虚幻没于虚幻。

　　当两片干涸的唇终于找到了水源，像风和雨一样纠缠在一起时，世界里的俗尘与光亮都因此而黯然了，没有什么比这样纠缠在一起更让人心醉，陶醉在彼此的呼吸里，我的唇里有着淡淡的茉莉花香，就好像是沐浴在花香中一样，屋里下起了芬芳的细雨，水不断地滴落在彼此的手心里，化成了一颗颗晶莹剔透的星星，那是我们的眼泪流到了一起。

"如果有来世，你还和我在一起吗？"

"如果有来世我们就这样抱着永远不分开。"这样的誓言像极了老套爱情里的对白，"丫头，我爱你，有些人为得到一具躯壳而沾沾自喜，而你却得到了我整个身心的爱。"

是的，这样的爱世间又有几个人能拥有呢？我偏偏就拥有了，却还感到不满足。

也许我不该让他左右为难？有时爱一个人还不如就此放手，留存一点美好给记忆，何尝不是一种幸福？

34．退一步海阔天空

第二天我和关河一起去医院，对于昨晚的事我们只字未提，大家都装得若无其事。

我们把目前双方的证据都列了出来，讨论的重心最后放在要不要庭外和解。关河坚持出版社的意见是想炒作小说，官司怎么也得打，而我却很犹豫，想来想去，虽然有了设计草稿，我觉得胜算似乎还是不大。原因是草稿图只能证明服装是我设计的，而我的确也和服装公司签了合约，在职期间所有我设计的服装系列都属于公司所有。而且我的设计行为也的确属于公司行为，而非个人行为。当初我去西双版纳采风也是公司出的钱，作为公司设计的一个课题，我做的一切都是为了公司的发展。

袁慕尼却有自己的看法，他觉得如果要打官司就必须放在事实上，事实是袁浩以个人名义盗用了我的作品，他的行为不代表公司行为，算是个人侵权行为，这一点想告倒他也不难。只是结果会有两种：一个是从袁浩那里讨回设计权，二是让他支付赔偿费用。如果想告服装公司难度就相对大一些，因为有签约的合同在先，对我们极为不利。所以，他最后分析如果他们俩人联手对付我们，这官司就更难打了。

关河一直沉默着，听着他的话不停地点头。等袁慕尼分析完，他笑着说："袁大律师就是想得比我们周到。可是他们现在怎么肯庭外和解又给我赔偿呢？这就有些难了。"

"我设计的东西专利应该是我的呀，我先去申请专利，谁用它都要付钱。"我天真地说。

"傻瓜，他们说不定早就申请专利了，还轮到你。"关河笑着说。

"那我怎么办？白被他们坑了？"我委屈地说。

袁慕尼深思时两条剑眉不经意间挤到了一块儿，像两个亲兄弟一高一低。他想了想安慰我说："你先别急，他们也有顾忌的地方。设计专利不同其他专利，在行内也是有例可查的，据说前年大连就有一单服装设计侵权的案子，最后赔偿原告八万块。你的这个案子和他们的明显不同，你的设计经历了更艰辛的过程，现在有人利用它获了大奖，在社会上引起了一定的反响，这荣誉应该属于你，你因此而所受的损失他理应对你赔偿。再说去西双版纳采风设计《原色》是很多人可以证明的，有很多证据可以证明你是该设计的原创人，即使他们恶意申请专利，他们现在也无法批下来，因为审批程序很慢，而且目前已经进入诉讼的设计是不能申请专利的，我事先已发函通知相关部门暂停对此专利的审批。你和公司签的合同只能说明这项设计隶属于公司，但并不能否认你是它的设计者，这两件事没有因果关系。"

大家都在仔细地听他的分析。"不过——"袁慕尼话头一转有些严肃地说，"它说在职期间的设计都属于公司，不知有没有规定你离职后这些设计的权属方？"

"上面有写所有在职期间的设计归公司所有，离职后自动放弃对设计的拥有权。我当时签约时没有想那么多，谁知道他是个狼心狗肺的人？"我的脸有些黯然。

"这官司目前看来如果要打只有一线希望——紧紧抓住袁浩剽窃这一件事，不管是否属于服装公司，你都是《原色》的设计人，至于说设计权归属的问题，最多再打一个官司了。"袁慕尼分析着，他停了停看着我又继续说，"当然，还有一个就是庭外和解，大家商量一个比较合适的赔偿价，免得两败俱伤。"

"关键是他们不愿意和解呀。"我急着说。

"赔偿是一定要他们赔偿的，他袁浩拿着你的设计招摇撞骗，既得名又得利——你们可别忘了，他可是拿了大赛办的两万元奖金还有一座奖杯的，这可是实实在在的，至少这个要他还回来吧？还有啊，那些荣誉，报纸杂志上刊载的消息，可是对原创设计者极大的伤害，他们有没有想过原创者在身心受伤害的情况下还要打官司，这多不容易呀。"关河慷慨激昂，似乎他已站在法庭之上。

"得了吧——你在这里慷慨激昂做什么，要是让你做律师，你还指不定怎么着，说不定站在法庭上直打哆嗦。"我的脸色由阴转晴，忍不住拿关河开涮。

"这样吧，如果你们同意退一步的话，我和对方联系一下，看是否能达成庭外和解。我这脚也不知道几时能好，估计十天半月也动不了，这样吧——我托事务所的另一个同事全权代理你的这单官司，他在这方面经验比我还丰富。"袁慕尼说。

"你不想管我了？"我心里一急口不择言，说出来才发现关河异样的眼神。

"不——不是，我还是一直管你的这单官司，只是托一个人给你办理手续上的事，我现在这样子不能动也无法帮上你的忙。"袁慕尼毕竟是大律师，他说话时铿锵有力，假装没听出我话里的弦外之音。

"那也好，我想袁律师是需要多休息，不能整天为着官司的事劳心。"关河补充了一句。

"那我先回去等消息吧，反正一时半会儿这事也解决不了。"我小声地说，表情却明显有些不悦。

"那你放心先回去吧，我腿好了一定去找你，如果不能庭外和解，到正式开庭还要大半个月呢。"袁慕尼的眼神异常温暖，虽然有关河在场，可四目相对时还是禁不住纠缠在一起，春水荡漾。

"那我们走吧。"看我兀自站着没有动的意思，关河又笑着补充了一句，"我现在终于体会到美女的魅力，不仅具有消炎止痛的功效，还能强身健体。"

"你就知道耍贫嘴，照你这么说，你整天和美女在一起应该身强体壮喽？怎么没见你更强壮一些？"我笑着横了他一眼。

"我不同呀，我天生对女色具有抗体。我是说某些人——前几天我来的时候他还疼得哎哟哎哟地直叫，一进门就把我轰出去了。现在你来了他就腿也不疼了，腰也不酸了，吃饭也多了，睡觉也香了，你说美女的功效是不是很大？要是被医院领导知道干脆组织一支美女医疗队。"

关河的话弄得我满脸通红，连躺在床上的袁慕屁也窘迫得不敢再看我。

"想不到你回国才两年，连电视广告都学得这么顺溜，孺子可教呀。"我还是不忘反击。

我和关河告辞出来时，袁慕尼的眼神有些依依不舍。

35．无可挽回

爱我的那个人结婚了，可新娘不是我。

刚回到广州，白云将要结婚的消息再一次得到证实，不啻为当头一棒。

这个故事很老套，可是它却每天都套着我们的生活，生活却还是要继续。历史说我们只记住那些给后人留下伟大印迹的，而那些细枝末节的琐事都被车轮碾碎了，散落在时空里，不会给任何人留下什么。

白云的电话打来时，我正在接宁海的电话，他说他已经回来了，在公司处理几单客户的质量投诉，处理完就去接我，还特别叮嘱我不要吃晚饭，他要请我去川国演义吃家乡菜。很久没有尝过家乡菜的我，一提到四川的麻辣嘴里就直冒酸水，直到听到我的手机响起来，我才挂断电话。

电话里的白云，连声音都变了，害得我想了半天才确认是他。他说他要结婚了，希望我把他忘了，他在电话里絮絮叨叨，像个喝醉了酒的人有些语无伦次，他说他这么多年一直都不能忘记我，直到再一次见到我，他知道自己再也不可能给我幸福。他

117

说当他知道有一个很爱我的人在我身边，他感觉很放心。他后来话锋一转接着说："……这么多年没见面，想不到你变得这么不可理喻，简直有些心理变态……小柯多柔弱的女孩子呀，你竟然那样去伤害她……"我的头就像被弹药炸裂开来，嗡嗡作响，这就是于小柯想要得到的？让他亲口对我说了这句话，她知道这世上谁可以伤害我，她终于赢了。

白云最后到底还说了些什么我已经记不清了，我发觉我的记忆最近经常短路，好像有了过早衰退的迹象，可能像电脑CPU一样需要整理升级才行。

很多很深刻的事我现在已经模糊不清。我不知当时是怎么挂断电话的，因为记忆出现断层，我只觉得听完他那一番自言自语的絮叨，我的灵魂已出窍了一般，暂时没了知觉。那一段记忆的空白在过去很久后，都无法整理清楚。他是我青春岁月里最值得珍藏的一段，就像一张最美的画片一样，我永远不会丢弃它，把它珍藏在我最隐秘的地方。

我想起藏在母亲箱底下的几十封信，都是白云写给我的，那里面记录了他在广州的点点滴滴还有想我的心情，字字情真意切。在我发现它的很多年里，我经常拿出来用手轻轻地摩挲着它，这样子可以让我从那些文字里感受到一点温暖，那种初恋时的青涩和甜蜜，经历过青春年少的人都会记得。我也曾恨过母亲，是她亲手扼杀了我们的爱情萌芽。我甚至觉得母亲在感情上的挫折同她心理上的变态有某种关联，她怎么可以这样对待她的女儿，她无法想象少女时代的恋情对我是何等重要，我曾经为了白云的离去消沉过很长时间，她不知道他的信对我意味着什么，我的整个少女时代因此而失去了光彩。

记得有一封信大概是在他高考前写的，他说他心情很糟也很紧张，他说初中以前一到考试他也紧张，可是那时只要看见我他就会安心，可是现在他却无法排解那种紧张，他的父母对他的期望太大，总希望他能如愿以偿地进名牌大学。那一封信的信纸有些皱，从页面上可以看出曾被泪水浸湿过，某些字迹已模糊不清。我当时抚摸着信纸久久不能平静，我知道自己失去了和他心灵碰撞的机会，而这种机会对他和我是多么重要，可这一切都被我母亲一手毁掉了。

当我们再次面对时，一切都已经无可挽回。

我已不再是昔日的纯情小姑娘，他也不再是当年那个怀春少年，只为我的一颦一笑而开心。他身边已有了千娇百媚的于小柯，据说她是个特别会撒娇的女孩子，因为从小受的苦多，她对外界极其敏感，对白云她就像小鸟一样依赖，对接近他的女人更是万分戒备。她似乎早摸透了白云吃软怕硬的性格，只要是她想要的东西，在他的面前撒撒娇就可以轻易满足。

当然于小柯挑拨是非的能力也非同一般，她知道怎样挑起我们的争端。

有时误会是很难说清的，我们因此而错过那一生中唯一的机会。

36．你要的温暖我可以给你

白云和于小柯的结婚请柬是由宁海带回来的，不过他一直藏着不想给我。

宁海回来时，我已躺在沙发上睡着了，脸上泪痕斑斑。他才出差两个星期，我居然瘦了一圈。

当他走过去坐在我的身旁，他看着我的眼睫毛低垂下来，像道黑黑的屏障。他后来告诉我他从没有如此近地观察过我，因为我很少这么安静，这时候的我和刚刚相识的夜晚有着天壤之别，我脸上的泪痕告诉他，我依然是个脆弱的女人，虽然我平时表现得很强势。

他很想抚摸一下我的睫毛，毛绒绒地耷拉着。

他的手举到半路又缩了回去，他说从来没见过我睡着的样子，那样楚楚可怜，全然不同于我往日风风火火的样子。这时我抖动了一下，身子缩成了一团，或许是冷吧。

他站起身想给我拿件衣服盖上，起身时却不小心撞到茶几，几上的玻璃杯与茶几的碰撞声清脆而响亮，我明显地抖了一下醒了过来。

我睁开眼时就看见了宁海，他怔怔地望着我，似乎没有想到我会突然醒来。

"对不起，我把你吵醒了。"宁海抱歉地笑了笑，"饿了吧，走，我们去川国演义吃饭。"

"有什么喜事吗？非要去川国演义。"我浑身乏力，无精打采。

"没喜事就不可以去呀？我想请你吃家乡菜想了很久，就那里的川菜还算地道，我已经订好位置了，走吧。"他身上还揣着喜帖，心里也不轻松。

"那不是又欠你人情？要不我请你怎样，算是给你接风洗尘？"我强作笑颜站起身。如果说和白云的初恋只是一种青春梦幻的破灭，而和袁慕尼的关系则是雪上加霜，我不知为什么会陷进感情漩涡。看着宁海期待的眼神，我莫明其妙地觉得歉疚。他平时免费给我做厨师，无微不至地关心我，可他并没得到什么，连我的温言细语也没得到一句。

宁海这时已替我取了外套，一边走一边笑着说："和我还客气？我以前每天赖在这里吃你的，现在请你吃一顿那是天经地义。走呀，我们今天可要放开肚子大吃一顿，别委屈了自己。"

天晓得他平时给我煮饭，很多买菜买米的钱都是他自掏的。

川国演义位于体育东路，入夜时分这里便灯火通明，生意格外兴隆，特别是天气渐冷时来这里打火锅的人络绎不绝，不只是四川人喜欢到这里吃川菜，连本地人都酷爱这里的麻辣。据说它的前身叫"老蜀人"。宁海平时常和朋友到这里吃火锅，他早就叫嚷着要请我去吃了，只是一直没逮着机会。

宁海订的位置位于大堂临窗的僻静角落，这里的地形可以看到来往的吃客饕餮的惨状，有的辣得鼻涕眼泪一块儿流，有的则吃得脸红脖子粗，汗流浃背，摩拳擦掌，看那情景终于让我明白这里生意好的原因。宁海坐在我对面，一边吃着火锅一边望着我，我很久没有吃过那么辣的东西，再加上一边吃菜一边喝啤酒，脸已红到了耳根，额头和鼻尖上不停地冒汗。

宁海一边给我夹菜，一边怔怔地看我，他说要我多吃肉，少吃青菜，长胖一些身体会更好。

"你不吃火锅怎么老看我呀？"被他看得有些不好意思，我不满地抗议。

"看着你亲切呀，这叫老乡见老乡两眼泪汪汪。"他盯着我，一刻也不愿移开。

"什么时候学会耍贫嘴了？"我皱了皱眉，白云的话一直在我脑海里盘旋着，让我头痛欲裂。

我的表情当然没逃过宁海的眼睛。

"你今天怎么了，好像心不在焉的？是不是不喜欢吃这里的东西？"

　　我看了看他，摇着头终于从胸腔里叹了口长气，这口长气让我郁闷的心暂时得以舒展。

　　"你早知道白云结婚的事？为什么不告诉我？"我委屈地看着他。

　　他看着我沉默着没有说话。

　　"你们都把我当傻瓜吗？为什么他要结婚了，还要打电话讲那些莫明其妙的话？凭什么说我心理变态？他怎么可以这样说我？"是的，白云他根本不知道我这么多年来对他的思念，他更不知道我心底最纯美的一页已被他涂改得面目全非，他破碎了我最美的梦想。

　　宁海的额头上也一直在冒汗，他的怀里正揣着白云的喜帖，他不知道该不该给我。当他看着我被痛楚折磨的脸，他的内心也禁不住抽痛起来。

　　我眼里的火焰越烧越旺，像一只困兽在面对死亡时的神情，他被我的眼神震慑了。

　　他忍不住抓住了我纤细而修长的手，像在夜里捕食的动物一样紧紧地抓着。

　　"袭袭，你不要这样，白云他根本就配不上你，你这么美丽又有才气，他即使是给你提鞋我都嫌他碍手碍脚。他结婚了不是很好吗？你可以少点心理负担，他早就背叛了你，你又何必死抱着过去不放呢？"

　　他的话字字句句都像针一样刺在我心上，揪心地疼。

　　我不得不承认他说得很对，我为什么要一厢情愿地为他伤心？他现在身边早有娇娘相伴，自古就是只听新人笑，哪闻旧人哭，我何必还惦记着少年不更事时的儿戏话语？再美的誓言都会化成尘灰逝去，再动听的甜言蜜语都要经受现实的考验，我知道他已经远离我了，永不再回来。

记得那一晚我们在川国演义都喝多了，回到家时还醉醺醺的，只记得宁海唠唠叨叨说了很多话，而我记住的却没有几句。模糊的意识里只记得他说过的一句话，那是他趴在我耳边说的，他的嘴里喷出湿热的酒气，他说，你要的温暖我可以给你……

我要的温暖是什么？那一个晚上我知道，我一直想要的温暖就是他拥抱着我，当他喘着粗气把那些暧昧而暖湿的气流吹到我的耳朵里，我感觉从未曾有的绵软与虚空，他那样激情地进入了我的身体，我连哼都没有来得及哼一声，就被他的拥抱融化成了一团棉花糖，软软地流出水来。

我知道有一种幸福就叫充实，被人拥抱的充实，被人拥有的充实。

那一晚，我以为我找到了爱，那种爱可以释放我的苦痛。

37. 仁义道德

关河的电话来得真不是时候，我那时还赖在床上懒洋洋的不想起来。宁海已经上班去了，早餐就放在我的床头柜上。看了看盘里的火腿和煎蛋，我的心里就禁不住漾起一股幸福的暖流。这时的我，无论是白云还是袁慕尼都无法再伤害到我，我已经把自己武装成一个幸福的人，沐浴着爱情的光彩。

本来我不想接关河的电话，我还想在床上多呆一会儿，只要一想起昨晚的缱绻我就禁不住脸红，那是幸福女人的羞红。当他抱着我让我绽放成一朵美丽的扶桑花时，我知道有时现实的爱情比虚幻的爱情更让人神魂颠倒。他的手轻柔地拂过我的每一寸肌肤，他由衷地赞美它，他说像豆腐脑一样嫩滑，他说那上面有一股醉人的清香，当我喝得醉醺醺时，每个毛孔里都散发着一股啤酒的香味儿。

他说要是把我放在香水中沐浴，一定会变成一个飘香四溢的女人。

可恶的电话却是没完没了地响着，我翻了一个身，把被单扯过来盖住自己裸露在外的大腿，极不耐烦地拿起了电话，冲着电话没好气地叫嚷道："喂，这么早你吵什么吵呀，赶着投胎呀？"

"我要投胎去也要先把你的事儿解决了才去，你在干什么？怎么不接电话，玩失踪呀？"关河的兴致似乎很高，丝毫没对我的不愉快而心烦。

"我好好的玩失踪干吗？找我有什么好事？"我被他的声音一感染睡意顿消。

"好事和坏事都有，你想先听哪个？"他调皮地问。

"先听好事吧——好歹死前我也要快乐地挣扎一下。"我笑着说。

"哈哈，你放心你一时半会儿还死不了，好消息嘛，官司不用打了，袁浩那边同意庭外和解，由服装公司出面给你经济赔偿，我们擅作主张给你签了赔偿金额。"他说。

"那坏事呢？不会是他们的赔偿金额是零吧？"我笑着再次问。

"坏事嘛，你不用再出书了。"他严肃地说。

"什么？出版社想毁约呀？"我心里一惊，我对这本书看得比性命还重。

"不是呀，服装公司赔偿你二十万，你不用出书都快成富翁了，还干吗出书呀？"他笑着说。

"你见过二十万的富翁吗？他们赔偿是赔偿，和我出书是另一码事——你能不能告诉我，他们怎么这么快就妥协了？"我有些兴奋，不用在法庭上针锋相对就可以解决问题当然大快人心。

"他们呀，被袁律师三寸不烂之舌给弄晕了，我们再适时地拿出证据，他们就很快招架不住了。说来也好笑，袁浩其实最怕事情闹大，这事一闹开他以后也别想在服装行业混了，别看他嘴硬，说话比茅坑里的石头还臭，可是他那关一破一切就迎刃而解了。还是袁律师有计谋呀，不愧是行业精英，三下五除二就把案子搞定了，他现在还在床上躺着呢，你要不要亲自去慰问一下？他可是为你赴汤蹈火才落到这个地步的，唉——真是英雄难过美人关呀，我可是见识了。"关河叽叽喳喳说了一大通。

"那书呢？"我急切地问，《原色》小说我花的心血可不比服装设计少，如果不出版那就太遗憾了。

"书嘛——也是好消息，已经出版了，首印五万册，估计很快还会加印。恭喜你呀，旗开得胜。"他的情绪一下感染了我。

"真的？我什么时候可以看到书？"我一兴奋差点从床上跳起来。

"你呀，别急，出版社还要给你安排签名售书，还要开记者招待会。"他停顿了一下才继续说，"这个记者招待会可能有记者会问到你官司的事，你一定要从容回答。"他似乎有些担忧。

"为什么要开记者招待会？不是已经和解了吗？要是再炒作会不会对袁浩不公平呀？他们已经付出应有的代价了呀。"我隐隐有些不安，我可不想赶尽杀绝。

"我们要的不是结果而是过程，你懂吗？出版社开记者招待会虽然是为了炒作小说，可也是为你讨回一个公道，他们利用你的设计得到的东西，我们要原封不动地让他们偿还给你。"他掷地有声。

"可你们有没有想过媒体这样一宣传，他们的面子还挂得住吗？袁浩用二十万想买个太平，我们这样做未免太不仁义了吧？"我一向说话直来直去。

"有时是不能只讲仁义道德的，我以前说过出版社不愿意和解，我们想一直打官司，无论输赢都打下去，除了炒作小说还要替你讨回公道。在西方国家，每个公民都会为失误行为付出代价，袁浩也不例外，他故意剽窃你的作品，在道德上就谈不上君子所为，和这种人讲仁义道德未免笑话。出版社之所以同意庭外和解，也是想通过和解后给你争取更有利条件，从而以此来炒作。这即使有什么不妥也和道德无关，你只管对记者据实回答，没有人会说你不仁义。"关河振振有词，分析得头头是道。

"不行，我这是第二次不遵守诺言，我想我不应该拿自己小说的前途和袁浩的前途作赌注，他还年轻，背负不起那么大的黑锅。"我越想越不安，别人可以对我不仁义，我可不能昧着良心做事。

"你也不用有什么思想负担，记者招待会主要还是宣传小说，你如果不想提官司的事也就算了，我们安排你讲《原色》小说的构思，总之能有利小说的推广希望你尽量配合。"关河说完便挂了电话。

有时结果和过程到底相差多远，我们永远都无从知晓。

当我们站在受害人的角度再去看获得和结果时，你会发现没有人会是赢家，我们永远都无法避免被人推到台前充当一回傀儡，有时我们被人愚弄，有时我们愚弄别人，道德总是像衣服外套一样，随时可以换一种款式出现。

当我发现不可避免地要伤害他人时，我不知道这种过程和结果是否真的存在意义。官司赢了又怎样，二十万卖了我的设计，可是那些钱对我毫无意义。我宁愿抱着一堆无用的草稿吃粥咽咸菜，恐怕也不愿拿着这些赢来的钱吃喝玩乐，对于我来说生活的意义在于寻找充实的过程，而我发现这个寻找的过程却使我变得更加虚空，我不知道什么时候已经丢失了真正的自我。

我知道对于很多人来说，再多的物质都无法塞满一颗虚荣的心，而我并不需要任何物质来陪衬自己。外公和父亲给我留下的钱已经足够我用了，可我却因为钱要伤害别人，虽然对我来说那只是为了寻找尊严与认同。

38．现实和虚幻

我不断地克制自己，不再到网络上闲逛。

自从那天和宁海喝醉酒发生了关系，我的心里就有一种歉疚，无时无刻不折磨着我，我怀疑自己是否真的喜欢那种彼此拥有的感觉，虽然彼时的确感到过充实和幸福，可当感情冷却后，那些表面的幸福背后却让我感到恐惧，我害怕面对现实的责任，看过太多责任后的背叛与欺骗，我对所谓的幸福畏首畏尾。在这种时候宁海任何体贴的动作对我来说都是负担，在我感受幸福的同时却在忧虑，这种幸福能够持续多久？我无从知晓，在我心里没有一种东西可以永恒不变，虽然我渴望永恒。

我现在更怕面对袁慕尼，他已为我夺回了本应属于我的权益，可他连电话都不敢打一个给我，直接通过关河把余下的事情了结了。也许网络上的情感最终要回到虚幻吧，我们注定无法成为现实中的情侣。

每次我控制自己不要再上网，可这样的克制却无法说服自己潜意识的欲望，我还是无法脱离网络。我时常想从网上得到袁慕尼的消息，即使他销声匿迹，我也想从其他网友那里得知他的片言只语。最近我终于在一个律师论坛找到了他的踪迹，知道他曾经是那里的常客，为此我兴奋莫名，我想我也可以不声不响地默默关注他，即使不能交谈，我也能感触到他内心的波动。

而越接近他的灵魂，我越感觉内心对他的需要。

这天我又在网上闲逛，不经意地打开了袁慕尼常去的律师论坛。在首页我终于看见了他的头像亮着红灯，进入论坛时发现他正在和另一个律师唇枪舌战，有些天昏地暗。他们正争论着一单离婚财产诉讼案，在法庭第一次裁决实施后，女方发现男方隐瞒实际财产收入，对法庭再次提起上诉要分割男方其他部分财产。两个律师就女方是否享有此财产的分割权展开了争论。因为那些财产主要是男方结婚前获得的，所以两个律师的意见不一致，袁慕尼说可以分割部分财产，因为这些财产在和她结婚后得以发展，并不完全是婚前财产，而且如果双方在婚前没有特别的约定，夫妻应当享有所有财产。另一个叫"郑平"的律师则坚持说那属于男方婚前财产，女方不享有分割的权利。

正当两人争执不下时，我也化名"龙衣"参与到争论中。

我的意见是女方应当获得夫妻所有财产的一半，因为他们的婚姻是基于爱情与信任才结合的，而离婚时男方却想瞒天过海欺骗女人，这本来就是一种不道德。作为女人在婚姻失败时往往是受害最深的一方，如果她在受伤时还得不到男方的尊重，那完全有必要付诸法律，要回属于她的那部分。

当我的观点在论坛里显示出来，那个郑平律师的矛头一下直指我，他愤然地说："我敢断定说这话的人一定是个没见识的女人，什么伤害，什么欺骗，难道男人在离婚案中是个幸运者？他难道不会受到伤害？作为男人，他在离婚中所受的伤害并不会比女人少，他婚前已经是一个颇为成功的男人，那些财产都是他奋斗获得的，他凭什么要把辛苦获得的财产分给别人？女人伸手要这些财产就是一种卑劣行径，女人都是见钱就眼开的动物，你难道可以否认她婚前不是因为他钱多才嫁给他？"

我毫不示弱，针锋相对地说："我们要看到这桩离婚案中的女人她不同于那些傍大款的女人，首先她和那个男人婚前有着相当深厚的感情基础，其次在婚后她在他的事业上充当了贤内助的角色，我们不能否认如果没有这样好的女人在背后支持他，他也许不会获得如此大的成功与财富。再者他在婚后五年与他人发生婚外情，从而提出与妻子离婚，这是他先背叛了爱情。女人在受伤害的同时，难道她不可以争取到属于自己的那份权利吗？"

袁慕尼一直没吭声，许久他打入了一行字："龙衣，你能否告诉我，我们认识吗？"

他显然在怀疑我的身份。我有些失望，以他的聪明他不该问我的。

"龙衣"者"袭"也，有点语文常识的人都不难看出来。何况我们早应该有这种默契，可他却在论坛上这样问我。我心乱如麻想也没想就下线了。我不知道为什么怕和他直接面对，虽然我去论坛的目的也是想关注他的一举一动。

结果他的电话就这样打了过来。

"丫头，刚才是你吗？我知道是你——为什么要躲着我呢？你不知道我多想在网上碰到你，可是你来了却招呼也不打就跑了，你到底想怎样折磨我？"他说得振振有词，仿佛我让他受了多大的委屈。

我沉默着，良久才冷笑着说："袁大律师，我有必要躲着你吗？这段时间是谁销声匿迹了？"

"丫头，你知道我不方便联络你——"他急切地争辩。

"那现在呢？袁大律师，很方便了吧？"我再次冷笑，却心如刀绞。

"丫头，你在生我的气？"袁慕尼有些委屈，"这两天我一直很矛盾，我对不起晓瞳，也对不起你。"

我苦笑着说："我为什么要生气？咱们最初不是说好了只在网上谈感情，和现实彻底分开吗？虽然我们都无法做到，可我还是希望我们到此为止。"我咬了咬牙，说出了最不想说的话，当我的脑海里浮现起宁海那种怜惜的表情，我就觉得内疚。理智告诉我，虽然我无时无刻不在想着袁慕尼，但俩人的关系再没可能更进一步，我们注定只能在网络上相互遥望。

"不，我们为什么要到此为止？我不准结束，我还想和你在网上唇枪舌战，我们为什么不能永远保持这样？这段时间不是因为你存在，我都不知道怎么在医院呆下去，我每时每刻都在想你。"他有些伤感。

"不准结束？你有什么权利不准结束？你要林晓瞳怎么办？你要我怎么办？"我已经泣不成声。

"对不起，丫头，我知道我很自私，可一想到要和你分开，就像割了我心上的肉，我受不了，我对不起你和晓瞳——"他也哽咽不成声了。

"不，你可以很快忘了我——"我拼命地咬着下嘴唇，以致嘴唇被咬出血来。

"忘了你，我还不如当初出车祸死掉算了。我宁愿为你去死，也不要你这样冷漠地对我。如果不是迫不得已，我怎么可能娶一个不爱的女人？丫头，你别想着摆脱我，老天是在考验我们，你千万别放弃我。"他的声音嘶哑，像黑夜里乱撞的困兽，说这话时他有些视死如归，这种感觉让我禁不住战栗了，一种不祥的预感霎时笼罩了我，一股寒意从心窝一下凉到了后背。

"你不要用死来吓我，别再提死不死的，我——我答应你，不放弃就行了。"我有些心慌意乱。

直到挂电话时，我都无法从那种预感的恐惧里抽离出来。在网上乱逛本想把心里的烦闷减轻一些，却想不到越逛越心烦，随便搜索一下百度，就出了一大堆网恋不成自杀身亡的惨剧，看得我心惊肉跳。这让我想起从一个网友那里得到的一则趣事，两网友在网上恋得热火朝天，却想不到最后见面竟然是两兄妹。虚幻的网络没有条条框框，没有道德伦理的约束，给无数人的心灵注入了幻想的活力，也衍生了许多美好与罪恶。

无缘何生斯事，有情所累此身。

39．爱我的人结婚了

这天宁海终于把白云的结婚请帖给了我，我一下愣住了，脑袋一片空白。

他说如果你觉得可以面对，你就去吧，任何事情总要有个了结。

他说得对，什么事情都要有个了结，我想每个人都会经历初恋，都会把它当成童话来珍藏。我躺在床上想了一整夜，最后终于决定去祝福他，不管他是否需要这种祝福。

我以前常因搜集素材和网友通话，在电话里听他们的爱情故事，绝大多数网友最深刻的还是初恋。我记得有个网友在谈起初恋情人时还伤心地哭了，他说她有个愿望想看下雪，可是生在南方的她却从未如愿过。那年圣诞他去北京出差又想起了此事，那时北京正下雪，他跑去超市买了一个保温瓶，还专程打的到长城装了满满一瓶雪，他说他相信长城上的雪是最美最纯净的，他想把那瓶雪带给南方的她，可当他千里迢迢把雪带回南方时，却得知她就在那个圣诞节嫁给了另一个男人。他说他当时把雪倒进了珠江，在以后的很多年他只要看见雪就会伤心。

我们每天都在做梦，而每天都可能面临梦想的破碎。

白云婚礼的那天，正好是中秋节。

广州的温度还像在过夏天，所有宾客都是夏天装扮。新郎新娘穿着白色礼服，鼻尖上竟然在冒汗。我和宁海到达酒店门口，白云和于小柯笑意盈盈地站在那里，向每位宾客鞠躬。白云看见我时眼神滞了滞，但瞬间又平静了下来，笑容姗姗来迟。我强作镇静，心底却在战栗着。

我笑着将红包递给于小柯，虽然在电话里交锋过几次，可我还是初次见她。

她个子不高，和颀长的白云站在一起，显得不太协调，但却是小鸟依人。她的五官很精致，有些像洋娃娃，眼睛特别大，骨碌碌转动时就像探照灯，不动时却有些让人不寒而栗，她看见我时就一直上下打量我，眼神冷冷的很不友善。

我当天穿了一件银灰色无袖长裙，领开得很特别，一只手和肩膀裸露在外，衣服上面镶有很多银色亮片，再加上我化了银色淡妆，看上去神彩飞扬，不仅让白云忍不住多看了几眼，更吸引不少宾客的目光。当宁海得知服装是我亲手做的，连亮片都是我亲手绣上去的，他竟然有些不信，若不是看过我设计的《原色》，他都无法相信我会有如此精巧的手工。以前读书时同学常取笑我，因为我的床铺经常乱得像鸟窝，可我缝制的服装却是最精美的，连系里的老师都对我啧啧称赞，说我是个设计奇才。

我挽着宁海的手巧笑嫣然地走进酒店，背后一双火辣辣的目光跟随着我们，直到我们消失在大堂里。

那天，我们俩人真算是郎才女貌，走到哪里都抢占了众人的目光。宁海一身银灰色西装，是我专程为他订制的。白荷姐妹的目光都聚焦到他的身上，从头到脚地打量他。

白荷看见宁海挽着我的手，脸上明显有些不悦。白草却毫无心机地跑过来，一边拉着我的手一边啧啧称赞："哟，我还以为来了明星呢，仔细一看原来是宁海哥和袭袭姐。"

她的目光在宁海的脸上逡巡着，有些肆无忌惮，似乎第一次发现他居然长得很帅。

"是呀，你们俩真的很相配。"白荷温和地笑着，脸上的不悦收敛得干干净净。

不知什么时候白云挽着于小柯进了大堂，我们的对话自然没有逃过他们的耳朵。

看见我时，于小柯的脸色变了变，瞬间又假装温和地笑着。她的个子比较矮，走路时仿佛是被白云挟持着，脚蹬七寸高的鞋，可她还是只及白云的腋部。在他们走过来时，她故作亲热地依偎进白云怀里，白云明显闪避了一下，但一接触到于小柯的目光，他又赶紧揽了她的腰，摆出一副甜蜜的样子。

"哟，你就是程袭呀？你和宁海还真是一对儿，不知什么时候可以吃你们的喜糖呀？"于小柯故意大声地说着，随后瞟了一眼白云，白云皱了皱眉，没敢出声，气氛有些微妙。

连一向心无城府的白草都有些茫然地望着我们几个，看不懂到底出什么事了。

还是宁海笑着打了圆场："吃喜糖？没有这么快，今天我们可是临时组合的一对舞伴儿。"

好在婚礼的司仪来找新郎新娘，暂时融化了紧张气氛。

这时有几个扛着摄像机的男人挤到我们前面，其中一个胖男人递给我和宁海一张名片，他说他是珠影的导演，最近他们剧组正拍一辑广告片，急需一对新郎新娘，如果我们愿意，婚礼后可以找他们详谈。我看了看名片，果然是珠影的导演。他说想拍就给他们电话，说完他就急匆匆走了，估计是给新郎新娘拍结婚场面去了。

宁海满脸疑惑地看着白荷："哟，你们家很大手笔呀，拍个婚礼还要请珠影的导演？"

白荷含情脉脉地盯着宁海，她说他父亲和珠影的导演是朋友，最近他们在拍一个房地产广告，导演今天除了来拍婚礼场面，还想选演员，原来今天还请了一些演员和模特到场。

白荷边说边目不转睛地盯着我们，良久才由衷地说："难怪导演会看上你们，你们的确很般配。"

我的脸禁不住红了，连宁海都感觉有些局促不安。好在宴席已经开始，宾客们都陆陆续续入席，大家都没有注意我们的表情，暂时避免了尴尬。

婚礼很豪华，白家还请了一个乐队现场演奏，请的司仪也是广东卫视的著名主持人，听邻座客人们议论，他们说岳龙衣的面子可真大，请个名主持对他就是小菜一碟。我当时就暗自纳闷岳龙衣是何许人也，他的名字竟然和我的网名不谋而合，我低声问宁海，他悄声告诉我岳龙衣就是白云的继父，是广州龙腾音像制作公司的老总，听说他们公司还捧红了几个歌星，所以今天的宾客里会有很多名人。

听宁海一说，我突然来了兴致，想一睹岳龙衣的尊容，可当天直到我离开他一直没出现。

到了敬酒时，白云和于小柯转到了我们那一桌，在座的人都感觉于小柯有些喝多了，她不住地敬酒然后自己把满杯的酒都喝下去，白云拉都拉不住。等到他们俩走到我和宁海身边时，于小柯脚步踉跄有些站立不稳，她还在不停地笑着嚷着喝酒，当她再次举着满杯的酒要和我干时，却被白云喝止了。

"小柯，不要再喝了，你已经醉了。"白云上前夺了她的酒杯，一把将她扶住，她有些摇摇欲坠。

"我没喝醉，我要敬程袭和宁海，祝你们白头到老。"她抢过酒杯，手颤抖着，酒也撒了一地。

不知她是喝糊涂了还是故意的，她的话让我们都很尴尬，今天又不是我们结婚，她的祝酒词未免有些过火了，在座的客人都向我们投来诧异的目光。

"小柯，你醉了，你还是别喝了——对不起，对不起，她喝多了。"白云一边抢于小柯的酒杯，一边向我们道歉，急得直冒汗。

"我为什么不能喝？我没醉，你是不是怕我喝醉了，对你的初恋情人不利？程袭你听着，你今天是不是应该敬我们三杯？对——三杯，罚你三杯，我们算扯平——"于小柯的舌头已有些不听使唤，可她还举着手里的酒杯，酒杯摇摇晃晃的，酒撒了出来正好撒在了我的礼服上，银灰色礼服上的酒渍触目惊心。

我忍不住后退了一步，宁海已抢上前接了我手里的酒杯，一口喝了下去。

"袭袭不会喝酒，我代她喝了。"

"你怎么可以代她喝？让她自己喝——"于小柯抢过伴娘手中的酒，又倒了一杯，摇摇晃晃地递到我面前，"喝——喝完它，我们以前的过节一笔勾销——"

"算了吧，小柯——袭袭她不会喝酒，你就别难为她了。"白云试图抢过于小柯手里的酒杯，却想不到她抬手一扬，把杯里的酒全部泼在了我脸上。酒顺着我的脸直往下滴，那一刻时光似乎停滞了，所有人都站了起来，眼睛瞪得老大，谁也没有想到新娘会如此无礼，在座的人大概也猜到了我们的关系。

我用手抹了一把脸上的酒，委屈的泪水却涌了出来，泪水和着酒水在脸上流淌着，那样子狼狈至极，那是我一生也不曾经历的耻辱，所有人的目光都扫向我。我的眼前忽然模糊了，我强忍着屈辱咬着下嘴唇，怔怔地瞪着白云，他比任何人都惊慌失措，他的脸上有伤痛有愤怒，可我却不能原谅他，这一切都是他带给我的。

"白云——今天我们终于两清了，我们从此谁也不欠谁！"我最后一句是吼出来的，别的宴席上的客人都站起来往这边看，在场的人乱哄哄地开始交头接耳，对我们指指点点。

宁海冲上前，谁也没注意他想干什么，因为大家的目光都集中在我身上，就在我吼出最后一句话时，他的巴掌重重地落在白云脸上。

"白云，你给我听着，这一巴掌是我代袭袭打的，你真不是个男人！"

白云的神情狼狈至极，于小柯已经整个人倒在他怀里，他扶着烂醉如泥的她已经不胜负荷，脸上却有一排火辣辣的手指印。他的目光像被电灼伤了，他盯着我，悔恨、歉意、内疚、怜惜……

我一边哭着一边抓起手袋拼命地往门外跑去，宁海也跟着我追了出去。

大街上，人流涌动。风吹在我的脸上，眼泪却奔涌而出。街上的行人都在回头看我们，大概没人见过这么盛装的女人在街上疯跑，后面还跟了一个盛装男人，也许他们正在猜想我们的故事。命运就是这么滑稽，当你想去解开一个结时，却把另一个结系在了心上，没有人知道哪个结拴住了我的心，因为痛苦和麻木时连心也失去感觉了。

40．我的蓝色容器

那天的情景一直在我心里重复而模糊地出现，似乎一幕惊险的闹剧，像梦一样不真实，我多么希望自己是旁观者，或梦里的过客，可我却是闹剧的主角。我不知道那天我到底哭了多久，只是当我回忆起时我觉得自己很傻。如果说泪水是对那段美好初恋的祭奠，那至少有一个值得我纪念的人，可我现在脑海里一片模糊，包括白云的影像都变得模糊不清，我似乎被人遗弃了。

这件事过去很久，我一直都无法清晰地记起那天的片段，也不愿意提起。宁海也对那天的事只字不提，仿佛根本没有发生过一样。从那天后，他就把我的行李全部搬到了他的家，他说爱一个人是需要慢慢了解的，他希望亲自照顾我的生活，不再让我受任何伤害。

我的确也需要一个安静环境，《原色》在推向市场后反响不错，出版社和我签了第二本小说的合同，名叫《烟火》。报刊杂志上也出现了我和袁浩打官司的报道，同我的小说和服装设计联系起来，竟然引起了媒体的一顿热炒。我经常会收到莫明其妙的电话，有些是读者打来的，更多是媒体打来的，当然还有袁浩的骚扰电话，我的生活无可挽回地受到了干扰。

为了避开纷争，我不得已在宁海的房子里住了下来，每天深居简出，拒绝任何媒体采访，我不想再做任何炒作，出版社的宣传已让我不胜其烦，我把自己关起来写书，希望在文字里寻求片刻的宁静。

我唯一没改的习惯是在写作间隙上网逛一逛。在网上我用了另一个名字发表一些短篇，虽然很无聊，不过我也无法去想更多了。所有时间都被脑袋里的人物塞得满满的，这次我一改以往的写作风格，用了写实的手法，想把我身边发生的事情写成小说，这个构思也得到了出版社的认同。

和宁海虽住到了一起，可俩人的状态并不会比先前更亲密一些，说我们是情侣还不如说我们只是伙伴，他对我比以前更体贴，给我煮可口的饭菜，为我洗衣收拾房间，像个保姆一样照顾我的生活。当然我们有时候也像真正的情侣一样缠绵，可是缠绵之后我们还是照样生分。宁海是个不善于表达的人，偶尔像哄小孩子一样哄哄我，那些都是从他外婆那儿学来的，他的个性多来自外婆的熏陶。两个人在一起时常常静悄悄的，有时他高兴了会给我讲一些他外公外婆年轻时的事。

他外公是当地的秀才，当年他外婆还是十里八乡最俊俏的姑娘，他外公看上她并托人说媒娶了她，她当时还没见过外公的面，只知道他是个有学问的人，想不到她和他一结婚就是几十年，他一直对她像小孩子一样宠爱，直到死去也不曾对她红过一次脸，外婆经常沉浸在回忆中，这让从小跟着她长大的宁海心里也有了对幸福的最初梦想。

在他的脑海里幸福就是俩人默默守在一起，即使不打不闹也很幸福。他目前和我的状态就类似这种感觉，他非常享受，我原本也是个很闹的人，只是因为写作，我们都变得异常沉默。两个沉默的人在一起就像一杯清淡的绿茶，泡在温水里，散发出淡淡的清香，这样的生活显然与激情无关。

但他却能让我宁静，有时我觉得他就是我的减压器，他释放了我的苦痛，就像湖泊融化了盐。

这天宁海给我收拾行李，因为我要去深圳两天，出版社将在深圳书城召开记者见面会宣传《原色》。他一边收拾行李一边叮嘱我，他说如果记者问及官司的事我最好还是回避的好，毕竟袁浩他们出了钱，如果再损害他们的名誉似乎情理上说不过去。我当时也点头表态，我说我根本不可能配合出版社攻击袁浩，毕竟官司的事已经了结了，再没完没了地纠缠下去对自己也不利。

那一晚宁海表现出比平时更加依恋我，夜深的时候他一直呆在客厅里不肯去睡，他手里拿了一本奥斯汀的《傲慢与偏见》，翻来覆去地看，可到底有没有看进去只有他知道。直到我笑着问他为什么还不去睡，他才合上书，眼睛怔怔地看着我。

"我今晚睡不着，你能陪陪我吗？你要出去办事，我心里总是七上八下，你陪我说会儿话，行不？"我走过去坐到他的身边，笑着说："你还真像个孩子，我又不是第一次出门，再说深圳离这儿也不远，两三天搞完宣传我就回来。"我轻声地安抚他。

他有时呆在我身边一言不发，比一只小猫还要乖巧，这让我感觉安心。他能够呆在我身边不让我反感，这本身就是一种奇迹，我从来没想到一个做营销的人会如此寡言少语，也许是在外面说得太多，在家里反而无语了？

我从小到大就很少和男人相处，我对我的爸爸和外公总是傲慢无理，他们甚至有些怕我，因为我总是一针见血地揭穿他们，在我眼里只有好人与坏人之分，只要是背叛过爱情的人都不值得尊重，我一向这样认为。

客厅里的灯光不知几时被调暗了，宁海的目光飘浮不定，一直在我的身上打转。

在他的目光里我很清晰地看到了欲望，那种男人本能的欲望。

若在平时他是相当克制的，尽量在我高兴时才会提出要求。这一天他似乎比较激动，他给我讲了一大段故事才把目光放在我光洁的脸上，还有我那起伏不定的胸上。屋里有着柔和晦暗的灯光，参差斑驳地照着我们，我忽闪着迷茫的眼睛，其实我很喜欢这样的氛围，有他在我感觉很安全。

他不知什么时候拦腰抱紧了我，他的手不停地抖动着，他说袭袭，你就是我心底的那块镇山石，有你在时我会感觉心安，只要你不在我就会感觉空虚无聊，恨不得找个地方藏起来。说这话时他的手伸进了我的衣服里，小心翼翼地解着我的内衣扣子。每次解扣子他都会显得极为笨拙，不知是因为慌乱还是因为技术不娴熟，他总是很久也解不开，每次总是我把手伸到背后帮他，他才会满足地把手伸进我的衣服里，轻轻地握住我的乳房，他的手最初总是缺乏男人的灵活。

直到他被本能的欲望淹没，他才会紧紧地搂着我又亲又咬。嘴里叫着我的小名"鸟儿"，他最喜欢叫我鸟儿，他说这样他会感觉我是完全属于他一个人的。在他的身下我不停地颤抖，汗水涔涔，他会为征服欲望得到满足而兴奋莫名。从这点来看，在性爱中他比他平时更富有激情，也许这就是真我的展露吧，在原始的本能面前才能表现真实的自我。

那一晚他抱着我再一次进入了巅峰状态，他在满足后还在久久地回味，他说他达到了生命里从未曾有过的高潮，这是他每次做完爱后说的唯一的话，他似乎非常满意我在这个过程中的表现，以致他得到满足后会久久地抱着我，像是要把我镶嵌进他的身体里。而我每次在这种时候，脑袋里唯一一想的人却只是袁慕尼，我不知问题到底出在哪儿。每次当宁海高叫着进入我的身体时，我都不得不闭上眼睛，想象着袁慕尼的样子，才能达到我想要的欢愉与快感。这样一来最后导致我只要不想袁慕尼，就找不到那种惊心动魄的感觉。每次在和宁海冲向高峰时，我都在心里默默地叫着袁慕尼的名字，虽然最后睁开眼我看到的是宁海的脸，我有时会感觉到天旋地转的失落。

虚幻中的爱情就只能在虚幻中得到满足。

也许宁海爱我更多一些，我常常这样充满歉疚地想。

41. 迷恋上一种感觉

在去深圳的车上我犹豫了很久，我想给袁慕尼电话又害怕。我不知道这一次去深圳该不该见他，本能告诉我，我渴望见到他，理智却告诉我，不能任由性子去伤害对方。我已经不再是以前的我，现在我身边已有了宁海，无论以后我们发展成什么关系，我都要克制和袁慕尼继续纠缠下去。还有那个林晓瞳，她那锐利的目光常常像闪电一样，在我的脑海里划过。凭良心说林晓瞳的确算得上宽宏大度，她的隐忍反而让我感到压力，看似纤弱的女人内心总是强大的。

从小的经历使我对男人总是谨慎而多疑，我从来不想去插足破坏别人的家庭，潜意识里总想着"己所不欲，勿施于人"。可是有时理智总是敌不过情感，当我一次次把手机拿出来又放进去，这样反复几次后，我还是拨通了袁慕尼的电话，我承认很多时候情感与理智斗争时总是情感占据上风。

"喂——"我的喉咙像被棉花塞住了似的，不知如何开口。

"喂——丫头，是你吗？"他急切地问。

"是我。"我禁不住喘气，想好的千言万语到了嘴边却说不出口。

"丫头，你在干什么呢？我很——想你，真的很想你。"他的声音像吹在耳边的风，柔和绵软，这一天在车上的郁闷一下轻松了许多，只是因为他那动听的男中音。

"我——也想你，我在去深圳的车上，能见你吗？"我沉默了很久终于还是说了，虽然我并不是专程去看他，可此时去深圳的目的已不再重要，重要的是那里有他的存在，那个地方将变得意义非比寻常。

"真的吗？我想你——想见你，天天都在想，你在哪儿？我去接你。"他的声音忽然变得急切起来，从电话里都能感觉出他那熠熠生辉的眼神。

不知道为什么我却挂了电话，莫明其妙地就想哭。当我把脸埋在手心里，用手肘撑在两腿间时，眼泪禁不住滑了下来，手机在不断地响着，可是我却不想接。他那动人的声音纠缠在我的心尖上，挥之不去。直到电话铃声让的士司机不耐烦了，我才不得不关了手机。

当我抬起头来望着车窗外那渐渐远去的树影，突然想起了和袁慕尼在网上相处的快乐日子。

他很多时候都是轻松而幽默的，有一次他给我讲大学时的一段趣闻，把我笑得差点没晕倒在电脑桌前。他说读大学时他们宿舍的男生号称系里最懒的，其中有"三剑客"之称的男生是学校律师论坛的高手，每次辩论赛他们三人都最出色，可是谁都知道他们也是系里最懒的三个。他们宿舍的男生经常轮换着穿衣服，每次懒得洗就换着穿，有一次其中的一位男生把他女朋友的牛仔服穿到了寝室里。第二天，他们照样轮换穿衣服，因为早上要出早操一紧张也没注意看，上课的时候才发现糟了，那个男生的女朋友一直盯着另一个男生身上的衣服，眼露凶光。据说后来他们就为此事吹了，因为那个男生从女生的衣服口袋里搜出了一盒避孕套，还恬不知耻地在同学中大肆宣扬，搞得那个女生无地自容。

我当时笑得肚子都痛了，我说你说的那个男生不会是你吧？他当时就承认了，他说穿错衣服的男生的确是他，他当时也没想到那么清高自傲的女生，和她的男朋友还有那一手，他是故意想气一气她，治一治她的傲气，结果却没想到拆散了他们。我笑说你现在后悔了吧，可惜这世上什么药都有得买，就是后悔药没处买。他说他才不后悔呢，真正的感情是经得住大风大浪的，那种有一点风吹草动就动摇的感情不要也罢。

俩人在网上最难得的是默契，虽然很多时候我们都喜欢打击对方。这样的快乐在现实生活中却很难拥有，同事之间很多时候相互提防猜忌，却很少相互信任。像袁浩那样想利用你的人在单位里随时都可能遇到，只是有时他们在暗处。有个朋友曾经告诫我，他说有时你不能仅凭对方的态度来判断他对你的感情，你必须知道他为什么那样对你，他对你的最终目的是什么？无数次的教训教会我们，所有无关利益的事都必须计算投入与产出比，每个人都可以做成本核算师。

网络给了我幻想，我从小就爱幻想，从来就不曾改变过。袁慕尼能够让我感受到虚幻的快乐，他对世上的丑恶了如指掌，他对丑恶的心理洞察入微。他和我都是对现实有着相同感怀的人，我们相互挤对，却一样认同着对方的人生与爱情观。

我迷恋上这种感觉，和他一起守在网络上的日子，比一对情侣相互依偎的日子更让我珍惜。每一次他的离开都会让我对他更加恋恋不舍。

爱，有时是在不经意中就陷入不能自拔的境地，只是当我们察觉时，一切已不在掌控之中。

42. 拒绝做美女作家

想不到在广深高速一路塞车，车行到东莞路段就堵得水泄不通，据说是前面有一辆装载玻璃的货车翻了，碎玻璃片撒了一地，现在交警正在紧急排除险情，可这一堵就堵了两个多小时。到达深圳书城时已是中午时分，在外面远远就看见黑压压的长龙队伍，似乎都是来签名买书的，我心里不免又惊又喜。

当我找到出版社事先约好的会议厅时，出版社的人已经在那里守候多时。只见关河的脸铁青着，脚踩来踩去活像热锅上的蚂蚁，看见我也顾不得打招呼，劈头盖脸就是一顿臭训。

"喂，程大小姐，你别再玩这种失踪游戏了行不行？把我们这群人快吓疯了，你没看见我们这么多人都在傻等你吗？外面还有一帮热爱你的读者，你的手机怎么回事，怎么不通呢？"他没好气地说。

会议厅里来来往往的工作人员正紧张地布置着会场，"著名网络作家程袭惊世巨作《原色》记者见面会"的大红横幅正在往上挂，可能左右不平整，有几个工作人员跑过去指指点点。

"我现在不是来了吗？算我倒霉路上偏遇到堵车，为了避免你打电话烦我，我索性关了手机，很抱歉让你们久等了。"我一边笑着安抚关河，一边放下我的行李箱。

"你好歹给个电话呀，我还以为你像袁大律师一样喂了人家车轮。"关河笑着调侃。

"呸呸呸——大吉利时，你真是狗嘴里吐不出象牙，好好的说什么倒霉话？"

"呸呸呸，我收回，行了吧？"关河整个人放松了，脸笑得像南瓜花。

我转头和出版社的王总编打招呼，我只和他见过一次面，那还是在第一次签约时。站在王总编身旁的几个人我都不认识，长得瘦瘦高高的，一看就是典型的南方人，他们都主动上来和我握手，一脸的笑容带着商人的精明。关河介绍说他们是南方的几个大书商，说想一睹作家风采，这次除了参加记者招待会，还想和我认识一下。

我虽然和熟人说话比较随便，可在真正人多的场合却显得有些拘谨，我说我只懂设计服装和写作，要卖好小说还要他们帮忙。几个商人客气之余不停地赞美我，其中有一个长了满嘴黄牙的男人，笑得像喇叭花，他说："程小姐祖上不是南方人吧？长得这么高，怎么没去做模特？"他笑嘻嘻的时候露出满嘴黄牙，让我一阵恶心。

我说我哪敢做模特呀，在模特里面我就是一个二等残废，根本上不了级别的。

另一个胖男人过来和我握手，抓住我的手却一直不放，手里滑腻腻的，他满脸的雀斑笑得星光灿烂，一边笑一边还不停地拿他的绿豆眼瞟我，他说："程小姐真是谦虚，人长得漂亮、文章又写得好的人我可是第一次见，难怪有记者说你是新生代美女作家，一点也不夸张。"

类似这样的恭维话我以前听过不少，不过从他的嘴里吐出来却格外让人作呕，连一旁的关河听了都忍不住偷笑。

我禁不住皱了皱眉，对于媒体称我是美女作家我一向反感，似乎我的美和我的写作能力有着莫大关联，我暗自想如果我长得遗憾一些，不知他们会不会称我实力派作家？我不敢往下想，毕竟自己还年轻，连"作家"这个称呼都是出版社花钱炒出来的，我并不看重这些虚妄的名利，但有时名利往往捎带着他人对我的认同。其实只要有读者喜欢，我就感觉莫大的满足。

见我有点不高兴，一旁的关河赶紧笑着打圆场："你们最好把《原色》拿来好好研究一下，这也是对程小姐辛苦的支持，我第一次看她的小说就惊为天人，看得眼珠子都停止了转动。这是我回国后编的最好的一本小说。"关河说话时总是像鬼佬喜欢耸肩，再加上挤眉弄眼，表情滑稽又可笑。

我很轻易地就被他的神情逗笑了，我说你就别涮我了，说得那么夸张谁信呀。

那几个书商却咧开嘴直笑，他们都诅咒发誓说信，让我哭笑不得。

这就是现实社会给一个单纯者的印象，我们不得不去奉迎虚伪的吹捧，而不完全是为了生存。似乎生活在这个世界上，你就不得不顾及别人的看法，曾经有人说过我们都是活在别人眼里的动物，而实际上唯有自己的感觉是最重要的，但我们有多少时候用心倾听过自己内心的声音？

43．一场精心导演的闹剧

记者见面会在下午两点半如期举行。作为举办方的WS出版社，除了邀请包括南方几大城市的书商参加外，还请了多家报纸杂志以及深圳电视台的记者来参加此次《原色》推广活动。在多功能会议厅里，近三百平方米的地方竟容纳了五六百人，济济一堂真是热闹非凡。会后还将举行签名售书活动，事前此消息已经在《深圳特区报》、《深圳商报》以及《深圳青年》等报刊上发布，出版社在宣传上做足了功夫，只要看看书城内外挤得水泄不通的人，就知道今天的签名售书准能成功。

见面会刚开始是出版社社长一段慷慨激昂的致辞，不过是些出版社发展、为振兴文艺而奋斗的套话，可能准备充分，他足足讲了二十分钟，下面的记者听得昏昏欲睡，直到他做了总结发言，大家才欢声雷动鼓掌欢迎他结束发言。对于记者来说此次活动的通稿早已由主办方写好，只要发到报上去就行，唯一有点盼头的是今天的主角还未登场，那些记者个个东张西望翘首以待，希望能看到《原色》的作者出现。说来奇怪，主办方的行程安排让我在中途出场，大概是为了营造神秘气氛吧，在这之前媒体上纷纷传言我是少见的美女作家，可真正的人长得怎样没几个记者见过。

那次出场真的可以称作粉墨登场，想不到WS出版社还给我准备了一套隆重的服装，竟然是套黑白相间的晚礼服，设计的款式相当别致，晃眼一看有些眼熟，一问还被关河数落了一顿，他说你自己设计的服装都不认识，难怪别人抢了你的原创设计也不知道，真够笨的。

我这才发现原来他们巧妙地把原设计款式的三原色改成了黑白对比色，并且去掉了一些修饰，改后的风格比较简洁时尚，而原来的风格更张扬富有个性。

出场时真的有种T型台上的感觉，难怪出场前关河和我开玩笑，他说，你要挺胸抬头收腹，最好能走猫步，想想你是这世上最美丽动人的女人，你就会信心十足。我当时的确这样想了，而且出场时我也感觉良好，再加上我出现时记者的闪光灯咔嚓作响，真有点众星捧月的感觉，一时我有些飘飘然，还以为自己得了奥斯卡大奖。

如果不是袁浩的突然出现，我一定会觉得那是一个非常完美的记忆。我记得很清楚，当时记者都涌到了出口处对着我拼命地拍照，有些动作较慢的人不停地往前涌，在那种相对混乱的场面中，谁也没有注意袁浩是怎么挤到我面前的。在一群记者中间他并无特别的地方，他的特别之处在于他挤到我的面前一拳头就向我打来，他的动作很快，以至于谁也没有看清拳头有没落到我的身上，只看见另一双大手紧紧地攥住了他，一个高大的身影站在我的面前像一根擎天柱一样，比变形金刚还要威风八面。

我突然愣住了，眼睛差点停止了转动，这是我第一次看见站立着的袁慕尼，比我想象中还要高大。当初见他时一直躺在病床上，腿上缠着石膏，只觉得他身材魁梧，却想不到他竟然这么高大。我记得第一次看见宁海时曾为他的高大惊诧不已，今天看到袁慕尼我忽然想知道他们中哪个更高一些。

袁慕尼扯着袁浩的衣服气势凌人，他威严地瞪着他说："袁浩，你大概忘记了——你侵犯程小姐的设计专利权，我们已经庭外和解了，你这种企图故意伤害我当事人的行为，我们有权重新起诉你，你可别好了伤疤忘了痛。"

他的声音高亢有力，整个大堂都可以听到他的声音在回荡，所有记者的相机咔嚓作响，这个场面毫无疑问谋杀了不少菲林，在场的记者都没有漏下他们相互推搡的场面，大概没人想到会出现如此精彩的场面，这对于记者来说无疑是一件振奋神经的事，与刚刚听社长慷慨陈词时昏昏欲睡的场面相比，此时像一锅煮沸了的粥，热气腾腾。

其中有个大胆一点的记者迅速挤到我面前，拿着话筒问我："请问程袭小姐，他就是当初剽窃你《原色》服装设计的人吗？你们不是已经庭外和解了吗？为什么他依然对你穷追不舍？"

"对不起，我的当事人有权保持沉默，对这个一向出尔反尔的人，我们只能用法律来捍卫作者的合法权益不受侵犯。你们有没有见过一个偷了别人设计的人还跑来打人的？这可是法制社会，他也太小看国家的法律了，我们将保留对他的起诉权。"袁慕尼对袁浩毫不松手，一边用手挡住挤上来的记者。

"出尔反尔的人是她——不是我，她口口声声说什么维护自己的合法权益，而实际上她不过是为了宣传她的长篇小说，你们都被她利用了，一群傻瓜。"袁浩的脸上露出轻蔑的笑容，似乎所有的人都被耍弄了，只有他清醒着。

"你自己呢？难道没有被赵总利用？你别忘记了，二十万买去的服装设计现在的市值岂止二百万？那些批量的产品卖出去，至少给公司带来上千万的收入，你现在在这里叫嚷什么？赵总不过是利用你为他的公司炒作罢了，现在《原色》服装不费吹灰之力成了知名品牌，而你呢？得到他的提升了吗？他当初答应给你买的别墅小车呢？兑现了吗？别把自己当成一个圣人，你不过是赵总身边的一条狗而已，他利用完了也会一脚把你踢开——"我还想继续骂下去，却被关河挤上来拉开了。

不用说那天在记者招待会上所发生的一切，都被那些职业精神特强的记者作了详尽的报道，第二天某报纸头版竟以"《原色》一出谁与争锋"为题生动地描述了当时的情景，包括我公主式的出场以及袁浩戏剧性的出现，当然袁大律师英雄救美这一关键环节更是浪费了记者们大量笔墨。那天的情景经一帮文采飞扬的记者们一吹，倒真的是活灵活现，越看越发现有人工造作之嫌，明眼人都不难看出那天几个人戏剧性的出场好像事先约好了似的，比老谋子导演的电影还富有戏剧性，似乎无形中有谁在幕后指挥一样。

我的心自然也少不了有此疑虑，为什么那天的事都那么凑巧，看似"无巧不成书"，连有些报纸写袁大律师和我的绯闻也写得有板有眼，似乎有人暗中指使似的。还是关河的一句话说得绝，他说这叫假作真时真亦假，这真真假假谁能分辨得清？只要书卖出去了，我们就等着数钞票吧。

多么实在的一句话，却是一针见血。利益社会，利是第一位。

44．机遇不是谁都可以把握

记者见面会是一个奇迹，关河说这可开创了出版行业的奇迹，因为还没有哪位作家获得过如此大的轰动效应，而我却实现了这个零的突破。张爱玲说得好，出名要趁早，我现在正当青春妙龄，出名也正是时候。他说在美国看到过美国式的炒作，我们这次有些类似那种炒作，他还说了一句意味深长的话，他说不是每个人都可以写这么好的小说，也不是每个人都可以碰到这么好的机遇，他希望我能够好好把握，毕竟这样的机会好像海市蜃楼千载难逢。

接下来的签名售书也非常顺利，在书城排队买书和签名的人几乎排到了大门口，连袁慕尼都有些惊讶，他说从没有想过作家也能像明星一样风光。看着我坐在那里不停地微笑，不停地签名，他竟然心疼起来，给我买了统一冰绿茶，还不停地提醒我要补充水分，他说秋天对女人的肌肤可是一种考验。

他那种细致入微的关怀，不管是出自同志之间的阶级友情，还是出自男女间的私情，反正一路跟来追踪报道的记者可不会错过大好素材。果然，在第二天的报纸上，袁慕尼作为故事中的绯闻男主角出现在各大报刊上，连他拿着水放到我面前，望着我满怀深情的一笑，都被某高超的摄影师拍得极富艺术性，让我们不得不苦笑，记者的敬业精神真是不可小视。晚上是出版社安排的答谢晚宴，席间我被安排和几个书商坐在一起，袁慕尼坐我对面，关河和社长、总编坐我斜对面。那几个书商的嘴巴一个个都像抹了油似的，不仅对我今天的表现大加赞赏，还对《原色》的销售作了良好估计，他们说想不到第一次和程小姐合作就那么轰动，未来的前景看来也会一片光明。那个满嘴黄牙的男人笑着说，只要程小姐高兴，我们这些做销售的在前线做牛做马也愿意。另外几个书商早就喝得不醒人事，说话时嘴巴禁不住打架，一双双醉眼迷离的眼睛有意无意地瞟着我，露出色迷迷的样子。

　　其中一位书商一边打着饱嗝一边手舞足蹈地说："只要程小姐打声招呼，再加印几十万册我们全都包了——哈哈哈——"他大概真是喝多了，很快身子就软得只能撑着桌面才能勉强坐着，另外几个也已经东倒西歪。

　　事后关河透露，那晚的酒根本不是什么低度古绵纯，而是给他换成了高浓度五粮液，那几个书商本来就没太大酒量，还按平时那样喝当然很容易醉。他说如果不是他们暗地做了手脚，就看那几个人欲火焚身的样子，那一晚我保不住会怎样。当时我真的很感激关河，最后他还意味深长地说了一句，他说有时我们能为你考虑的就给你考虑，如果考虑不周的你也多长个心眼，这世道复杂，你要是去美国锻炼几年，估计你不会像现在这么单纯。有一次和他聊天，他还怀疑我的年龄，他说看我的样子顶多二十来岁，像个涉世未深的大学生，可是那一年我已经二十六岁，在社会上摸爬滚打了四年有余。

　　机遇不是谁都可以把握的，当时关河也这么说过。如果是别人想抓住那些书商的胃口，只要给点便宜给他们，那些书销售的事根本就不是问题，可是像我现在这样子，他们就只能通过正常程序走，那些商人没捞到什么油水自然不会表现得如此卖力，听说事后那些书商还把关河骂得狗血淋头。

　　袁慕尼事后也说过，他说早瞧出来了那些人根本就没安什么好心，他也下了决心，只要他们敢动我一根毫毛，他就让他们吃不了兜着走。他说他就不信离了他们几个我的书会卖不出去，要说机遇嘛那还得看是哪一种，不是每种机遇都可以给人带来幸运。

　　世事就是这样狰狞，以无法想象的狰狞来面对单纯的我。

　　袁浩那天是被酒店的保安轰出去的，用关河的话说那还是出版社给他面子，否则直接送公安机关弄他个故意伤人的罪名，那他的设计师也不要做了，这辈子也就毁了，言下之意似乎出版社手下留情。

我一直有个疑问，而关河却避重就轻地岔开了话题。我说为什么袁浩那天来得那么巧，好像专门安排好上场演戏似的，是谁透露给他酒店的活动？这显然不是凑巧的事，而是有人精心安排的。关河当时听了只是不置可否地笑了笑，他说你虽然聪明，不过现实生活毕竟不像写小说，可以安排一些惊险刺激的场面。他说袁浩知道发布会的事也并不稀奇，连《广州日报》上都刊登了你签名售书的消息，难道他是瞎子聋子？他要故意来捣乱，偏巧碰到你出场的时候，那只能说无巧不成书，来得早不如来得巧。

被关河一阵抢白我也就懒得问了，反正那天没有造成流血事件算是不幸中的万幸，连出版社的社长都亲口说袁浩的出现不啻为一枚炸弹，只希望那些报纸杂志的记者凭着良心写，不要把是非黑白颠倒。

我无法分辨出别人的对错，就连自己在这出闹剧里扮演什么角色我都迷迷糊糊，我想也许世事本无对错，只不过我庸人自扰而已。

45. 谁是闹剧的制造者

那一天袁慕尼的出现也极富戏剧性，"英雄救美"不仅没有新的突破，连动作都显得有些僵硬，不过我已经很满足。不管这一出闹剧是否有幕后主使，我都感谢主办方为我请来了最想见的人，他的出现让我惶惶不安的心终于安定了，即使是面对袁浩那咄咄逼人的气势，我也不再害怕。我相信别人可以算计我，可袁慕尼不会，尽管他在网上显得有些无厘头，但我依然相信他对我是真诚的。

晚宴后袁慕尼亲自护送我回酒店，那是出版社事先订好的房间，就在书城隔壁，第二天的日程安排也是签名售书，据说第一天有很多没有买到书的读者都悻悻离去，有些喜欢我书的学生说第二天一定早点来排队。关河当时开了一句玩笑，他说袁大律师每次出场都搞得惊心动魄，你们两个人好像克星似的，第一次是他为你出车祸，这一次是你差点被人殴打他英雄救美。他笑着说希望袁慕尼送我回酒店时不要再发生什么事情，随后他捂着嘴骂自己是乌鸦嘴。

我当时狠狠地瞪了他一眼，骂了他一句"狗嘴里吐不出象牙"。

房间在第九层，进电梯时除了我们俩还有一个陌生男人，我夹在两个男人中间搞得场面有些尴尬，从进电梯起我就一直看着脚，我清楚地感觉袁慕尼的目光一直追随着我，即使是那个陌生男人横在中间，他火辣辣的目光仿佛要把我烧了。不知怎么的我忽然就想起了一个故事，那是关河给我讲的，他说有一次他代理一本书，书的内容有大量的性描写，据说写那本书的女人在给他代理之前，给过另一个代理商，当时那个代理商说要自费给她出书，还说要娶她。他说女人的心理真够简单的，明明是人家要玩一下她，她偏就信以为真，也不知她有没长大脑。

我不知道为什么会想起这个故事，当我们走出电梯时我还一直没有想通，我甩了甩头想把大脑里那些乱七八糟的想法甩掉，以至于袁慕尼看着我好奇地问我怎么了，是不是有什么不对？我这才醒悟自己有些走神了。我笑着摇头说没什么，只是想起一个故事而已。他便紧跟了几步追问我到底是什么故事那么好笑，让我心不在焉。

　　我当时笑了笑，没有出声。他的手肘不小心碰到了我的手，我惊惶失措地躲闪了一下。

　　他立即觉察到了我的异样。

　　"丫头，你今天怎么了？怪怪的。"在我的房间门前停下时，他终于忍不住问了出来。

　　"没什么。"我表现得有些冷漠，当我把房卡插进门洞时，我的心居然紧缩了一下。

　　"你一定有什么，不然你怎么对我这样冷漠？"他冷不防从后面抱住了我，我挣扎了一下，门突然开了，我一个趔趄差点冲进门里，他拉了我一把，等我站定后他才松了手。

　　进门后，我把房卡插好，灯随即亮了，我这才发现行李已经事先放在衣柜里了，出版社的人早已经把我的一切安排得妥妥当当。

　　袁慕尼还依然站在门外。他的头部快顶住门框，灯光把他的脸照得有些光亮，他那棱角分明的脸透着一股英武之气，和网上那个活泼幽默的他比起来，站在眼前的他显得有些陌生，我甚至不知道应该怎样同他交流。

　　俩人沉默的时候，就像两尊静止不动的雕塑，一个巍然屹立，一个挺拔颀长。

　　"你不想请我进去坐一坐？"袁慕尼首先打破了沉默，他似乎有很多话要说。

　　"进来吧，我又没拦你。"我一边脱下风衣放进衣柜里，一边往热水杯里放水插上电。

　　袁慕尼这才转身把门关上，也把深灰色西装脱了下来，他里面穿了一件枣红色衬衣，一条蓝白相间的斜纹领带，英气逼人。那天我穿了一套黑白相间的套装裙，头发被我绾在脑后盘起来，加之我高挑的身材，袁慕尼说我这身打扮让他感觉有压力，太高贵，有种不容侵犯的气质。

我烧好开水后便进了洗手间，顺便给自己补一下妆，在镜子里我的嘴唇有些暗淡，玫瑰色的口红褪得只余下淡色的唇，我一边抹口红一边对着镜子微笑，袁慕尼就在外面，今晚该怎么办？我已经方寸大乱，眼前总浮现出他那火辣辣的眼神。

从洗手间出来时袁慕尼正看着电视，好像是凤凰卫视的《子夜快车》，胡一虎主播，我这才发现袁慕尼的样子竟然有些像胡一虎，难怪我初次见他时觉得有些面善。看见我出来，他把音量特意关小了一些。

我远远地看着有些坐立不安的他，心里开始咚咚跳个不停。

"丫头，你今天的表现太棒了，你穿着晚礼服出场时吓了我一跳，出版社也真高调，搞得像拿奥斯卡金像奖似的。"他故作轻松地说笑着，似乎在竭力缓和紧张的气氛。

"我倒觉得像故意安排的。"我满脸疑问，我猜想他至少是知道一些内幕的。

"有些当然是安排的，有些却是出乎意料的。"他低下头解了领带，似笑非笑，显然是避重就轻。

"哪些是安排的？哪些是出乎意料的？"我走上前在他旁边的沙发上坐下来，有些迷茫。

那些满怀真诚的笑，那些富有深意的笑，我分辨不出背后真正的含义，如果说他们没有刻意隐瞒我什么，那么这出闹剧真的只是巧合？我被搞得真假难辨。

袁慕尼笑了笑抓住了我的手，他轻声说："你真是个天真的孩子，我以前一直觉得写作者应该具有敏锐的目光，但我现在知道有灵气的写作者首先是个单纯的孩子，你们看世事的角度很特别，在大人眼里完全合乎情理的事，在你们眼里就很可能是悖论。我一直觉得不管是真是假，只要没有伤害到谁，这件事就是合理的。"

他的眼睛里闪烁着清亮的光泽，对于一个律师能说出这样的话，我已经有些诡异，想不到他还把我的单纯当成不合情理的事。尽管这样我还是笑了，我说："真的没有伤害到谁吗？我没有受伤害？你也没有受伤害？连同袁浩他也没受到伤害？"

我当然可以猜到明天的报纸会怎样大肆渲染这件事，连同他和我的绯闻一并不会逃脱，我说是不是连同今天的"英雄救美"都只是一个误会？我苦笑。不知道是应该高兴还是伤心，在我看来一向真诚的人，却为了某种目的做了为人不齿的事，我觉得不可思议。

我甩了甩头，我想他们这样做至少伤害了我。这个动作依然没逃过他的眼睛。

"丫头，怎么了，生气了吗？"他放开我的手，喃喃地说，"我不可能受到伤害，袁浩也不会伤筋动骨，他可不是那么简单，所谓识时务者为俊杰，总有一天你会明白他的真面目。丫头，我觉得你还是不要明白的好，对于你来说幻想中的世界更美好，远比现实的世界更真实。"

我再次摇了摇头，说："我不明白你在讲什么，袁浩这次出现难道另有目的？他怎么会呢？我知道他对我恨之入骨，他是个心高气傲的人。"

多年以后我也许会明白，可是我现在还是无法明白这出闹剧的真正目的。袁慕尼说谁是这出闹剧的真正受益人，谁就是它的制造者，当然要明白这一点还需要一个过程。我的内心朦朦胧胧地感觉到一种不安，可是却不知道是为什么。

46．幸福是不是一夜的激情

袁慕尼坐在我的对面，我才发现想抗拒他的那双勾魂眼是多么困难，当他怔怔地盯着我，呼吸扑面而来，我感觉到一种威慑的光从他的眼中透射出来，我整个人就被那束光笼罩着，直到我有些呼吸困难。这时我移动了一下身子，这是我们对峙以来我唯一的动作，这个动作让这种微妙的关系发生了质的转变，他似乎就在我这个轻微的动作后下定了决心，他站起身似乎下了很大决心，仿佛经历了巨大的思想斗争。

我战栗着，忽然感觉到一种压迫感在逼向我，可是我却无从躲藏，他那高大的身影就像一片乌云一样笼罩在我的头顶，我心里的思想斗争决不亚于世界大战前某国家领导人的斗争，我想他会怎么对我？在来深圳之前我已经想过了，只是还不够透彻，我原以为两个相爱的人在一起相互依偎着，什么事不做也是一种幸福，可是当他逼向我时我忽然动摇了，真是相互依偎就足够了吗？

我感觉到一种从未有过的恐慌，我的身体在发生着微妙的变化，这让我不得不绷紧了身子，腰部挺直，我发现自己的脸部有些发烧，心里七上八下打起了小鼓。

上次在医院时他是拥抱过我的，只是那时的境地和现在完全不同，他那时手无缚鸡之力，而这次他却是一个高大威猛的男人，富有强大的杀伤力，他的神情告诉我他也无法控制他的任何举动，甚至做一些伤害我的事。

他终于蹲下来一把抱住了我，眼神深邃而多情，那样富有穿透力，可他却并没有进行下一步的举动，只是静静地看着我，像是在阅读一幅富有深意的油画。

　　沉默使俩人的关系在此时变得更加微妙，直到我呼了一口长气说："你的眼睛能不能离我远一点儿？"

　　他才深深地吸了口气抿嘴笑了，他亲昵地趴在我耳边，暖湿的气流吹进我的耳朵里，"丫头，你不用太紧张，女孩子紧张对皮肤不好，你尽可以放松一些，我不会伤害你，在你没有同意的情况下我甚至不会动你。"

　　他停了停，目光不经意地扫到那张宽大的双人床上，床上的被褥是奶白色的，松软得让人感觉温暖。

　　他的目光在上面停留了五秒钟，我也禁不住多看了它一眼，被褥铺得很整齐，让人想象着当人躺在上面它会变成何种形态。

　　"你还记得我上次躺在病床上的情景吗？你守在床前那样怜惜地看着我，我想再也没有机会看到你那样的表情，再也没有机会让我表现那种软弱。我现在宁愿没有一丝抵抗力，你反而对我更亲近。"他再次笑了笑，眼神里更富有深意，他说他害怕接触我那无辜的眼神，我的眼神让他无所适从，他并不想伤害我，我的眼神让他有一种负罪感。

　　我低下头，再不敢接触他的眼神，就在他说那些话时，他的眼神也同样让我心乱如麻，没有什么比这种武器更让人害怕。我的双手交错在一起不停地搓弄着，不知道应该怎么应对他的话。当我再一次抬起头时，我们的眼睛里雾气迷茫，我说："你不要这样好吗？你知道我无法拒绝你，你却非要这样来折磨我？早知道是这样，你又何必出现在我面前？"

　　想起他出现时那种横刀立马的感觉，我就觉得那种震撼远比这种面对的幸福更惊心动魄。

　　他是怎样伸手把我抱起来的，我至今也想不起来，或许我根本就没有注意，也或者他的动作像西门吹雪的刀来无影去无踪。

我只是记得他抱住我时那种陷落的感觉，并不只是属于他，我们俩都在颤抖，这和第一次拥抱有着本质的区别，或者大家都预感到这将是一种实质性接触，它将决定下一轮交锋是胜利还是失败。

我想再也没有一种拥抱可以让我感觉如此沉沦，我们彼此把对方镶嵌在怀里，相互温暖，喘息声同时进出似乎成了同一个人，如果说这样的感觉都无法让我们合二为一，那么这世上没有什么可以这样融洽。他摸索着我的耳朵，整个身子就像秋风中的叶子一样抖动起来，他低低地昵喃着说："乖乖，我爱你，我想要你——不管这样的话是否还有机会再说一次，只一次已经足够铭记一辈子。"

他的唇轻轻地印在我的唇上，我无力地挣扎了一下，还是陷落了进去。

我的唇从僵硬的抗拒到湿润并没有太长时间，当那种颤抖渐渐变成一种默契的迎合时，一切都在我们的身旁静止不动了，这个世界里只有我们俩，只有我们的喘息声纠缠在一起。当他抱着我走向那张床时，我只是希望这一切不要尽快结束，我渴望时间为我们静止不动，虽然这并不可能。假若说情欲也能反应一个人对人生的态度，对于我来说我只希望给一个人，它只属于我深爱的人，尽管这也不可能。

当我们共同步入那个最神秘的地方，感受到无与伦比的快乐与欢愉时，我们都不约而同地想到了永恒，而永恒与短暂的瞬间总是相互依托存在，因为短暂所以永恒。有人说男人的爱如果只让他保持半小时热度的话，那么就可以成为一个美丽的神话，而这个神话往往是女人编织出来的。

女人说梦幻比爱情更可靠与永恒，而男人说他们需要更多实在的东西。

女人注定活在自己的梦想里憔悴，男人却在尝试中寻找激情。

而幸福是一夜的激情吗？

47．分手才是爱的开始

回到广州时，宁海已再一次出差去了，这一次又是去内蒙古，听说这几年的风沙已经使许多草原沙化了，无数的牧场变成了戈壁。据说几年的旱灾让锡林郭勒大草原严重沙化，滚滚黄沙掩埋了往日绿油油的草原，而代之以死羊、枯井和几乎被沙掩埋了的空砖房。当时宁海要去内蒙开展业务还被我取笑了一通，我说你这人怎么专找那些人迹罕至的不毛之地？你也找个发达的城市做做，说不定业务做好了提成也上去了。这几年家具生意越来越难做，主要是各种家具厂的产品鱼龙混杂良莠不齐，恶性竞争十分激烈，抄款打价格战这样的现象愈演愈烈，这和服装行业何其相似。竞争越来越激烈势必对业务员的素质要求也越来越苛刻，宁海在我面前发牢骚说有一次明明讲好了要做的一家商场，结果他离开没几天就变卦了，原来是被另一家厂挖了墙角，他们提出了免费装修、免费提供饰品等优惠条件。

他说这年头生意虽不好做，但是一些边远地区的消费能力却不可低估，他听一个内蒙的朋友说他们当地的人消费挺高的，那些政府机关的人消费高档家具绝对没问题，特别是逢年过节，有些出名的品牌家具还要排队买，这种状况告诉我们，越是穷的地方越有潜力可挖，他说你可别瞧不起那些小财主，他们的消费能力比那些自命清高的白领丽人强多了。再说天高皇帝远，穷地方的土财主多也并不稀奇。

当然，宁海这次去内蒙还想去看看他梦里魂牵的胡杨林，那时正值国庆节前后，听说十月秋风一过，胡杨林由绿转为金黄，美丽得像一幅幅盛开的油画。传说中胡杨是千年不死，死而千年不倒，倒而千年不朽，所以他一直想去看看。

回来后我没有再出去走动，我也没法再去广州购书中心，在街头巷尾谁都知道有个广州产的"美女作家"叫程袭，大家瞪着电灯泡似的眼睛渴望一场偶遇。在那些报纸杂志长篇累牍的炒作下，我只能把自己关在屋子里炮制《烟火》。

人间的烟火布满尘世的硝烟，欲望的烟火纠缠前世今生的姻缘。

白云是怎么找到宁海新居的，我当时并不知道。后来知道那是白荷的功劳，她也许一直希望我和白云剪不断理还乱，这样她对宁海才有可趁之机，不过当时我并不知道她的良苦用心。

我听到敲门声，打开门时才发现白云站在铁门外，神情落魄而忧伤，我不知道怎么形容我见到他时的情景，惊诧莫名，几个星期不见他似乎憔悴了许多，他的头发有些凌乱，似乎是故意揉弄出来的，和他平时总是一丝不乱纤尘不染的样子比起来，眼前的他显得有些晦暗颓废。

他只管望着我一语不发，眼神空洞而无助，似乎是被人追杀的困兽在面临生死抉择前的犹疑。

我望着他，莫明其妙就想伸手摸摸他的脸，那么瘦削的一张脸，曾经是多么热情洋溢，在阳光下，我们一起去看电影的情景依然历历在目，仿佛就在昨天。那张我在半个月前试图永远忘记的脸，此时此地却让我柔肠百转。

　　谁知道他还会出现在我面前？那一晚我的吼叫似乎还在耳畔回响——"我们谁也不欠谁"，为什么接触到他的眼神，我却觉得欠了他似的？一下子就陷入迷乱中，溃不成军。

　　"怎么了？白云，出什么事了吗？"我的声音像蚊子，却透着深深的关切与爱怜。

　　他张了张嘴，什么话也没说，他低下头看了看脚尖，再次抬起头时，眼眶里却盛满了泪水，那些泪水像煮沸的开水一般眼看就要滚落下来，他说："媛媛，我还是那样爱你——忘不掉你，我该怎么办？"

　　他还想继续说下去却被我打断了，我张着大大的眼睛，有些激动，有些生气，我瘪了瘪嘴说："你这话是不是说得太迟了？你是存心想把我们都毁了吗？你这才做了几天新郎，你忘了？"

　　我的声音越来越大，以至到了最后我是扑上去对他又捶又打，我说你这个没良心的，你为什么到现在才来对我说这样的话？太迟了——说什么都太迟了。最后我们紧紧地拥抱在一起，那么深的拥抱却感觉不到彼此的温度，我不知道是不是感觉出了问题，当我们分开的时候，我只余下心痛的感觉。

　　他转身离开时，像他第一次在我的出租屋离开时一样，落寞而神伤。

　　他最后说了一句话，我只能把它铭刻在记忆里。他说你知道什么东西可以永恒吗？他说他相信分手才是永恒，它是爱的另一种延续方式，婚姻就像火葬场，婚礼就是人生的第一场葬礼。

　　我不知道他怎么会有如此的奇谈怪论，我一下懵了。

　　如果把袁慕尼和白云归为同一类人，那他们唯一相似之处就是把一种虚无当成一种承诺，而我也许只是需要一种实在的幸福，不是瞬间的拥有，也不是一夜的激情。

48．有一丝想念，是不是爱情

宁海出差的日子，我居然有些想他，这是连我自己也不敢相信的事。

当我每日把大量的时间花费在写作上，我发现在偶尔闲暇时想一想他居然成了一种习惯，想他的时候才会突然回味起他的种种好处，平淡中竟然渗透着幸福，比如他很喜欢给我发短信。国庆时他发的短信是："过节了，送你一件外套：口袋叫温暖；领子叫关怀；袖子叫体贴；扣子叫思念；让这件外套伴你度过每分每秒，要永远幸福噢。"他很喜欢玩短信游戏，在家时如果上网，他最喜欢去找一些关于短信的Q帖，乐此不疲。

我常不屑于他的幼稚之举，他却觉得非常有趣，他说他没本事写文章来到处贴，能用别人写的短信表达自己的心意就是最大的幸福。他很容易满足，只要我在身边他就会心安。在内蒙出差的日子里，他的短信时常不期而至，常常逗得我忍俊不禁。有一次他打了一段像真情告白的文字："一颗流星划过天际，我错过了许愿；一朵浪花溅上石岩，我错过了祝福；一个故事只说一遍，我错过了聆听；一段人生只走了一回，我绝不能错过你。"

我看短信时忍不住笑了，我想到他在那样的荒漠里行进着，他的心还一直系在我的身上，这多少让我有些感动。每次想他时，就会想起他的体贴，体贴到每次吃饭时会给我放好筷子，喝水时给我倒好放到手里。从来也不曾受过这种待遇的我对这些怎能熟视无睹？俩人在一起时这种感动还不甚明显，当他离开时我就会体会到他的好处，比如我想拿一件东西时，它总是不在我想要的地方，因为我乱扔东西的习惯依然没改，而他在时则完全不同，他会分门别类把东西放得整整齐齐。他说这种爱整理的习惯源于他的外婆，她是个爱整洁的人，老到七八十岁她的头发依然梳理得丝毫不乱。

　　每当这种时候我总会想起母亲，母亲常提醒我是个女人，女人要学会做家务，否则没人愿意娶我。所以我经常把自己当成一个男人看待，不用收拾屋子，弄得乱七八糟也没人管。直到遇到宁海，我才有些汗颜，原来也有男人这么爱整洁？

　　想他的时候，我就常常为找不到一件东西而发火，发火时屋子就成了我的战场，我一生气会把那些乱七八糟的东西全部掀翻，弄得满地都是，或者索性把那些设计稿还有书稿撕了，撒得满屋子都是。等到宁海出差回来时，总是怀疑他是否走错了屋子。

　　相处久后，我便提议他请个保姆，因为他工作忙时难免不能照顾家里，我也不好意思让他整天面对那些战场。久而久之我偶尔也收拾一下屋子，不过却是极不情愿的。我做事一向粗心，常常把他的东西弄得找不到，被我搞过几次后他也有些怕我了。不过说来奇怪，他对我一向百依百顺，对我这个提议却一直严辞拒绝，他说不喜欢两个人中间多一个陌生人，两人世界远比三人的生活更动人。

　　后来我才知道他有个心病，是小时候落下的病根，那时外婆没时间带他，就请了保姆带。不过他却十分恨那个保姆，她总是在外婆面前装得老实勤快，外婆出去买菜时她就在家里嗑瓜子看电视，有时还打他，威胁他不准到外婆那儿告状。

　　小时候的记忆使他对保姆天生怀着憎恶，即使我笑着取笑他是"一朝被蛇咬，十年怕井绳"，他也坚持不要请保姆，宁可自己忙里忙外，他也决不松口。

　　这一天我再次趴在电脑前写东西，小说已写到最关键时候，我的心情也激动起来。宁海的电话响起时我已经被小说里的主人公折腾得死去活来，眼泪哗哗地往外流，洗手间里的浴巾也被我当成手绢来用了，我也不知道自己怎么会这样，情绪会受小说的影响。

我随手抓起电话时还在抽泣，把电话那边的宁海吓了一跳："怎么了？袭袭，出什么事了吗？"

他一向认为我不是软弱的女人，我那次在丹霞山上打小偷是一个例子，我带着保镖见赵总和袁浩是另一个例子，我的很多表现证明我的强势，哭泣对我来说也是罕有的。

"呜——没事。"我还止不住哭。

"不对，你肯定有事，没事你哭什么呀？"他急了。

"呜——真的没事。"我的眼眶像刚开发的泉眼。

"袭袭，谁欺负你了？快说呀？"

"我——我是被主人公闹得快疯了。"我用浴巾抹了一把眼泪，擤了一把鼻涕。

"不会吧？"电话那头的宁海突然笑出了声，"你还真是小孩子；想不到为这事儿还哭鼻子。别再哭了，主人公不听话，你就安排他自杀，让他去死他就不闹了。"他的主意还真够损的，亏他想得出。

"你可真狠心，是不是以后我和你闹也让我去死呀？"我破涕为笑。

"小傻瓜，你和小说里的人怎么能相提并论，我疼你还来不及，怎么舍得让你去死？"

"哟，你什么时候学得油腔滑调的？是不是跟着蒙古人学坏了？"我笑着说。

"蒙古人很老实的，这里除了胡杨林还是胡杨林，几十万亩呀，我的眼睛都看傻了，噢对了，我打电话是想告诉你我在额济纳看胡杨林。"他说不只是满树的金黄，那里一望无垠的金黄让他震撼，他建议我也出去采采风，大自然的熏陶能使一个人心胸开阔，文思泉涌。

我点头承认，闭门造车这么久，感觉写作越来越吃力，与其和那些故事里的人物闹得死去活来，还不如出门散散心，反正和出版社的合约这次也没有时间限制。

最后他好像还有什么话要对我说，可又犹豫不决，想了半天才轻声地问了一句："宝贝，你想我吗？"

我当时愣了愣，没想到他讲着讲着忽然转了一个弯儿，思维一时没转过来，他一向对我没那么肉麻。我沉默了一会儿才说："我当然想的。"

我不太习惯和宁海说肉麻话，如果他是袁慕尼则另当别论，这样看来，他们到底还是有区别的。

"真的想了？"他的声音很急切。

"真的想了。"我确认。

"你觉得是爱情吗？"他再次奇怪地问。

"不知道——也许是吧。"我没有想到他会这么问，一时有些犹豫。

接着是沉默，俩人似乎都不想打破这种僵局，直到我们都感觉到了尴尬，他才不得不说我挂了，手机的电没多少了。

电话虽然挂了，我这次却是和自己闹开了，这到底是不是爱情？为什么听到他的声音我会感觉到一种温暖？这种温暖原来是只和母亲、外婆的亲情联系在一起的，我百思不得其解，找不到答案我最后只能归结为一种情感惯性，我觉得对一个人的依赖是一种惯性，人本身是有惰性的，这种惰性迫使自己去依赖一个经常能带给自己好处的人，这种依赖是否与爱情有关？这也许需要人类学科的专家才能解答。

这就像驯兽师和野兽之间的关系，依赖只是本能需要？假如驯兽师手里没有它需要的食物，那它还会听他的摆布吗？

49．管子式的爱情

德国学者利希腾贝格曾说："最重要的东西都是用管子制成的。比如：男性生殖器、笔和我们的枪。"在听到这种理论之后，我觉得爱情也是管子的附属物。我把两个人的爱情比作一个用一条管子连接而成的两个实体连接物，相爱的两个人相互吸收营养，互通信息。俩人可以通过管子彼此分享爱情，当然性爱是最形象的管子式爱情分享之一。

这是否暗示着如果两人之间失去了那条连接彼此的管子，爱情也就死亡了？我不知道。我现在最头痛的是为什么有三条管子通向自己？白云的那条管子已经绵软了，因为他把它给了另一个女人分享；袁慕尼的管子也没有那么坚定，他还在林晓瞳的阴影里左右摇摆；只有宁海他的管子只属于我一个人，可是我也看到另一条管子伸向了他，她似乎比我更喜欢他，她义无反顾地爱他，甘愿为他付出一切。

那个人就是白荷，白荷的出现并没引起我足够的重视，因为在我看来感情是不能强求的，不属于自己的争来也没用，我显然低估了爱情感化的力量。

我后来才知道，和宁海一起去额济纳看胡杨林的还有白荷，她是偷偷跟去的，直到他到达目的地他才知道。他们在途经阿拉善草原时还一起圆了骑马的梦，她当然是娇弱的，一路颠簸着跟去内蒙古都没害怕，临到骑马了却害怕得瑟瑟发抖，难怪说女人的娇弱也是一种美。在男人面前示弱就是对男人力量的肯定，白荷显然深谙此道。她适时的娇弱，自然激起了他无限的保护欲望，等到他俩都同时骑在一匹马上时，所谓男儿豪情万丈，小女子柔情似水，形容得真的很贴切。

"英雄难过美人关"并不是一句没有科学根据的话，在一个柔情似水的美女面前能够保持名节的人，历史上也是稀有动物。他们那天玩得很尽兴，忘情时他的手紧紧搂住她的杨柳纤腰，男人保护女人似乎是天经地义的，这些细节并不需要我杜撰。

当然，当我在很久后知道这件事时，我也不那么介意了，因为有很多事情已经不容我去注意细节。他们后来到底发生了什么，如果不是当事人说出来我已经无从考证了。唯一可以验证的是管子式的爱情，它不向这边倾斜，就会向那边倾斜，得到总是和付出成正比。

据说宁海和我通话后，在他身旁的白荷当时还有些吃醋。自那以后她竟然一路无语地跟着宁海，一声不吭郁郁寡欢，直到他感觉对不起她主动去哄她开心，她才又恢复了来时的生机活力，她是那种给点阳光就灿烂的女人。宁海为什么要当着白荷的面打电话给我？也许只有他心里最清楚，男人有时在心虚动摇时总是想抓住些什么，甚至说一些格外肉麻的话。为什么会这样？也许这和人的本性有着莫大的关联，大概人在动摇时都想通过某种行动来证实自己意志的坚定性，而实际上那是本能欲望与真实爱情的争斗，只是他并不明白哪一个可能胜出。

从内蒙回来后，他变得异常沉默，甚至对我也提不起性爱的冲动。他早出晚归似乎表现得公务繁忙，可他很多时候回来身上都带着酒气，他的时间显然没有完全花在公事上，但他却推说公司应酬多。当爱情在经受种种考验时它会变得异常微妙，也会变得非常脆弱，如果两人在此时没有足够的空间给彼此，那么很可能就会走向决裂。

宁海有一次自言自语地说，他说什么样的爱情才可以永恒呢？我看着他一脸疑惑的表情，眼睛一直盯着电脑屏幕，我已经感觉到他内心的波动，只是我并不想对他表示什么。我想如果两个人没有静下心来去想彼此的未来，那么这段爱情也没有必要继续下去。我当时答得很轻松，我说现在我们谁都无法证实正在进行的爱情是否永恒，只有等我们百年过后，我们的后人再来评判。

其实世间根本就没有绝对的永恒，只要我们在每段爱情里获得真正的快乐，这就是幸福。

我一直在想那个连接彼此的管子，或许它已经有了另一个出口。当管子上出现了多个出口时，我们就必须寻找一种平衡，因为我们打破了一种爱情平衡。

如果拿管子与容器作比较，我觉得容器更适合形容爱情。在我看来，爱的容器一定是独一无二的，我们的痛苦和爱只能给一个容器，只是当我们无法确定哪一个容器适合自己时，我们就可能在不同的容器中徘徊寻找，也许有一天会找到，也许永远也找不到。

当有一天，我们再来讨论有一种叫马奶子的酒时，它无意中充当了这种不平衡爱情的罪魁祸首，我不得不暗自好笑，那种只有几度的马奶子酒，刺激味觉还行，何以会让两个颇有酒量的人醉倒在旅馆的床上？恐怕是酒不醉人人自醉更多一些吧？我冷笑。

有时背叛也需要一个理由。

50．相爱容易相处难

宁海的异常连我这个粗枝大叶的女人都无法瞒过。

他回来时带了内蒙古的巴林彩石给我，我当时真的大喜过望，他竟然知道我有收集石头的爱好，早在四川老家时，我每次去江边玩，总会花去大量时间在河边找石头，我选的石头不是奇形怪状就是有着别致的花纹。不过我还是第一次看到像巴林彩石那么富有纹彩美感的石头。

他挑出其中一颗，指着那石头上的纹理说那是柏叶纹，我仔细一看在淡灰色的石面上，的确有一种类似柏树叶状的花纹，纹理十分逼真。他还指着另一个有着白色斑点的石头对我说那是雨点斑，那些雨点朦朦胧胧有些烟雨江南的景色，我看得眼睛都直了，我说这可真是宝贝，多亏你带回来给我，否则我还不知道世上有这么好看的石头，还以为除了雨花石，其他的石头都是素面朝天的。

他一边玩弄着手里的石头一边笑着说："其实石头也像女人，有的艳丽，有的素朴，有的温柔，有的粗犷。"他盯着我笑，眼神十分专注："你就是那种既温柔又粗犷的女人，我有时几乎无法琢磨透你，你在我眼里永远是神秘的。"

"石头和人怎么相同？我其实是很直白的女人，不喜欢掩藏自己，就像这块石头纹理清晰不蔓不枝。"

他当时盯着我看了很久，最后说了一句意味深长的话，他说："你真的从不掩藏你的情感吗？"

我点了点头没有说话。

"你撒谎。"他隔了很久才反驳我。

"我为什么要撒谎？"我有些不悦。

"你别生气——我只是想说你的感情生活并不是那么直白。"他在闪烁其辞。

我再次愣了愣，"你想说什么？"我显然不会轻易把感情示人。

"算了——你是永远不会对我坦白的，我也不想知道。"他皱了皱眉，表情诡异。

"我看你是庸人自扰吧。"我冷笑了笑，站起身径直往洗手间走去，我也是在逃避。

直到水声把我的思绪扰乱了，我不得不停止去想那些令人恼怒的问题。宁海的话并没有让我紧张，我只是明显感到他话里的猜忌，这让我不快，他凭什么来管我的感情生活？说到底他只是一个和我同居的男人，能够让我感到一丝快乐和幸福，而除此之外我想自己是自由的，不会像母亲和外婆那样等着别人的遗弃，我发誓我绝不会像她们，我的任何姿态都好像是为分离做好了准备，甚至我从出租屋里搬来的衣服，至今还放在行李箱里，每次宁海把它们放到衣帽间里挂着，我都会收回到箱子里，为这事他对我很不满，他有一次生气还说这里又不是旅馆，怎么想来就来想去就去。

那一晚是宁海出差回来的第一晚，我们竟然安静地各自回房睡去，谁也没有向对方求欢。

躺在床上我却思潮起伏，袁慕尼的脸又在我的脑海里浮现，他说我激情燃烧的眼眸闪动着撩人的魅惑，他无可抗拒，他说如果可以选择，他将义无反顾地爱我，可我宁愿相信那是他激情澎湃时说的安慰话，在激情冷却后他想的更多的却是道义和责任。那一晚灵与肉的结合并没有让我们的爱得以升华，反而更加虚无飘渺。我只要想到他就会想起他进入我时的那种充实感，我发现这种欲望经常燃烧着我，使我无法安静地写作。我拼命想将那种奇怪的欲望压制下去，可是越是想压制它，它却膨胀得更巨大，似乎要把我撑破。

　　大概袁慕尼也被这种欲望折磨着，在无法控制时他会CALL我，他那时总是喘着粗气说想要我，我的身体像被一种巨大的引力召唤着，立即有了反应，我说我何尝不想要你。我有时都不知道怎么去度过没有他的夜晚，可是这样的夜晚每天都要继续，我并不知道何时才会结束，这才让人气恼和绝望。

　　在老家时我有个闺密叫王小果，她曾经爱上过一个有妇之夫，我当时觉得不可思议，怎么可以去破坏别人的家庭？我还差点和她翻脸。可是小果说："不是我想去破坏他人的家庭，而是他需要我，他一天不要我就心里发慌，即使见不到人他每天都会打电话给我，甚至在晚上他的老婆熟睡时，他也会爬起来到洗手间里和我通话，然后用极端挑逗的话语引导我和他做爱，他每次都会不厌其烦地问我内裤的颜色，文胸上有没蕾丝花边，直到我被他弄得心痒难耐，他便会在电话里亲吻我的每一寸肌肤，他会和我不断地回忆每次在一起时最激情的造爱姿势，他要听着我到达高潮的叫声才能安然入睡。"王小果说她有时觉得这样的激情比在一起时更强烈，她无法自拔地爱上那种假想造爱的方式。

　　我当时真的不能理解王小果的那种情感，我想象不出两个没有见面的人怎样去延续那种激情？在我看来两个相爱的人如果不在一起，爱情就必然会慢慢变淡，就像我和白云的情感，最后就只余下记忆里那些温暖，可爱情却离自己越来越远。但自从和袁慕尼认识后，这种情感却真的让我备受熬煎。

　　当我再一次想起袁慕尼时，天已经大亮了，我感觉宁海已经在厨房里走来走去，这时反而有了睡意，我沉沉地睡去，可是梦里却感觉袁慕尼一直抱着我，他一直吻着我，直到我醒来。

51．犯了错的男人值得原谅吗

据说唯心主义哲学家尼采对女性特别仇视，他曾经这样说过："男子应受战争的训练，女子则应受再创造战士的训练。"他还说："你到女人那里去吗？可别忘了带上你的鞭子！"英国哲学家罗素对尼采的哲学极为不满，曾挖苦他说："十个女人，有九个女人会使他把鞭子丢掉，正因为他明白这一点，所以他才要避开女人！"

宁海大概是罗素所挖苦的那种男人，他曾经在感情上受过重创，虽然怕女人，可是对女人天生没有免疫力，他不知道怎么拒绝女人。

早上起来时早餐已经在餐桌上摆好了，宁海正半躺在沙发上看电视，这是个周末的早晨，难得他没去上班，我们见面时若无其事地打招呼，似乎都把昨晚的不愉快忘记了。见我穿着睡衣出来他立即坐直了身子，他说早餐在桌子上，我点了点头。

正吃着饭，宁海的手机响了起来，他起身接电话，一边听一边往里屋走去，似乎有什么不方便让我知道，那种躲闪的眼神与有些慌乱的神情让我不快，什么时候我在这里已经妨碍到他的自由？我是不是应该抽身离开？我不想做一个死皮赖脸的女人，像母亲那样和男人干耗着的耐性我是不具备的，我只要听到一丝风吹草动就会考虑行动。

他在里屋的声音慢慢变小，直到我听不见。他那种防御性的举动很快激起了我的好奇心，我禁不住某种诱惑蹑手蹑脚地走近隔壁的房间，从那间房可以清楚地听到他的声音，尽管他故意压低声音，仍旧一字不漏地听得很完整。

他说我不能出去，我要在家里陪她，对方不知道说了什么，他又说你知道的，我不能喝马奶子酒，一喝就醉，做出了对不起你的事我感到好抱歉，你一定要相信我，我并不是故意要欺负你——对方不知道又说了什么，他似乎有些急了，他说你千万别这样，你要我负什么责任，我可以负，可是你让我娶你，我真的办不到，对方又不知说了什么，他再次急了，他说白荷，你是个好姑娘，我知道你不是想逼我，我毁了你的清白，是我不好，你一定要相信我，我不是故意的，你想拿我怎么样都行，可不能拿你自己的幸福开玩笑——

我的脑袋嗡嗡作响，一下懵了，我拿着手里的火腿肠狠狠地咬了一口，居然食不知味。

这真是报应，我对他不忠诚，他现在来报复我，我冷笑着。世上的事好像都是一报还一报的，真有意思。我当然没有听到宁海接下来对白荷说的话，他说："我只爱程袭一个，我这一生不可能再爱上其他人。"他说希望白荷能够原谅他，来世做牛做马他都愿意。

当我接过他递给我的面巾纸抹掉嘴唇上的油时，我极有礼貌地笑了笑，我相信这种笑比较职业化，也足可以抵挡任何嘲笑与轻蔑。

餐桌上残留的碗碟留着给宁海收拾，我把他扔在客厅里，独自进了卧室，那里有我的行李箱，只需把阳台上的内衣收回来放进去就可以离开了。二手笔记本也被我三下五除二收拾好放进行李箱里，一切收拾妥当后我提着行李箱走了出来，离开房间时我看了看梳妆台上的那瓶纪梵希冰火香水，那还是国庆节时宁海庆祝我们相识298天送给我的，他送我时还神秘地说冰与火交融的香是我所独有的。

每次我们在欢愉之前，我沐浴完他都会主动给我抹上这种香水，就凭这一点他的确称得上是个模范情人，每次给我抹香水时他的手轻柔得像鸡蛋清，当他的指尖轻轻地滑过我的肌肤，就像花瓣的精灵在我的身上舞蹈，他会轻声地告诉我那种处子的香就是这样的，他喜欢呼吸着这种香和我到达最巅峰的状态。他在性爱上的主动让我感觉他并不像外表那么木讷，或者说他更喜欢用行动表达他的爱情，这也是我对他还算依恋的原因。

当我拉着行李箱出现在客厅时，他看着行李箱，眼里像喷出了火，他跑过来拦住我："袭袭，你干什么？为什么要搬走？"

我头也不抬，低头看着行李箱。

"我想搬出去，对我们俩都好一些，我在这里打扰你太久了。"我尽量委婉地说。

"打扰？你是什么意思？"他的声音提高了八度。

"我想有个安静的写作环境。"我避重就轻。

"在我这里不安静吗？你写作时我从来不吵你。"他急切地望着我。

"不——我是觉得是我妨碍了你的自由。"我不得不切入主题。

"你没妨碍我，你怎么会妨碍我呢？袭袭，你，你是不是听到什么了？"他有些急了，上前一把抢过我的行李箱。

"我是妨碍你了，你没有必要为了我放弃别的女人。"我面若寒霜，心里却在抽痛。

"别的女人？你这是什么意思？我只要你一个就足够了，真的，袭袭——"他越说越激动，上前一把抱住了我，我激烈地想挣脱他的怀抱，可是他却越抱越紧。

我一狠心就在他肩上狠狠地咬了一口，他疼得直跺脚，手就自然地松开了。

我还在惯性地手舞足蹈，保持着挣扎时的状态。

"袭袭，你怎么了？你听说什么了？"宁海上前抓住我的肩，一脸受伤的表情。

"是的，我听到了，你刚才和白荷的通话我都听到了，你不想毁了白荷一生吧？她很爱你，她希望和你结婚，这是她作为一个女人低声下气在求你——"我的眼泪情不自禁地涌了出来，像开闸的河水。

"你全都听到了？袭袭，你听我说，我知道我犯了不可饶恕的错，可是为了一个错毁掉一生的幸福，这未免太沉重了吧？我爱的人是你呀，我和她结婚绝对不可能！"他的脸痛苦得有些扭曲。

"早知如此，何必当初？你不会是想告诉我，你犯了世界上每个男人都会犯的错！"我冷笑，"现在学成龙大哥的那一套已经过时了，你以为你是克林顿总统？只需道歉就可以获得全世界的原谅？你和我说这些话有什么用？你伤害白荷时想过今天吗？"是的，男人用下半身说话时从来就是不想将来的，他们甚至不会想到下一秒钟会发生什么，而最善良的女人就是最惨烈的牺牲品。

我想如若是于小柯，她自然有法子让别人对她负责任，而白荷是绝对不具备这种强悍力量的，一想到这些我就心痛不已。

宁海双手抱头，整齐的头发被他的手揉得乱蓬蓬的，他这样无助慌乱可算是第一次，他平时是雷打不动，头发更是纹丝不乱的，他显然也认识到错误的严重性。

看着他痛苦不堪，我突然萌生了恻隐之心，毕竟我对他不忠在先，将心比心他的错并不是不可饶恕。如果说他还算诚实的话，那么我却是罪孽深重了。

我的语气稍稍和缓了一些："你也不用太过自责，事情既然已经这样了，白荷那边你一定要有个交待。"

宁海沉默地点着头，他没想到我能这么快谅解他。

每个人都可能犯同样的错误，而关键是有些人能够及时忏悔，有些人却执迷不悟，我就属于后者。

52．我们的爱是否还有明天

自从宁海犯了错，我也一直在克制自己，不再给袁慕尼电话，尽管那种欲望总是像虫子一样在我心底爬动，让我心痒难耐，可是道德却像一道铁栅栏把我隔在了黑暗的地方，看不见一丝希望。我不能让自己沉入更黑暗的深渊，那里有更狰狞恐怖的现实，我也不断在克制自己不再上网，即使上网也尽量避免去他可能出现的地方。

虽然我常常还是想起他，想起他的样子，在见过他之后，我终于能把他在网上的行为和现实中的他联系到一起，虽然我更喜欢网上那个玩世不恭的他，可现实里的袁慕尼却有着另一种让我不可抵抗的魔力，他那刚毅的眉眼，他抱我时陶醉的样子，我一直无法轻易地抹去。这种回忆一旦在我的脑袋里重复地过滤回放后，我发现事实上记忆比当初经历时更为深刻，我不断在回忆里重温那种激情。

尽管我觉得这种意念上的背叛比身体的背叛更可怕，我对宁海的内疚与日俱增，可是要管住自己的内心何其艰难，人的本能欲望与现实总是相互磨擦争斗，而每分每秒的忍耐对于我们来说都是煎熬。

袁慕尼打电话来时，我正在写《烟火》里关于欲望与背叛的章节，有很多难题让我一筹莫展。

"喂，干吗不给我电话？"他开口就质问我。

"我——我干吗要给你电话？"我一下也来了火气。

"好呀，丫头，你一点不想我？"他再次问。

"你想我吗？"我反问。

"我想你——天天都在想你，可你为什么不上MSN？你为什么不去论坛找我？"他的火气还挺大。

"你想我可以打电话，你没打证明你不够想我，我要写作，我没时间上网，我很忙。"我有些恼火。

沉默，我们的呼吸一起一伏，在电话里纠缠。

"你不爱我了？"过了很久还是他打破了沉默。

"我说过爱你吗？"我的声音冷得像冰块。

"乖乖，你到底怎么了？像吃了火药，我想你，别再闹了好吗？我真的很想你——"他近乎在哀求。

听到他的声音，我事先布好的防线全线崩溃。想起自己对他的思念，心里就无比的委屈。怎么会陷入这样两难的境地，开始这不能自拔的游戏？

"我想你又有什么用呢？你能给我什么？你连给我的承诺都是来生来世的，我也只能对你说我可以想你，也是来生再想你千次万次好吗？"我的眼泪无声地流淌着，面对没有一丝希望的爱，心如刀绞。

"你在怪我？我知道我不该爱上你，我只能给你遥不可及的承诺，我也不想这样，要不你跟我走好吗？我们走得远远的，就当我父亲从来没有过我这个儿子。"他激动地说。

在那一瞬间我的心真的动了一下，可我知道这不过是他一时的气话而已，我不能让他背井离乡，否则将来我可能就是他心中的罪人，总有一天他会后悔他的冲动行径，我怎么可以让他抛下一切，去做一个只为爱而生存的男人？在我眼里男人的宗族与姓氏甚至比他的生命更重要。

我苦笑了笑，脸上泪痕斑驳。

"不，你不需要这样，有你这句话就够了，我不会后悔曾经爱过你，我会永远记住你今天的话。"

"曾经爱过？"他有些急了，"你现在不爱我了吗？袭袭，你不爱我了？"他有些惊惶失措。

"你太敏感了，我只是想说我们没有必要再继续下去了，我受够了这种相互折磨的日子，当我在偷偷想你时，却在受着道义和良心上的谴责。我不能再对不起爱我的人，我不想再继续下去了。"

电话那端他沉默良久，终于叹了口气："丫头，你如果觉得违背良心去爱一个人是错的，我希望错一千次一万次，也不要失去你，你再给我一次机会好吗？我会更珍惜你，我不会让你再受任何伤害。"

"你爱我本身就是一种伤害。"我低声地说，脸上爬满了冰凉的泪水。

"对不起，我没想到会这样，我爱你是想给你快乐。明天，我去广州见你好吗？我每天都无法克制想见你，如果明天再见不到你，我可能会疯掉。"他的声音激动而嘶哑。

"你不要这样，你是存心想毁掉我们俩的生活，是吗？我根本就不可能见你。"我一急差点说漏嘴。

再次的沉默，他的喘息声此起彼伏。

"你不方便见我？"他小心地问。

"我……我是不方便见你。"我有些犹豫。

"你身边有男人了？"他的声音里有明显的敌意。

我陷入了沉默，不知该不该回答。和宁海走到一起是在白云结婚之后，确切地说是在第二次去深圳之前，我也不知道自己是真正需要宁海的保护，还是我需要那份安全做保障。我分不清，在我看来女人都希望有个安定的居所，有个体贴入微的爱人，宁海满足了我这种需要，他不仅能照顾我的生活起居，还能够给我一份真实可靠的感情，这比在网上随便找一个人相恋要安全踏实多了。

"嗯。"我轻声地承认。

"什么时候有的？"他紧追不舍。

"第二次去深圳之前。"我说。

"你爱他吗？"他有些不死心。

"爱不爱有什么关系，只要他爱我就行了。"我答。

"为什么要这样？"他再次问。

"你这话问得多余。"我说。

"怎么多余了？"他有些生气。

"你明知道我对你的感觉，你却要问这个，如果不是你离不开林晓瞳我会这样吗？你没看见她看我的眼神，好像我抢了她宝贝，我心里很难过。我从来就不想做第三者，可是我还是做了。"我总是禁不住想起母亲和外婆的遭遇，在我眼里，女人想维持永远不变的婚姻几乎不可能，除非人类喜新厌旧的劣根性得以根除。在我看来男人之所以不断地变换性伴侣，这是他们永远无法满足求新的欲望所驱使的，谁也无法拯救男人和失败的婚姻。

"你没有破坏什么，即使你不出现我也不会爱上她，所以你根本就不用内疚，我和她虽然从小就认识，算得上青梅竹马，可我一直把她当妹妹，如果不是因为父母之命我永远都不可能娶她。"他顿了顿后继续说，"我也许没有权利要求你做什么，可是我只是想爱你——你回答我，我们的爱还有明天吗？"

"一开始就没有明天。"我承认。

电话的结尾是两个人对着电话筒发呆了整整几分钟，谁也没有说话，谁也没有放下电话，直到他那边响起了一个女人的声音他才把电话挂了。

电话挂断时，我的心也飘浮了起来，抽离了躯体的虚空，只余下心痛的感觉。

53. 爱情不需要救世主

某一天早上醒来，宁海对我说他忽然对世界失去了兴趣，找不到生活的意义。这段时间，我把家里的两个水晶花瓶都打碎了，宁海只是皱了皱眉什么也没说，之后他盯着我看了很久，两个人在一起久了也许应该分开一段时间，不过他没有说出来，等真正说出来时，我已经抽身离开了吧？

其实两次打碎花瓶都不是我故意的。这段时间我忽然发现自己文思枯竭，《烟火》让我筋疲力尽，写到一半时居然卡住，像吃东西卡住喉咙一般如梗在喉，前所未有的滞缓。

宁海和白荷的事还没完，袁慕尼的事又让我陷入了极度的郁闷，宁海眼见我日渐消瘦，劝我说："你这样写书是不行的，身体是革命的本钱，拖垮了身体写个诺贝尔奖都是假的。"

他竭力劝我到外面走走散散心，说不定还能找到灵感。他开玩笑说他读书时每次写作文都必须出去走走，到中考时当他请求主考老师放他出去遛遛时，在场的同学都哄堂大笑。

受宁海的劝，我这段时间偶尔也出去散心，在陷入焦头烂额的情节时。

我的书房也被宁海布置得像个花房，像植物一样，我也需要大量的光合作用。

这一天下午，我从东圃广场一路走过去，漫无目的地观赏沿街的风景，那些匆忙经过的路人，每个人的面孔都如此陌生又熟悉，我甚至臆想如果在这里和袁慕尼意外相遇，会不会是一种命运？

正想着，我忽然觉得背后总有一双眼睛盯着我，我下意识地回头，一个黑影一闪倏地没影了，我的背心忽然窜过一股寒意，直窜到心窝子里去。我再次前进时又感觉那个黑影像尾巴一样跟着我，可我一转身他又不见了影子，这样反复多次，我的心里就有些七上八下，我是怕我写作写得走火入魔产生了幻觉。正当我忐忑不安时，已不知不觉走进一条很僻静的小巷，看左右无人，我心里直发毛，额上的冷汗直冒，不觉加快了脚步。

身后真的有个人跟着我，看我加快脚步，他似乎也加快了速度，我心里不禁直发毛，手心里也冷汗涔涔，该不是大白天遇到抢劫的吧？前天听宁海说有个女同事在街上被抢了金耳环，耳朵还被拉得血肉模糊，我越想心里越慌。直到我突然停下脚步转身面对他时，他似乎猝不及防，和我打了个照面。

白云那瘦高的身子像白杨树一样，似乎又纤细了几分。

"白云？怎么是你？你跟着我干什么？"看着眼前的白云，我终于松了口气。

他的脸比结婚前还瘦削，我竟然一阵辛酸。

"我只想远远地看看你，想不到还是被你发现了。"他的脸有些阴郁，仿佛笼罩着一层煤灰。

"你不在家陪新娘，看我做什么？小心被于小柯知道了又跟你闹。"我有些担心。

"我只是想看看你，没别的意思，小柯她也不会知道。"提到于小柯时他的脸色更阴暗了，愁肠百结。

"我好好的，有什么可看？你还是回去吧，我不想于小柯有啥误会。"于小柯并不是通情达理之人，撒起泼来比农村婆娘还厉害，我想如果和这样的人生活几十年，说不定会变得和苏格拉底一样伟大。

"你让我再看看你，当我心情糟糕时，我就只想看见你。"他很坦然。

"怎么了？出什么事了吗？你为什么会心情糟糕？"我隐隐有些担忧，看他的神情，问题有些严重。

"没事，我只是忘不掉你，我发现我还爱你——我没法骗自己。"他怔怔地看着我，眼底柔情似水。

"你的发现是不是太迟了？白云，你醒醒好不好？你有没想过于小柯？你不爱她吗？"我有些恼火，真没想到白云结婚后竟然还会和我纠缠不清。

"我说过她是个孤儿，长这么大一直都在受苦，她就像一只受伤的刺猬，随时支棱着她的刺准备蜇人。如果我不管她，她怎么活下去？"他有些激动，修长的手臂在空中乱舞着。

"你以为你是救世主吗？可以施舍你的爱，你要是因为同情才娶她，这对她不公平。"我望着白云，他那无助的眼神，空洞而忧伤，像即将熄灭的灯，彷徨而无助。

他的样子像午夜里飘荡的魂灵。

"我知道我不是救世主——我伤害了你，也伤害了她。"他忧伤地说。

实际上以于小柯霸道的性格，从来就不允许别人对她背叛。他记得她曾讲过一件在孤儿院的事。她说小时候她喜欢过孤儿院的一个小男孩，他当时也喜欢她。可有一次他们参加一个慈善捐助活动，那一次恰好是男孩儿的生日，他收到人生的第一份礼物，那是个半旧的布娃娃，那还是从捐赠物品里挑出来的，可孤儿院另一个小女孩也特别喜欢那个布娃娃，吵着非要不可，因为她妈妈送她来孤儿院时她才四岁，她来时也是抱着布娃娃来的，妈妈说好等半年就来接她，可五年多过去了，妈妈再也没有出现过，妈妈留给她的布娃娃后来也弄丢了。

小男孩出于同情，最后把布娃娃送给了可怜的小女孩，就为这个，于小柯再也没有和他说过一句话，她一直觉得他应该把布娃娃送给她，可他却送给了另一个女孩子。

多少年过去了，当于小柯眉飞色舞地讲起她儿时的经历时，她还不无得意地说她就是这种个性，容不得别人对她的一丁点儿背叛。她的报复心也极强，这也许源于她是弃婴的缘故。她一直发誓说即使她真有父母来找她，她也绝不会认他们，她说当他们在放弃她的生命时，她已经和他们毫无瓜葛。

我看着白云的脸，那张曾经阳光灿烂的脸，现在却被阴霾遮蔽，不复昔日的神采。

我苦笑了笑说："你没有伤害我，你不过伤害了你自己而已。"

的确，他如果不是受了伤害，他应该会活得更快乐一些，而不是整天愁眉不展。他把爱给了一个孤苦伶仃的女孩，可他却并不快乐，爱从来就不能施舍。

他原本想用自己的包容装下于小柯的痛苦，用他的爱为她疗伤。可他还是错了，除了她自己，任何人都无法做她的救世主。

弱势群体之所以弱势，在于他们弱势的心态。假扮强者，并不能根本改变她的弱势地位。

54．上帝愚弄了谁

宁海这一次出差是去黑龙江，让我感到郁闷的是他竟然一声不吭就走了，害得我在他走后的一天里差点忘了吃饭，他在时饭菜都是他事先准备好的，煮好后端到我面前，甚至有时我撒撒娇，他还会不厌其烦地喂给我吃，我也终于明白什么是"衣来伸手饭来张口"，我想大概地主豪绅的享受也不过如此吧？

他走时却招呼也没打，这让我感到意外，但也是情理中的事。他显然还在生我的气，我那天在街上和白云深情相拥的情景全被他看见了。

当时我也没想到，看见白云受伤我会那么心痛，在那样的情景下拥抱，而偏巧他回来时尽收眼底。

那天白云无助而感伤的话语，不经意间挑起我心底那根最软最弱的神经，当他轻轻地揽我入怀时，我居然没有挣扎，事后我把自己狠狠地批斗了一顿。怎么可以这样意志不坚定？若是解放前，我准是投降最快的那个。当我在煎熬中挣扎，才发现我并没有表现得那么坚强，而我的软弱正是白云的依靠。

无论我怎么给宁海解释我也说不清，那一刻是主动投怀送抱还是被动的？他似乎也没有心思听我的解释，他说女人如果不爱那个男人是不会给他拥抱的，而男人不同，男人可以为了友情而拥抱一个女人，他们把爱情与友情分得很清，虽然在床上他们经常无法辨清。

宁海的话让我哑口无言，我连自己也分不清对白云是什么情感，只是他的举手投足都令我感到心痛，生命中再也没有第二人的一举一动更能牵动我的神经，我是个不爱运动的女人，但是我却喜欢幻想，我的大多数时间都是在幻想中度过，所以无论是设计还是写小说，对我来说都好像在梦游。

白云的变化让我震惊，我以为他的变化都是因我而起，所以我把他带给我的痛楚都抛之脑后，只存留下那些美好的往事。那些渗透着幸福与甜蜜的往事，曾因为他的结婚而试图全部删除，而在见到他的那一刻却统统涌了上来，弥足珍贵。

宁海说我这是好了伤疤忘了痛，他说白云这种人是典型的梦想家，我和他显然是一类人。他如今已有家室，还和我纠缠不清，这种男人连最起码的责任也不懂，男人都是吃着碗里看着锅里的，还真没说错。宁海越说越激动，他说这要是被于小柯知道了，还不知道要闹成啥样。

结果真的被宁海说中，白云一回家就被于小柯堵在门外，小俩口当晚吵得炸开了锅。于小柯的眼睛红肿得像桃子，她一边用纸巾抹着鼻涕眼泪，一边委屈地哭诉："为什么我这么命苦，父母不要我了，养父母也嫌弃我，连你也这样对我？呜呜——我不要活了。"她坐在地毯上哭天抢地，快断气的样子。

"我怎么对你了呀？我又没做什么，不过是出去转悠，忘了接你下班，我道歉还不行吗？我总要有点自由吧？不能老跟在老婆背后转悠。"他一边拍门，一边小声讨饶，卧室的门被她反锁了。

"你现在是嫌我烦了，是吧？我早说过男人一结婚就变心，结婚前你说什么来着？每天接老婆下班是你的光荣，除非我退休你一定坚持到最后。可现在呢？才结婚几天呀，你就要自由了？你要是爱自由干吗要结婚？你不如打光棍好了，呜呜——"她的哭声更大了，似乎受了天大的委屈。

"好了，好了，是我错了，你好歹让我先进屋再说——"他小心翼翼地陪着笑脸。

良久，于小柯终于从地上一骨碌爬起来，把门支开了一条缝。

白云一个箭步冲进了屋里，从背后抱住了于小柯纤细的腰，连声道歉："对不起嘛，老婆，以后我再也不敢了，你别生气嘛。"

他的眼神宠溺，突然想起认识于小柯时的情景，那是个很特别的日子——情人节，他在天河附近坐车去华南师大，被一群小姑娘围住让他买玫瑰，那时他很腼腆，因为上大学二年级了他还没有女朋友，用他的话说他那时心里只有初恋。

他本不想买玫瑰的，却被一个十多岁的女孩子纠缠住脱不开身，她说："一朵玫瑰可以向你喜欢的人表达一心一意的爱，你如果错过会后悔一辈子的。"他当时还在犹豫不决，她却调皮地笑着说，看得出来你心里一定有喜欢的人，但你没有勇气送给她对吧？她笑着说没关系，你可以买回去偷偷给她也行。她当时说完还幽幽地叹了口气，惹得他好奇地问她为什么叹息。她无限惆怅地说她长这么大还没被男生喜欢过，更别说谁送她玫瑰了，她说她生下来就注定不受欢迎，她是个孤儿。

白云当时鬼使神差的，也许是被她的神情打动了吧，一个陌生的卖花女拿着红玫瑰和他讲那么真诚的话，他竟然莫名地感动。他对柔弱的人天生没有抵抗力，他当时就感动得热泪盈眶，结果他不仅掏钱买了那束玫瑰，还把玫瑰送给了那个卖花女——她就是于小柯，他们的相识像一个童话故事的开端，原本可以写下幸福的结局，只是他们好像被巫婆念了咒语。

在不适当的时候遇到不适当的人，当然是一个悲剧。

55．因为孤单而爱

听到敲门声时，我已经在床上躺下了，"咚咚"的声音让我还以为产生了错觉，再仔细一听我确定是真的有人在敲门，而且不是敲邻居的门，正是在敲我的门。我首先排除了宁海回来的可能性，因为他来回黑龙江也要几天，何况他这次要出差两三个星期。

在阴冷的冬日晚上，那种敲门声显得寂寥而空洞，带着丝丝的寒意。

我不由得紧张起来，我害怕一个人待在屋子里，所以自从搬来和宁海一起住后，我就本能地害怕他出差，每次他出差我就会紧张得睡不好觉，以前宁海知道我害怕还会打电话安慰我，直到我睡意和倦意像潮水一样袭来时，我才抱着枕头沉沉地睡去。

我想不出谁会这么晚来找我，不会是白云吧？那天和他分手时，俩人都有些尴尬，不知道怎么会被他搂在怀里，直到我们都幡然醒悟时，一切都迟了，被宁海撞了个正着。分手后他再没有任何消息，连电话也不曾打来半个，我猜想他一定和于小柯闹翻了，否则他何以在拥抱我之后那么沉得住气。

当我从门洞里看到袁慕尼时，我的心跳加速，一时间连呼吸也不能自由进行。

我稳定了一下情绪，尽量轻松地把门打开，袁慕尼提着一个旅行袋，像地下工作者一样四下张望着，待确定无可疑迹象后，他一溜烟便闪进了我的屋子，随手把门关上了。

"你干吗呢？你怎么来了？"看着他鬼鬼祟祟的样子，我不禁好笑。

他放下旅行袋从背后将我揽进了他的怀里，眼底柔情蜜意。

"丫头，乖乖，宝贝，你不欢迎我来吗？"他抱紧了我，头趴在我肩上，将暖湿气流吹进了我耳里。

"欢迎——你不怕碰到他吗？"我小心地问，袁慕尼能够找到我的新家颇让我意外，他长驱直入的样子，似乎事先就知道宁海不在。

"不怕。你也不想想我是做什么的？想知道他出差不难，只要打个电话到他公司核实一下就OK了。"他说话时充满自信，似乎世界都在他的掌控之中。

"可我并不想见你。"我故意拉长脸，装出很不高兴的样子。

"你不是不想见我，你是怕违背你的道德观——你无法容忍自己同时和两个男人交往，因为这不符合你的伦理道德观。"他边说边用嘴在我耳朵边轻轻摩娑着，暖和的气流吹得我心里痒痒的，我试图躲避，可他却不依不饶，两只手像钳子一样抱紧我，我不得不定了定神尽量克制自己，内心却在激烈挣扎摇摆着，我不断告诫自己，不要被他的热情冲昏了头，虽然我的身体实在无法抗拒他的诱惑。

我的身体明显发生了变化，由僵硬地推拒，到后来逐渐变得软和湿润，在他的手掌中我瞬间绽放成一朵美丽的桃花，一揉即碎。他一把抱起我向卧室走去，嘴里喘着粗气，把我平放在床上。

"你真的不应该来，你知道我害怕见你，你知道我又想见你——天，你为什么要对我这样？"我的眼泪顺着长长的睫毛滚落下来，像断线的珍珠。

"丫头，我想你——我要你——"他喘息着喃喃自语，舌头带着温暖的气息滑到了我的眼睛上，亲吻着那滚落的珍珠，像春风在湖面上拂过，像杨柳枝在风中摆动，像温润滑嫩的碧玉，他轻柔地在我的脸上移动，直到定格在我的唇上。

我的呼吸突然急促起来，宛若狂风骤雨前的电闪雷鸣，身体一阵战栗，他已经完全将我融进他的怀里，像春阳一样温暖的怀抱，像温床，像摇篮。

"我太想你了——我没法不想你，我想让你享受女人的幸福，你太压抑了，你不知道自己想要什么，我告诉你最需要什么，你最需要爱和关心，我知道你现在孤单——我不要你孤单。"他一边贪婪地舔着我的唇，像是在吮吸着一道无比美味的佳肴，一边自言自语地嘀咕着什么。

那一晚我们就这样搂着不断地亲吻，不断地深入彼此，直到两人都累得趴在床上呼噜噜地睡去，我们依然还相互搂抱着彼此的臂膀，似乎纠缠得还不够。

那是两个孤单的人彼此灵魂的纠缠，我相信世上还有很多类似的人，因为爱而孤单，因为孤单而爱。我们在世上找不到一个可以终生依靠的爱情，可我们却到处寻找，哪怕有一线希望。

56．永远有多远

很奇怪当俩人极有默契地同时醒来，望着被窝里赤裸的对方，居然有些羞赧。

我下意识地扯过被单把自己裹了起来。南方的天气总是阳光灿烂，即使在冬季里，如果没有冷空气南下，在街上四处可见穿裙子的女人。比起北方，南方的天气更适合美丽的女人，可以打扮得花枝招展，招摇过市。

冬日的阳光从窗棂上的缝隙射进来，照在我们的脸上，温暖的金黄色把皮肤晒成了麦芽色。

袁慕尼笑了一下，光线在他的脸上像水波一样漾开来，他伸出长长的手臂，示意我睡进他的臂弯里，我乖巧地照做了，脸上也同样浮起了温暖的笑意。

他的手一圈，把我整个揽进了他的怀里。

"我现在觉得你是完全属于我的，这种感觉真好。"

"如果能永远这样就更好了——唉——"我想了想，幸福满足的脸上多少有些失望。

"我当然也想永远这样，只要这种感觉还在，我相信会比在一起更幸福。"他的手轻握了一下我的肩，似乎要把他手中的幸福通过力量传导给我。

"不能在一起还谈何幸福？"我再次叹了口气。

我虽然爱幻想，可我却无法幻想和爱人在不同的城市，要怎么维持爱的温度？当我们彼此都不能再唤起对方的激情时，这种爱是否也意味着死亡？

我突然想起母亲，她在失去养父后的追悔莫及。

女人似乎一辈子都在等待被爱。因为太喜欢幻想，才会陷入两难的境地，现实并不能容许夹缝中生存的爱情。我不想做第三个不幸的女人，像母亲和外婆那样，所以我在三个男人中间犹豫不决，所以我周旋在几个男人中不能自拔，我甚至无法分清哪份爱对我更重要，每当我面对他们时我都会情不自禁地心动，我分辨不清哪一份更适合自己，也许根本就没有更适合的，或者更适合的永远都在幻想中？

从来不想伤害谁，可我们却在彼此伤害；从来没有想过去破坏别人的幸福，可我却做了第三者。袁慕尼说如果我愿意，他可以为了爱离家出走，我拼命地摇头，安娜和渥伦斯基出走的不幸证明爱情绝不是两个人的事，我们不能生活在幻想里，不食人间烟火，一个男人也不能离宗叛祖，我可不想成为别人眼中的红颜祸水。

我说着说着眼圈也红了，什么时候自己成了这样的女人，爱总是身不由己。

"你多心了，我们绝对不会像安娜，现代社会对各色爱情都有足够的忍耐力，没有人再视作异端了，更何况是追寻自己的真爱。"听他说这话我也笑了。

"话虽这样说，可这是什么年代了，父母包办的婚姻还不是一样不可抗拒？"我在暗示他的无能。

他的脸色一下暗淡了，他揉着我纤长的手指说："丫头，你是在怪我？怪我没有能力抗拒父母之命？"他在床上换了一个更舒适的姿势，说他和林晓瞳之间的关系很微妙，她从小就对他依赖，如果她能够少爱他一点，那他会觉得好受一些，偏偏她又极端乖巧，除了琴棋书画样样精通，她还精通厨艺，把他父母的胃伺候得越来越挑剔，连专门请的厨师他们都不乐意，开口闭口夸这个未来的儿媳，就凭这一点他根本就没有理由嫌弃她。

我听了心里一阵冰凉。我从他的怀里挣脱出来，翻身起来坐在床沿上穿衣服。

"她什么都好，你为啥还嫌三嫌四？我看你们男人就是贱骨头发痒——欠揍。"

阳光像梳子一样从我的头发上流过，轻洒在我的皮肤上，我的腰身很细长，不像一般的南方女人，他躺在床上可以欣赏我的整个背部曲线，他在我的背后由衷地赞叹。

"丫头，你的背真美，像月光般一样圣洁。"他禁不住坐起来，以便更清楚地看到我的背部，我的长发披散在身上，与洁白的肌肤形成鲜明对比。丝缎一样柔滑的头发散落在白如凝脂的肌肤上，我正在往身上穿内衣，他突然从身后搂住了我。

"丫头，你别生气，我说过的，程晓瞳再怎么好，我对她也没有感觉。我只喜欢你，永远都喜欢你。"

我挣扎了一下，摆脱了他的拥抱，迅速地把黑色文胸套在身上，束紧了乳房胸部显得更高挺，文胸有着枣红色的蕾丝花边，把我的胸部衬托得更精致小巧。

袁慕尼体贴地从背后帮我把扣子系上，技术相当熟练。

从这点看，他的确比宁海有经验，这让我禁不住又一阵酸楚。

他再次搂紧了我，手放在我的胸上，轻轻地摩挲着，手心里仿佛有团火焰在跳动。

"永远有多远？对你来说，永远不过是永不能兑现的空头支票而已。"我的语气变得很冷淡。

我拂开他的手，往身上套上一件黑色上衣，外套是紧身的，将身材勾勒得玲珑如浮雕。随后我站起身麻利地穿裤子，我的动作很敏捷，但在他的注视下还是明显有些滞缓。做完这一系列动作我走到了窗前，室内的光线忽然暗了许多，我把窗帘的阳光挡了大半。

袁慕尼忽然也没了睡意，找来衣服穿上，正穿的时候我的电话铃响了起来。

我站在窗前一动不动，似乎充耳不闻，直到他走上前推了我一把，我才仿佛从梦境中醒过来走到床头接电话。

"喂，是宁海？我刚刚在睡觉没听见——我很好呀，每顿饭都吃了，你放心好了——"宁海这么快就结束了和我的冷战，让我颇感意外，电话中他假装什么事也没发生，像以前一样关心我，这让我多少有些尴尬，袁慕尼识趣地退到屋子的角落里，一直静静地注视着我的神色。

当我把电话挂断时，他竟然长长地舒了口气。我们俩相互注视着都没有说话，气氛有些微妙。

57. 另一种幸福

电话里宁海再次解释他和白荷的事，我有些不耐烦，那件竭力想遗忘的事，他却又提了出来，让我郁闷不已。对于他们因马奶子酒冲动越轨的行为，我总是很怀疑。他一向循规蹈矩，也许因为长期的内心压抑而背叛我，我完全可以理解，在我的笔下常有像宁海这样的主人公，他们靠背叛来证实自己的存在，他不是背叛爱情，而是对自己的背叛，对人生价值的背叛。

自从他和白荷出了那种事，他不得不换了另一个秘书，他希望我能谅解他。他还说他已不再生我的气了，他相信我也是一时冲动，白云毕竟是我心中最美好的记忆。对于宁海的大度我一时无语，他越是那样宽宏地对我，我越感到心底沉重的负疚，压迫得我喘不过气来。

袁慕尼离开时说了一句很有意思的话，他说一切因果皆有缘，世上没有无缘无故的爱，也没有无缘无故的恨，他相信总有一天这段孽缘会解开。

而在我看来，这个结却越缠越紧，似乎快成了死结。

张爱玲在《红玫瑰与白玫瑰》中曾写到：得不到的红玫瑰是"心口上一颗朱砂痣"，而得到的白玫瑰就地地道道成了"衣服上沾的一粒饭粘子"。我害怕有一天也会成为那粒饭粘子，这是我在爱情面前摇摆不定的根源。

无论是男人还是女人在爱情面前都爱幻想，这区别于低等动物，所以那个隔着水烟薄雾、永远无法得到的人，才是他们最想得到的，人类占据欲望的强烈与否总是和得到的难易程度成正比。

有人把爱情划分成"三部曲"——幻想、追求、磨合。很多人在磨合时还在幻想，磨合磨合，有磨擦自然有分分合合，每个人都希望找到更适合自己的情人，而我或许更执著，绝不放过任何实践的机会。

宁海说他在黑龙江给我买了礼物，要我猜是什么，我说猜不出来不会又是石头吧？实际上我是真的没心思猜，当时袁慕尼就站在屋子里，用很特别的眼神望着我，让我无法集中精力和他通话。他说他回来后会给我一个惊喜，在电话里他比平时啰嗦了些，直到我说肚子饿了必须下楼吃早餐了，他才依依不舍地挂断了电话。

袁慕尼一脸醋意："哟，真看不出来，你们这么柔情蜜意。"

我放下电话白了他一眼："怎么，嫉妒了？你和林妹妹还不是一样？我还没吃醋呢。"

"瞧瞧，开开玩笑你就生气了。我想问你一个问题——"他正色道。

"什么问题？只要不问我怎么同时和几个男人交往——"我看着坐回床沿上的袁慕尼，没有梳头而且衣衫不整，显得有些放荡不羁，他的嘴角轻轻扬起，显得自信且狂妄。

我眯着眼，目不转睛地望着他，有些不敢相信他就是让我深陷泥淖的男人。

"丫头，你色迷迷地看我干吗？你在研究我？值不值得你付出？"他尴尬地拂了一下额角的头发。

"你的神情告诉我，我如果不爱你那是一种损失。"我戏谑地笑。

"哟，太过奖了。我刚才想问你对网恋有何高见？"他的脸棱角分明，即使衣衫不整，全身上下也散发着少有的优雅与刚毅。

我愣了一下，没有想到他会问这样的问题。我有很长时间没上网了，对于网络我一直采取疏离的态度，既不热衷也不放弃，闲暇时打发时间，当然我没想过会谈一场轰轰烈烈的网恋，这场网恋现在已和现实成功对接，我希望它不会无疾而终。

我很快在床沿上找了个舒适的位置，既可以面对他又可以占据有利地形。

"你是采访我，还是随便问问？"我盯着他。

"如果是采访你想怎么回答？如果是随便问问呢？"他嘴角露出狡黠的笑容。

"如果是采访，我只能说我是把网络当成工具，而在我眼里工具的作用就像电话、电视起的作用一样，它只是提供了一个交流平台，增加了我和陌生人相识的几率，而网恋和现实的爱情并没太大区别，它只是形式的转换而已。"我停了停，看着他不动声色的样子，再继续说下去，"如果是随便问问，那我就多说几句，网恋是思想上的碰撞多一些，它更让人浮想联翩，与现实的爱情相比，它更富有朦胧美感，而梦幻一向是与现实背离的，当网络的虚幻与现实结合时，它同样是让人烦心让人痛苦且折磨人的玩意儿，而且因为时间空间的距离，网恋中的人多数都有着不同的生活背景或环境，他们走到一起的可能性相对小一些，特别是那些没有经济基础的年轻人，网恋不过是昙花一现的火花而已，想成为现实中永恒的风景似乎太难，但我们不得不承认网络给爱情增添了更美的形式。"

他拍了拍手掌，直夸精辟。

"这大概就是英雄所见略同吧！你和我的看法一致，不过我觉得网恋和现实中的爱情并无两样，现实中也有因空间距离无法在一起的，而网络只是多了一种快捷的沟通方式而已，它更能出现奇迹，甚至在地球的东西半球，相爱的两个人也能走到一起，网络更注重精神交流，或者说网络上的人更能表现真实自我或掩藏真实自我。除非刻意掩藏，否则我们可以了解到比现实中更精彩的精神世界。"

袁慕尼的匆匆离去，也是因为一个电话。他的助手说事务所有单很棘手的官司，非要他回去接不可，他走得很无奈，他说每次都这样，想出来轻松一下总会有公事烦心。

分手时才会感到相聚的弥足珍贵，也许正因为短暂才会值得珍惜，当我们分别后在等待的日子里去咀嚼那份美好，或许也是另一种形式的幸福吧？

58．幸福是不是相互间的依靠

激情的代价是重感冒。我一直怀疑是那天在床沿上坐太久，当时袁慕尼目不转睛地盯着我，我有些局促不安，穿衣服的动作也有些迟缓。

我好不容易撑到第三天晚上，就感觉喉咙有些刺痛，早上起床时头重脚轻腰酸背痛，还有些发烧。当我坐到电脑前就感觉眼冒金星，电脑上的文字都变成了星星，我有些天旋地转起来。

我不得不停止写作打的去医院，想不到在星期一医院里的人还特别多，当我好不容易排完队拿了药已经累得筋疲力尽，最可笑的是在排队时还碰到一个读者，他不知是怎么认出我来的，他说很喜欢我写的《原色》，一定要我给他签个名，可惜当时谁也没带书，在他的再三要求之下我只得把名字签在他的牛仔服上，那个男的欣喜若狂，还说他家就在附近想请我去他家坐坐，在我婉言拒绝后他才悻悻离去。回到家时吃完药我就躺下了，昏昏沉沉一直睡到太阳下山也没有力气爬起来，好像天突然塌下来压在我身上，身子软得像团棉花，没有一丝力气。

宁海回来时我一点也不知道，直到他把我从床上抱起来，我才突然有了知觉，我半睁半闭着眼问："干什么呀？我好累。"

"你在发高烧，必须去医院。"他不由分说背起我就往外跑，平时从来没见他这么心急过，他一向是个慢条斯理的人。当我们赶到医院时我依然高烧不退，医生说这是由于扁桃体发炎引起的，竟然高达39摄氏度，还好送得及时否则后果不堪设想。

说他是我的救星真不为过，当我躺在病床上望着天花板发呆时，他只是坐在病床前傻笑。他半怜惜半嗔怪地说："你怎么不注意呢？这几天冷空气南下，我就一直在担心你，本来订了火车票我一时性急就坐了飞机，还好我赶得及时，否则你不知烧成啥样子。"

"放心，没烧成肯德鸡就行。"说完这话，我忽然记起和袁慕尼说过类似的话，脸禁不住红了起来。

　　"怎么了，还没退烧呀？"他伸出手关切地摸了摸我的额头。

　　"退了。"我转开头，心虚地说。

　　"那我回去给你弄点好吃的来，你最想吃什么？"

　　"皮蛋瘦肉粥。"我下意识地舔了舔嘴唇，嘴唇有些干，想起他平时给我做的瘦肉粥，止不住吞口水。以前他曾给我讲过怎么做瘦肉粥，他说先将皮蛋剥皮，和瘦肉一起切成小块儿，用米加水大火煮开后，改用文火慢煲至七八成熟，加入皮蛋和瘦肉丁，再大火烧开加盐、味精、香油就可以了，他每次煮出来的粥鲜滑清香美味可口，每次吃我都恨不得把舌头也吞下去。

　　宁海给我倒了杯水慢慢喂我喝，喝完水又轻轻地给我掖好被子。

　　"那你先睡一会儿，醒来就可以吃了。"他拿了外套往外走，边走还止不住回头看我，直到出了门才径直走了。隔壁病床还躺了一个张婆婆，她看着他走出去便止不住夸他："你可真幸福，有个这么好的老公服侍你——我可没这个福气喽。"

　　张婆婆一边说一边用衣袖擦着眼角，她不管我有没听她唠叨，絮絮叨叨讲起了她的经历。她说自小家里人就说她的命硬，果不其然，嫁了两次老公，他们都先她而去了，膝下有两男两女都结婚生子，可他们也只能顾自己的小家。"这不，生病了也没个孝顺的来看看，原本想老来享享儿女的福，却想不到儿女们都这样，听说我病了都躲得远远的，有的推说家里忙，有的推说要出差，你说现在的年轻人怎么这么没良心呀？"她说她现在才明白"少年夫妻老来伴"的道理，可惜她已经没有伴了。

　　听着张婆婆唠唠叨叨，我浑身乏力，有些昏昏欲睡。

　　幸福是不是相互间的依靠？躺在床上我这样问自己。每次在孤独无助时宁海总会出现，我不知道这是不是就是冥冥中的缘分？他好像一个幸运星，总带给我惊喜，我忽然想起白云结婚时他的冲动之举，他竟然扇了白云一巴掌，据说他长这么大从来没打过人，他是学统计出身的，后来进了县公安局的档案室工作。他外婆是富人家的大家闺秀，很有教养，教导宁海君子动口不动手，任何事只能讲道理不能动武力，他竟然在那天为了我打人，很让人感动。事后我问他，他还直摇头，他说长这么大就没见过像白云那么窝囊的人，就于小柯那臭脾气可真是找对人了，一个是天塌下来也不出个声，一个是一点风吹草动就草木皆兵，老天开眼，让这对黄金搭档终生为伴。

我却为白云惋惜，他若是找个温婉可人的老婆，我也不会这么痛心，偏偏遇到于小柯这样的女孩子，真是羊入虎口。

59. 给爱找一个出口

宁海回来时，提了一大锅皮蛋瘦肉粥，香气四溢，把我的馋虫一下惹醒了。

他先给隔壁床的张婆婆盛了一碗，感动得她一把鼻涕一把眼泪，说活这么大岁数还没有见过这么好的人，连她亲生儿女都没这样对过她。

我也为宁海的细心感动，他一勺一勺地将吹凉了的粥喂我，我的眼泪就禁不住在眼眶里转。

"还是让我自己来吃吧，我又不是不能动手。"我有些尴尬，伸手想抢过他手里的勺。

"你可别动，你现在还很虚弱，好不容易找个机会让我侍候你，就让我表现一下吧，下次等我生病我也要享受这种五星级服务。"他调皮地笑了。

"你可千万别生病——我还想你照顾我呢。"我红着脸转头望了一眼隔壁床，张婆婆喝完粥已睡下了，我示意他小声点儿。

"你放心，我这身体棒着呢，不会生病的。"他拍了拍胸脯，压低了嗓音。

那时已是晚上十点过，医院里格外安静。

我睡了一天这时候却没了睡意，看着一脸疲惫的宁海，我有些心疼："你去休息一会儿吧，我看会儿报纸。"我看见床头柜上放的《广州日报》，随手拿了过来慢慢看。

"别看了，看报很费神的，我陪你聊会儿天吧，等你累了再睡。"他抢过我手中的报纸，放回到床头柜上，低声说。

"聊什么呢？要不——你给我聊聊你自己吧，我记得李直说你身上有很多故事，我能不能采访你一下？"我想起李直当初的话，当时还有些不服气，想他年纪轻轻怎么可能会有故事。

"我……我有什么好聊的？"他的脸一下变得煞白，呼吸也急促起来。

"我想听，你说嘛。"我心里更好奇了。

"这故事可长了，我怕你听到一半就睡着了，还是等你病好了我再讲给你听吧？"他央求着，似乎竭力想掩饰什么。

"不行，我睡了一天了，我保证在听完你的故事前绝不打一个盹儿。"我故作精神地笑了笑。

"那好吧。"他无奈地苦笑，"我其实早就想告诉你了，你就当听故事吧。"他故作轻松地笑笑，笑容明显有些凄楚。

他理了理身上的衣服，似乎他要讲的故事必须严阵以待，这让我莫明地感到紧张。宁海的目光越过我盯在我头上的输液瓶上，仿佛那里面正滴着他的故事，他需要慢慢地把它们释放出来。

不知道过了多久他才终于整理好了思绪，他说那年他凭关系分到公安局档案室工作。和他一起在档案室的还有另一个女同事叫王音，长得特别清秀。那时公安局规定有恋爱关系的人是不能在同一科室上班的，他们就只能相互爱慕，但谁也没捅破那层窗户纸。那几年县里一直在严厉打击贩卖毒品，可那些毒贩子就好像背后长了眼睛，怎么也抓不到。每次公安局接到线报有毒品贩子来县城交易，可每次都扑了个空，这样几次无功而返后大家就怀疑内部出了奸细。

他说那时档案室也在要求网络化，他那时是唯一精通计算机的人，可他们在输资料时发现一件令人震惊的事，刑警队里有个叫"张述"的人身份十分可疑，他的资料不清不楚，经调查他们发现原来他竟然是副县长的小舅子，他是1998年调进刑警队的，最可笑的是他最初是在县城里开歌舞厅，之前叫"李义"，还因打架斗殴被抓过，可后来却因证据不足放了。最可疑的是他在调进刑警队之前改了名字，似乎是故意把他和副县长的关系隐瞒起来了。

当时王音和他都很害怕，因为这个秘密既不能告诉别人，也不能隐瞒着不上报。正在左右为难之际他们又发现了更可怕的事实。张述在调进来后不久，县公安局组织了一次重大活动——缉拿毒枭赵银虎，当时听说他在云南边境杀了人，并带着十多公斤海洛因潜入四川境内，据线报说他将在本县进行一次巨大的毒品交易，此代号为"银虎行动"的交易将会有几个大毒枭出现。市里经上级部门部署狙击方案，方案做得相当细致，大家都势在必得，希望以此案立得头功，可想不到部署那么周密的计划最后却莫明其妙黄了，在约定地点不仅没出现赵银虎，在约定时间也没发生任何动静。可几天后却传来这次毒品交易成功的消息，他们只是临时换了地方，据说是内部走漏了风声。结果县公安局还因此受到市公安局的处罚，刑警队所有成员两个月的奖金泡汤不说，还得了个很不好的名声。

宁海说他和王音查了"张述"的所有资料，发现他每次都参加重大行动，而有他参加的活动都没有什么好结果，不是没抓到人就是被人耍了也不知道。他们俩忐忑不安，惶惶不可终日。

宁海看我听得正入神，叹了口气。他说你不知道社会的复杂，我当时和王音都没什么社会经验，遇到这样的事真的很傻冒，我们把查到的资料上报给副局长，然后准备把材料亲自送到市公安局。

宁海的脸忽然黯然了，他说我们真是太天真了。那天是副局长给我们安排的车，临时不知道为什么却把我派去办另外的事，结果王音去市里就再也没回来，送她的车在半路上出了车祸，司机只受了点轻伤，可王音在送去医院的路上却永远闭上了眼睛，她带的卷宗也坠入了公路下的江水里不见了踪影。我当时知道消息时差点疯了，一个星期没有和外界的人说过一句话，组织上给我放大假，之后我就借故身体不适把公安局的工作辞了，在父亲的安排下我到了广州。

宁海说那些人之所以没对他下手，是因为他的父亲当时是市里的外经贸办主任，多少还有些权势。

宁海低下头，眼泪禁不住涌了出来。他转过头从床头柜上抓了一把纸巾蒙在脸上，肩部轻轻地抽动着，像一只受伤的困兽，沉浸在痛苦的回忆里。我伸出手轻轻地拍了拍他的肩，听完他的故事心里就一直堵得慌，空气也仿佛停滞了。

过了很久他才平静下来，抬起头看着我，他说："我不知道王音是否泉下有知，她曾经说过，她这辈子没有什么大抱负，只想有个平凡的爱人守着她过安静的日子。可这样的希望最后都成了奢望，她最终成了牺牲品。"他说她当时好像知道会出事似的，在出发前还给他打过一个电话，她当时说了一句话让他终生难忘，她说当我们的爱没有生存空间时，我们就要给爱找一个出口。

"是的，给爱找一个出口，我现在就在给爱找一个出口。"宁海静静地说，他没有看我的眼睛。

可我们的爱出口在哪里？

60．当我们都遍体鳞伤时

过两天就是元旦，宁海说趁公司放一个星期的假，他带我到处转转锻炼身体，免得我整天呆在屋子里没有光合作用，人就像温室的花儿一样容易生病。

说好等宁海下班回来就庆祝我康复出院的，他说要亲自下厨给我做一顿可口的饭菜，这几天在医院尽喝粥把我都喝怕了。可他回来时却没精打采的，公文包一扔便跌坐在沙发上，神情颓丧。

"怎么了？出什么事了吗？"我走上去关切地问。

宁海一向是坚强的，在经历了人生的大磨难后他比实际年龄更成熟。在我看来他任何异样都有些不可思议。他摇了摇头没有出声，闭上眼睛似乎很疲惫，过了很久他才睁开眼勉强地笑了笑说："没什么，我只是放大假而已。"他的笑容有些牵强。

"元旦放大假？"我吃了一惊，还没完全理解放大假的含义。

"我把自己炒了——从此放大假，你明白了吗？"他有些无精打采。

"你辞工了？为什么？"

"不为什么，突然厌倦了，突然累了，所以把自己炒了。"他故作轻松地耸了耸肩。

我很仔细地看他，他的脸上丝毫找不到任何痕迹，真的是厌倦的表情。

"没那么简单吧？你刚刚还出差好好的，怎么一下就厌倦了？"

"生活里很多事都会厌倦。"他苦笑了笑。

"也包括你对我的感情？"我试探地问。

"不——我没这么说。"

"你就是这种意思。"我强词夺理。

"你多心了，我不是这个意思。"他很疲倦，不想再争辩。

"我根本没多心，我不知道你们男人是不是也有情绪低潮，一会儿冷若冰霜，一会儿热情似火，也许越投入越容易厌倦？"我苦笑着望着他，想从他的脸上搜索点蛛丝马迹。

"不管你怎么想——我真的很累，你让我单独呆一会儿。"他再次闭上眼睛，脸上的皱纹一下多了起来，我从未见过宁海这种神情，他似乎在一天之内判若两人。早上出门前他还柔情缱绻，对我依依不舍，下楼时还在我颈窝上留下一个热吻，而现在他好像和我隔着一个世纪的距离，疏远得让人害怕。

我站起身来，看了看宁海那种让人不快的表情，随后径直往卧室走去，我不想面对他的冷漠。当门把我们隔在两个世界时，我感觉我似乎真的远离他了，他今晚的情绪让我不快，我跌倒在床上，似乎也受了他的传染，有气无力。

客厅和卧室里都静悄悄的，几乎听不到一丁点儿声响。

我没有开灯，屋子里一片黑暗。隐约中有红光从窗户的缝隙里闪进来，远处有鞭炮的声音传来，还有忽而升到半空的烟火寂寞地绽放，那一刻我似乎幻作了黑暗中寂寞的烟花，找不到坚实的土地，早已粉身碎骨。

不知道过了多久，厅里有了一丝动静，宁海的脚步声由远及近，直到在我的门前停下，可那声音停下后却没了声息，不知他站在那里干什么，我有些好奇，那种静谧让我害怕。

直到敲门声响起时，我突然就从床上跳了起来，可冲到门前我却停住了，我听见他说他想和我谈谈，我愣了一下，想不出他究竟会和我谈什么，我得有些心理准备才行。

他站在门口像一尊冰冻的雕塑，面无表情。他说你出来咱们还是坐着谈吧，这样我会轻松一些。不知道他所谓的轻松是指什么？是身体上的轻松还是精神上的？他的表情让人觉得沉重，绝无轻松可言。

等我们像双边会谈一样在沙发上坐定，我用眼神示意他可以谈时，他直了直身子，说无论你今晚听到什么都别太激动。他像在暗示我，某些严重的事已经发生了。

"你说吧，我这人其实没你想象的那么容易激动。" 我笑了笑说。

宁海望着我，神情忧伤，他再次直了直身子，从口袋里拿出一张纸递给我。

他的眼神突然变得很紧张，一直目不转睛地看着我的表情变化。

"这是什么？"我张大了眼，才发现自己问得有些多余，那张纸上印得清楚明白，那是一张妇科检查的化验单，准确地说那张化验单上写着"怀孕7+"，我的眼睛忽然像生根了一下盯在那张纸上，"白荷"的名字有些刺目，在任何地方也没有在这张纸上更让人震惊，我忽然明白宁海疲倦的根源，可明白后我却感觉自己也疲倦了。不知是被这件事情震得麻木了，还是我对整个事件本身已经疲倦。这情节有些像肥皂剧的经典片段，可一旦在我身上发生，我却莫明地震惊，我原以为现实与戏剧是有相当距离的，我一直觉得艺术与现实是两码事，戏剧里的爱恨不过是艺术家们赚人眼泪的噱头。

"你怎么看？"他小心地问。

他的提问本身就有问题，这明明是他自己的问题怎么问我怎么看？

"我没什么看法。"我的声音变得极度冷淡。

"你一定有看法，你对我失望了？"他的脸因痛楚有些扭曲。

"我为什么要失望？在我看来这件事唯一不够完美的是她怀孕了，而你却不想这样。如果事情没演变到今天这样，我是不是就已经原谅你了？像小龙女事件一样，我是不是应该说如果你们做爱时注意安全，也许不会发生今天的尴尬？"我的脸上的确有轻蔑的表情，我想如果这种表情令他感到难受，我将万分抱歉，"我想到此为止吧，我太累了，事件本身已经在上次结束了，这种节外生枝的事有时也能锦上添花，如果你愿意，你可以马上做一个幸福的爸爸。"

他脸部的表情像在抽筋，或者说像是吃多了李子打摆子一样，筛糠似的抖。

"你真会打击人，我真是没脸见你了。"我的黑色幽默让他难受，他显然无法欣赏这种幽默。

"你也别难过，生活中常常会有意外惊喜，也会有意外打击，当爸爸并不是坏事。"我故作洒脱。

我的话就像揭穿了偷吃鸡蛋的人，梗在喉咙不上不下，让人难受。他的脸就像被打翻的颜料瓶，红一阵白一阵。

"你别这样阴阳怪调的，好吗？你这样让我觉得自己特卑鄙，我只能说我太老实，不小心偷食却不会抹嘴巴，不像有些人经验丰富，脚踏几只船都能做得天衣无缝。"他话里暗藏玄机，我心里一惊。

"哟，你是说谁经验丰富？算了，我不和你计较。恭喜你喜得贵子。"他的语气让我不快。

"恭喜？你竟然恭喜我？你觉得我应该要那个孩子吗？真是胡闹。"他有些急了，脸涨得通红。

"你才胡闹呢，你自己干了蠢事不会想溜吧？我最瞧不起这样的男人。"我瞪着他说。

"那我要怎样？"他惊惶地望着我。

"孩子没有错，你没权利扼杀他的生存权，虽然你们是无意中制造了他。"

"可这世上不是每天都在扼杀生命吗？"他的眼睛在灯光下闪烁不定。

"你也想成为他们中的一员？我不反对，就当你我从来没相识过。"我说。

宁海低下头看着他的脚尖，一时间屋内的气氛有些紧张。

61. 没有结果的结果

宁海那天没有表态，事情似乎也并不如想象中那么复杂。白荷也辞职了，她并没像一般的女人那样纠缠不休，这也许是情理中的事，她一向脸皮薄，出了这样的丑事她便躲起来一直没露面。

我一时搞不懂她为何把怀孕的消息告诉宁海，而后却没了动静，白荷不是爱张扬的女人，我相信她也不愿拿这件事做太大文章。倒是我和宁海自从出了这事后，之间似乎多了一层隔阂，那段时间他很少再和我亲热，我们从此变得生疏了许多，同在一个屋檐下，却像两个陌生人。

元旦后宁海就又去了另一个家具公司上班，事业重新开始起航。

这一天他下班回来兴致很高，手里提了很多菜，在厨房弄了半天做了一大桌。弄好一切后他才想起冰箱里没有啤酒，便风风火火地跑下楼抱了一箱珠江回来。他把我从书房里拉出来，我还有些犹豫，不过见他兴致很高也不好扫他的兴。

我们面对面坐着，他拼命地劝我喝酒，喝完了又给我满上。他说难得今天开心，我们要一醉方休。我瞪了他一眼问他瞎高兴什么，那些麻烦事都解决了？他摇了摇头说别提那些扫兴的事，我今天在公司参加了首次中高层会议，你猜怎么着？"人挪活，树挪死"，我才到公司两天就被提升做销售总监了，真是三十年河东三十年河西，真想不到我跳了槽还能升官发财，是不是很走运？他说得眉飞色舞似乎把前几天的晦气抛到九霄云外了。

"你可别高兴得太早，想想白荷终日以泪洗面，亏你好像什么事也没发生。"我适当地向他泼冷水。不就是升职加薪吗？有什么了不起，要不是他把白荷害得那么惨，他哪会有这种机遇，人家说男人一走桃花运就背，桃花运一走下坡路就官运亨通，这话还真不假。

"你别扫兴好不好？你这人是不是看不得我开心？非让我愁眉苦脸？"他脖子一仰又干了一杯。

这一次我给他斟满了酒，顺便也给自己斟满，我说这才几天呀，我就应该改口叫你宁总了，希望你从此飞黄腾达财源滚滚来。宁海的脸色变了变，他听出我在讽刺他，说："你这话听起来有些刺耳，你不用拐着弯儿讽刺我，我知道我对不起白荷。"他说他会负责的，作为一个男人，他不仅要给爱人幸福，还要为自己的失误负责。

到后来，我们似乎有了默契，整晚都闭口不谈白荷的事，我们俩你来我往不停地喝酒，喝到兴头上他给我讲起了开会的情景。他说他对这个公司倾慕已久，这次还是朋友介绍他去的，想不到公司的老总对他很重视，竟然很快就委以重任。

那一晚我们喝多了酒，在沙发上东倒西歪地睡着了。月光静静地从落地玻璃门射进来，照耀着我们的睡姿，晚上寒气逼人时我们禁不住互抱着取暖，两个意识模糊的人很自然地抱在一起，拥抱，依靠，宛若一对缠绵已久的恋人。

那一晚我一直在做梦，梦见自己在一个棉花地里奔跑，后面似乎有很多人在跟着我追，我不知道为什么那么恐惧，我拼命地想抓住什么，于是我好像抓住了一根木头，我狠命地抓住它不松手，把指甲都陷了进去。

早上醒来时我才知道我竟然掐着宁海的手臂过了一夜，我睁着睡眼惺忪的眼，看着宁海一动不动任由我掐了一晚的手，清晰地显现出十个紫红色的指甲印，有些不好意思。

他见我醒了，这才把手抽了回去，揉了揉发麻的手臂说："你可真行，整个晚上我被你这样掐着还不算，你在梦里喊打喊杀的把我吵醒了，我只有盯着你过了一个晚上。"

我被他的神情逗笑了，说："谁让你这么傻，你可以把我也吵醒呀，或者你也掐着我过一夜。"

"得了吧，我要是掐你非把你这只手掐断不可，你看你瘦弱的样子。"他捞起我的袖子露出白皙清瘦的手腕，这样的手腕竟勾起了他的无限怜爱。

"你要是去做模特一定很不错。"他看着我说。

"瞎说，我身高不够。"

"你的样子长得很特别。"他说我的鼻梁很高。

据说我的血统有一半是少数民族。我笑着说："你不如说我长得与众不同，别人形容丑女都这么说。"

"瞎说，像你这样的'丑女'我可是打着灯笼才找到一个。"

"那叫奇丑无比。"我扑哧一声笑了。

"照你这么说，四大美女应该是四大丑女了。"

"对，从某种意义上是这样的，这只是审美标准不同而已。"我微笑着说，其实参照物不同，结果也会不同，美丑的区别在于是否能让大众认同，少数必须服从多数。

"为什么不做时装设计了？我觉得你更适合做一个美的创造者，而不是和冰冷的文字打交道。"他说。

"你说错了，文字一点不冷，它是有温度的，它比人还富有感情。我已经把我最得意的设计卖了，我想这一生我不可能再设计出超越它的作品，何苦把自己套死在一棵树上。其实每个领域设计都是互通的，我管作家叫文字设计师，只是情感的表达不同，文字的状态不同，所以不同的小说有不同的喜好者，这就像不同的服装有不同的欣赏者一样。"我再次笑了笑，露出洁白的牙齿，我伸了伸懒腰说不行了，我得洗把脸去，我早上起来总喜欢说梦话，洗过脸后就清醒了。

我笑着一骨碌从沙发上爬起来往洗手间跑去，心里却是咚咚地跳个不停，一大早我们讲了这么一大通，宁海的目光一直追随着我，好像要把我的每个动作都记在脑海里。我想起昨晚在喝酒之前我说过那顿饭是我们最后的晚餐，当时宁海笑了笑并没有反驳我，可现在我却有些依恋的感觉。

这里的一切是那样的熟悉，空气里弥散着纪梵希冰火香水的味道，那是宁海最喜欢的。我不知道为什么忽然留恋起这种感觉，很轻松，在任何地方也不曾有过。以前在成都时我讨厌家里那种压抑的气氛，母亲总是唉声叹气，外婆总是絮絮叨叨。

我常常怀念养父在时的情景，他是个开朗健谈的人，有他在，屋子里总是充满笑声。

什么样的结果才是结果，我不知道。

宁海说如果大家分开一段可以把感情分辨得更清楚，那还是分开吧，有些事只有分开后才能想得更透彻。我赞同这种说法，这种离开虽然不是永久分离，可至少有一种短暂的阵痛，阵痛过后是清醒。

我们心平气和地交谈，最后达成了一致的意见。

62. 犯得着和市场较劲吗

关河打电话过来，他说《原色》这部小说有望在美国出版，只是内容要改一改，美国市场对科幻的东西很有兴趣，但也挑剔，为了适应市场我必须修改。我说为什么非要作者去适应市场而不是作者去创造市场？他在电话里忍不住笑了，他说除非你是美国总统或哪个大人物，否则你别想你的小说能够一夜之间轰动全球，你可别想着有什么奇迹发生，美国市场可比中国市场残酷多了，经济规则决定你必须按着市场走否则你就血本无归。

我当时很不服气，我说要是我不改呢？他笑了笑说你不改也可以，只要你授权给我们帮你改，成败的关键在于你的卖点与当地市场的契合，如果市场好我们都皆大欢喜，你拿版税拿到手软，我们也做得得心应手，所以你必须改。

我当时就火了，我说你是知道我脾气的，我从不做违背自己意愿的事，否则我也不会离开服装行业，因为它是一个让我失望的行业，这辈子我做不了一个纯粹的设计师，我做一个纯粹的作家总可以吧？

关河当时也急了，他说这世上根本就没有纯粹的作家，你一定要想清楚，我找的出版商要求改内容，如果你不改小说，海外版权就无法卖出去，你自己看着办，出版社当初和你有合同在先，海外版权一定要做，如果你不同意就等于毁约，这可要负法律责任的。

我们在电话里竟然为这事吵开了，关河当时也有些火，他大概从没想到我那么倔强，他说我就没见过像你那样不开窍的人，如果你不想改小说，你可以默许出版社帮你改，如果你不同意改有什么后果你自己负责，他说从来没见过这么死心眼的人，真倒霉被他碰上了。

"程裘，你犯得着和市场较劲吗？"他生气地说。

"我和自己较劲，行了吧？"我也有些恼怒。

"你真以为可以做纯粹的作家？你也太天真了吧？"关河的声音有些飘，似乎话里有话。

"我想按自己的意愿做，写自己喜欢的文字，难道这都不行吗？"我有些疲倦了。

"行——只要你想我们这些人都没饭吃的话，你写什么都可以，我的大小姐，你怎么还像个不懂事的孩子？你说你能做纯粹的作家吗？你不需要出版社包装炒作吗？"他的声音像银币坠地，铮铮作响。

"炒作是出版社的市场行为，只要你们不欺骗读者，我也不想多管。"我有些无奈。

关河在电话里沉默良久，他说："如果你还不明白出版社为你所做的事，那是你太单纯，实质上除了你的作品真的好外，你的确没有必要去管外界的事，我只能这样点到即止，希望以后你不要怪我。"他有些犹豫，闪烁其辞。

我握着电话也沉默了一会儿，说："你是在暗示我，你们上次在深圳舞弊的事？"

"我没这么说。"他避重就轻。

"出版社在推广《原色》的过程中掺假？"我再次想了想说，"袁浩是你们花钱请来的？"

"你自己去想吧，点得太明也没任何意义，我只希望出版社的做法没有伤害到你——因为我开始也是不同意他们这样做的。"他的声音有些沉重。

"他们怎么可以这样做？太可怕了，这事情若传出去我以后还怎么混？太可怕了。"我的脑袋里嗡嗡作响，过去的影像一幕幕像闪电一样划过，原来最可怕的敌人不是别人，却是一向最信任的人。

作为事件的主人公，在这件事过去很久后，我才终于慢慢知道了真相。虽然打官司是真，可是和谈的结果却是由出版社一手操纵的，包括在售书仪式上袁浩的意外出现，那种戏剧性的开场闹剧，被愚弄的除了观众最无辜的就是我自己。据说袁浩收了出版社一笔钱并合伙骗了服装公司的赵总，结果袁浩当然是两头得利，这种好事他当然很乐意做。

犯得着和市场较劲吗？我不知道我应该屈从于市场，还是市场来适应我。

成名的路，就是这样让人无法想象，狰狞的现实让我有些茫然。

晚上时，我再次接到出版社的电话，他们通知我18号参加成都的售书活动。电话是总编打来的，说了一大通客套话，最后终于绕到正题，他说："出版社这几年的生意一直稳中有升，可就是差一点人气，幸亏关河慧眼识英才，找对了你，出版社近期的业绩不错，由于有《原色》的成功案例，好多优秀的写手都纷纷投稿来，也带动了其他书的销量，真的很感谢你。"

他说这么久没给我电话真是对我关心不够。他还说出版社一直把我当成座上宾，目前全力为我打造新美女作家形象，近期准备进军海外市场，希望我一定配合，他说每个成名的作家都是需要人捧的，不在于作品有多好，只要有人去投资，你的作品想不成功都难。

他还为我举了一个例子，他说现在市场上卖得最火的，你拿来看看，绝对没有你这样的文笔与构思，也没你这么离奇的情节，说白了你就是一个幻想天才，我们捧你，你不火都难。

我一直不停地"嗯嗯"应承着，麻木地说着一些感谢话。我不知道为什么要那么说，在这种时候想回绝他的盛情似乎很难，

《原色》的成功的确离不开出版社的成功策划。

　　挂了电话后，我开始有些怨自己，立场不够坚定。我想了一整天义愤填膺的话一句也没说出口，反而是些唯唯诺诺的客套话，我不停地在心里骂自己，你到底怎么了？如果弄虚作假也值得表扬的话，那么我们的道德规范是不是要重新改写？当我们一边在吆喝着弘扬正气，一边却做着蝇蝇苟苟的事，我们的良心何在？我是一个作者，作者的道德观是会影响读者的。

63．生死契阔

　　第二天我收拾好行李，买了早上去成都的机票，除了签名售书还想先回家看看。

　　回到成都时才发现母亲和外婆已经搬回乡下的老家住了。

　　前段时间母亲常打电话，说外婆的身体不好，我回到家时才知道不只是身体不好，外婆整个像变了一个人，躺在床上瘦得只余下皮包骨头，一声不吭像个哑巴，和当初整天唠唠叨叨的样子判若两人，时光将一个鲜活的人雕刻成另一个人，真是残酷之极。

　　外婆住的那间房还是当初她和外公结婚时住过的，外公在彭山城里给她留了几套新房子，可她偏偏只喜欢这套乡下的旧房子，墙壁是木板做的，还有花鸟虫鱼的浮雕图案，据说这屋子是解放前一个大户人家住过的，后来这家主人去了台湾这房子就充公了，直到我曾祖父将它买下来。

　　当年外公是大红花轿把外婆抬进门的，这里面似乎残留着她许多美好的回忆。

她的屋子黑洞洞的，她不喜欢太亮的灯，全靠十瓦的电灯照明。我进去时，她一点动静也没有，直到我喊了一声"外婆"她才勉强动弹了一下，并没有出声。借着微弱的灯光，我看见她整个人明显干枯了，静静地蜷缩在床上，她的双眼凹陷，颧骨高耸，瘦得变了形。可她的神态却极为安详，似乎一直陶醉在一种安静的幸福中。

我感到悲从中来，鼻子禁不住发酸。

母亲赶紧扯了我的衣袖，把我从屋子里拉出来，她说你可千万别在她面前哭，外婆已经意识模糊了，她现在以为她回到了过去做新娘的时候，她每次清醒过来，都会叫着外公的乳名"小龙"，一直叫个不停。

我用手捂着鼻子，泪水滂沱。当一个活生生的亲人变得骨瘦如柴，变得只能记起她以前的事，我觉得痛心，因为无法帮到她，当一切都已成过眼云烟，当有些人还深陷在回忆里，而有的人已经淡忘那些记忆时，生活本身是不是一种负累？

母亲说外公已经和他的小蜜结婚了，竟然还养了一个白白胖胖的儿子，说这话时她气得脸发青嘴发抖，她说想不到自己四十多岁的人竟然还添了个几岁的小弟弟，真是见鬼了，要是我争气一些估计小孩子都比他大。她说外婆也真是，这么大年纪了还想不开，都怪这世上的男人太狠心女人太痴情。外婆自从知道外公有了儿子后就没有开心过，直到她意识模糊。

母亲说像外婆这样反而是解脱了，之后她叹了口气没有再出声。

这次回来连母亲也像变了一个人，她一改往日的唠叨，变得异常沉默，外婆的事让她受了刺激。

第二天，我带着自己的小说回了成都，首先去找外公。当我按照母亲给的新地址找到那栋豪华别墅时，我有些忐忑不安。来开门的是个四十岁出头的中年女人，看起来并不漂亮但很慈祥，她穿了一身灰白色羊毛套裙，头发一丝不乱地梳在脑后，看外表是个贤慧能干的女人。我当时还在想，外公什么时候请了个这样的保姆，像个慈祥的家庭教师。

她看见我愣了愣，上下打量我，惊喜地说："你是媛媛吧？"

我也禁不住呆愣住了，知道我叫媛媛的人并不多，而这个陌生女人居然能这样叫我，真让人惊奇。

"你怎么知道我叫媛媛？"

"你外公常提起你，我们家还有你的照片。"她转身一边关门一边说，神情安详。

"我外公？他在吗？"我一惊，想不到外公会提起我，我小时候一直很调皮，没少折磨他，可是他偏偏特别宠我，即使是他和外婆关系紧张时，他依然不会忘记过年过节给我买礼物讨好我，小时候我是班上穿得最漂亮的，同学们都羡慕我，而我穿的很多衣服都是外公买给我的。

"他今天正好在。"她微笑着把我迎进门，指着大厅里另一道门说，"他在游戏室和小宇玩。"

"小宇？"我想了想，有些纳闷。

直到进门时我才发现外公程天龙正和一个两岁的小男孩玩弹子棋，小家伙正在耍赖，想悔棋。

"不嘛，我要重来，爸爸欺负我，我不来了——"眼看那个穿着背带裤的小家伙哭着，就要在地下打滚，中年女人走过去一把抱过他，一边安慰他，"小宇乖，爸爸不和你玩，妈妈和你玩。"

我愣了愣，一阵晕眩。

我这才知道中年女人竟然就是外公的"小蜜"，这太让我意外。在我心目中小蜜一定是花枝招展、娇艳狐媚的女人，母亲和外婆就常常在我面对数落"小蜜"，说她见钱眼开，说她傍大款，说她勾引别人老公。在我心中一直把她想成一个十恶不赦的人，可是如此大的反差让我措手不及。看着小家伙吵闹的样子，再看看外公眼底里流溢而出的幸福，我突然明白对外公的世界了解得太少太少，在这十多年中我所知道的事，都是通过外婆和母亲的唠叨而获知的，可我对家族的复杂情史一点兴趣也没有。

外公大概也没料到我会突然出现，他看到我时既惊又喜，走上前拉着我上下打量。

"你还好吧？媛媛？"

"我——很好，这个就是我的小舅舅？"我看着那个一脸奶气的小男孩，他此时虽然乖乖地躺在妈妈怀里，可他的小手却不停地扯着他妈妈的纽扣。

"是，你要是觉得别扭，就叫他小宇。"他慈爱地看着我，明显有些尴尬。

我哭笑不得，天上掉下一个小舅舅，不知是喜是悲。

"你为啥要那样对待外婆？"看着他幸福的样子，我本不想扫兴，可越是觉得他幸福，我就越觉得外婆的付出不值得，我的眼前又浮现起外婆骨瘦如柴的样子，一阵心酸。

"你不懂，媛媛，你最好不要管我和你外婆的事。"外公的脸突然变得很阴沉，似乎有难言之隐。

这时中年女人抱着小宇悄悄地退了出去，出门时轻轻地带上了房门。

"我为啥不能管？你不知道外婆她现在成了啥样子？她整天躺在床上叫着你的乳名，可你——你却在这里享受你的天伦之乐。"我越说越激动。

"她叫啥？叫小龙？"外公极端痛苦的神情，"你不要再管我们的事了——"他声嘶力竭地吼道。

"为什么？你们到底怎么了？"我也火了，想不到外公对我那么凶，这可是从来没有过的。

外公双手捧着脸，痛苦使他的双肩也随之颤抖。

我站在那里，不知所措，不知该不该去劝他，看见他那样痛苦，我觉得自己或许错了，大人的事谁也无法分清对错，当我知道中年女人就是他的"小蜜"后，我就知道我的判断有误，原以为外公只是平常男人的喜新厌旧，可现在看来并不是那么简单。

我终于走过去拍着外公的肩安慰他，我说："我并不想伤害你们中的任何一个，你和外婆都是我最亲的人。"我说我长这么大还不知道父亲是谁，这世界上最亲的人只有几个，我希望你们都过得幸福，而不是像现在这样互相伤害。

外公抬起头来已经是老泪纵横，他的脸上有了明显的老年斑，额头上的皱纹像沟壑一样纵横交错，就像交织在一起的网，这张网让我理不清头绪。

不知道过了多久，外公才平静下来，他用衣袖擦干了脸上的泪水，嘴角挤出一个无可奈何的苦笑，他说："媛媛，这世间的爱与恨并不是你想象的那么单纯。有些事情不能看表面，你知道我为啥和你外婆分开吗？是真如她们说的我见异思迁？我花心？完全不是这样——其实她们怎么看我没关系，可你是我最疼爱的宝贝，我多寒心你也这样看我。"

外公那天边抹泪边讲起他和外婆年轻时的事。他说当年他是大红花轿把外婆娶进门的，第一次见她居然是在洞房花烛夜，他连她的红盖头都没取下来就把灯熄了。当时或许是年轻气盛，也想不到一时的疏忽却酿成了一生的悲剧。

他抬起头望着我，他说："你大概不知道——你外婆在嫁给我之前就有相好的了。"

"是谁?"我禁不住插了一句。

外公静了静，有些为难。

过了很久他才说："我当时也没想到，她竟然会喜欢我父亲——你的曾祖父。我那时才十二岁就娶你外婆，我父亲当时也才三十多岁，正当壮年。他当时骗她要娶她为妾，结果却骗来和我成婚，小龙其实是我父亲的乳名，不是我的，可我一直以来却默认了，我那是为了维护程家的清誉——我怎么可以让这种丑闻传出去?"他的脸色晦暗，脸上的皱纹也多了起来，仿佛突然苍老了十岁。

停了停他继续说下去："其实程萍是我妹妹，可这么多年来我一直忍着不说。啥叫作孽? 这就叫作孽，我永远都无法忘记这种耻辱——"他闭上眼睛，直到我走时也没有再睁开。

64．坚实的手印

想不到在成都的签名售书比深圳还火，这一次我一点没放松，想发现一点蛛丝马迹。结果还真被我发现了问题，我留意了一下购书中心大概四五百人，从大堂一直排到门外，还有不少记者在往里挤，场面非常轰动。看那些人的模样大多是学生，而且前后左右的同学都在说说笑笑的，显然相互认识，这让我忽然明白一些道理，这个轰动场面也是出版社亲手炮制的。

成都一月的天气比较冷，我在回成都时才买了厚厚的大衣，可在大堂里签名时我却冷汗直冒，我一边签名一边注视着热闹的人群，我不知道这里面有多少真正的读者，我每签一本书就希望能出现一位真正喜欢我的读者。

直到我签了足有两百多本，忽然人群骚动起来，我的兴致也突然高涨起来，伸了伸有些酸软的手臂，我探过头想看看究竟发生了什么事，结果只见人群好像被一股力量分到了两边，可过了很久也没看见有人出现，我正在失望时才看见一个人向我走来，不过那个人不是用脚走路，他是用手在地上走，原来是个残疾人，他双手撑地，脚部齐膝截断。或许是长期用手走路的缘故，他的手掌比常人大，而且手掌的茧很厚，他一步步往前移时可以看到他的手，他的嘴里含着我的《原色》，我看见他的样子真的很震动，我从没见过这种情景。

这么感人的场面，难怪人群都闪到了两边，给他自然地让出了一条道，那群记者眼明手快，早把他的每一个艰难前移的动作都拍摄下来。

我下意识地从座位上站立起来，除了对他的尊重外，我还想更清晰地看到他，他的样子出奇的丑陋，肩部高耸，由于长期受力的缘故有些扭曲，他在路上爬行的样子有些像长臂猿，可是我却从他的眼神里看到一种异乎寻常的力量。

当他爬到我的签名台前时，我才发现他真的太矮，他的嘴还不及书台的一半高，他只得用一手撑地，另一只手把书举起来递给我，他的手有些脏，在拿书给我前他在身上抹了一下，这个动作一下吸引了我的视线，他的身子因为无法保持长久的平衡有些抖动，他还是不太够高度，我连忙伸长了手接了过来。

"我很喜欢你的《原色》，因为我整整读了三遍，我喜欢你书中描述的未来世界的人，以及他们的感情世界。"他的声音很浑厚，而且很动听，这让我不得不怀疑这声音是否出自他本人，因为他是那样的丑陋，从他丑陋的脸几乎无法分辨他的年龄与经历。

"谢谢——我很高兴认识你。"我迅速签好了书，从身后找了一个纸袋把书放进去后，把它套在了他的脖子上，他显然有些激动，全身都抖动起来。

"我能不能和你握一下手？"他笑着，脸上的皱纹挤到一起，显得更丑。

"可以。"我笑着伸出手和他的手握在一起，一旁的记者咔嚓拼命拍照，大堂里掌声雷动。

他离开时我再次站起身来目送他渐渐远去，我本想去搀扶他，却被他挥手制止了，他笑着说："我能行，我从来不想被人扶着前行，我要走过的路上都留下我坚实的手印。"

不知为什么，我竟然被他的这句话说得热泪盈眶，他很快消失在人群中，可我却忽然觉得失去了一件最珍贵的东西，不知为什么这么感动，我想今天来签名售书，即使所有在场的人都是假的，我只为他一个人也值得了。

我忽然感觉自己有手有脚就是幸福的，不用以手代步。

有时候所有人都在装腔作势，我们找不到一个真诚的人，只要一个就足够了。

我突然有些想念宁海，我这才想起我们已经分开了。有些东西在拥有时毫无知觉，一旦分开却又像剜肉一样疼痛。

65．谁是骗局的导演

累了一下午，直到吃晚餐时，我以为可以解脱了，可是出版社的总编从头至尾就没想让我舒服，他说今天成绩不错，一下卖了五六百本，另外还接到几家书店的订单，成绩喜人。他有些激动，一边喝酒一边不停地往嘴里塞大鱼大肉，仿佛那不是嘴巴而是仓库。

"在成绩面前我们不要太乐观，这本小说目前在国内市场反响不错，但海外市场就难说了。现在我们正在谈海外市场的版权问题，我们希望程袭小姐能积极配合我们，这对增加你的名气有极大的好处。"当然他不会忘记修改小说的问题，在座的书商、记者都望着我，想让我表个态，迫于压力我不得不勉强点头说自己会好好修改，只是改不改得好就没把握了，总之我会尽力。

话已至此似乎也无路可退，出版社催得紧，说是要改就要趁早，趁国内市场火爆之时卖个好价钱。

回到旅店时，我已累得筋疲力尽。一个下午四个小时的签名，为了保持读者心目中的美好形象，我始终如一地端坐着点头微笑，脸早就僵硬了。

这一天唯一让我感动的还是那个残疾人，他留给我的印象太震撼了，让我久久不能平静。

直到门铃响起来时，我还有些不耐烦，以为是出版社的人又来烦我，我走到门前没好气地打开门，想好的牢骚话到了嘴边却缩了回去。站在房门口的人竟然是袁慕尼，让我惊诧莫名。他穿一件咖啡色的休闲毛衣，左手捧着一大束黄玫瑰和一本书，右手拖着一个行李箱，他望着我时眼神春水荡漾，有一丝火苗在眼底蔓延燃烧，半嗔半怜的神情让我怦然心动。

自从那次在广州相聚后，我一直强忍着不给他电话。我一直想试探自己在他心中的地位，每天我都会很想他，可我又不得不压抑住这种情感，我希望他主动给我电话。他曾告诉过我，林晓瞳已经搬到了他家，他平时打电话很不方便，希望我能给他电话。为了此事我还暗自生气，我也很想告诉他，宁海在时我也不方便给他电话，可是我却忍住了，我不想把关系闹僵。

记得有一次我主动给他电话，那是我躲在洗手间里悄悄打过去的，宁海正在厨房忙碌。碰巧袁慕尼正和林晓瞳在华强北逛商场，他说了几句敷衍话就匆匆把手机挂了，让我很生气。从此我心里就多了一个疙瘩，不是很想他我绝不会主动给他电话。

而此时袁慕尼正站在门口，饶有兴味地看着我说："丫头，不欢迎我？"

"老实说，你如果是我的读者我会更欢迎。"

他拿了一本《原色》，让我多少有些感动。

"你还在生我气？坏丫头，四五百人的读者还不够？还想我成为你的读者？"他坏笑着走进房间里，将箱子随手放在行李架上。

我转身把房门关了，顺手挂上了"请勿打扰"的门牌。

"可惜真正的读者不多，都是虚张声势。"我苦笑着说。

袁慕尼进屋就找了一个水杯把玫瑰养了起来，他一边往水杯里放水一边说："怎么会呢？我看都是真正的读者，要不谁大冷天的跑来这儿排队呀？成都的文化人多，看书的人当然也多。"弄好花后他拿着衣服进了洗手间，他说他要先洗个澡，坐飞机很累，扔下我一个人坐在沙发上，袁慕尼带来的《原色》就放在房间的书台上，我有些无聊，随手拿起来翻了翻。

想不到里面还有我的签名，我饶有兴味地看了看。

不看则已，一看我倒吸了一口冷气，心顿时凉了半截。上面的确有我龙飞凤舞的签名，那些字就像跳着舞蹈的精灵，在此时却让我感到心寒，那是一句"愿你自强不息，永远快乐"的祝福语，下面有我的签名。这个签名我清楚地记得只签给了一位读者，那个读者就是下午出现在会场的残疾人。我知道自己的记忆绝不会出错，我给其他人的签名只有一个名字，而唯一给那个残疾人签了一句话。

袁慕尼裹着白色浴巾出来时，头发上还滴着水。他的全身上下散发着一种男人的阳刚之气，沐浴液的清香从他的身上散开来，飘浮在空气里，是一种宁静而暧昧的香味。

我扔给他一条毛巾，随手拿起《原色》问："这本书是从哪儿来的？"

他愣了愣，随后有些尴尬地笑了。

"我——我是从那个残疾人那儿换回来的，我给了他另一本书做纪念——你别误会，我是觉得这本书对我很重要，有你签名的东西我都会格外珍惜。"他的眼神躲闪着，明显是在撒谎。

"真的只是因为我这个签名吗？没有别的原因？"我怀疑地看着他。

"什么原因？我没骗你。"他有些明显的不安。

我盯着他足足五秒钟，然后用力把那本《原色》扔给了他，书打在他的身上"唰"地掉在地毯上。

"骗子——你们都是骗子。"我的眼里冒着火，声嘶力竭地吼道，我发现我才是真正的傻瓜。

"我不是故意想骗你——丫头，你听我说——"袁慕尼激动地跑上前想抱住我，他身上的毛巾却不争气地滑了下来，他突然赤身裸体地暴露在我面前。

一瞬间，春光乍泄，我们俩都呆愣住了，这比在被窝里看对方的裸体还让人羞赧。

他惊慌失措地拿起毛巾重新裹在身上，脸霎时涨得通红。

我颓丧地跌坐在地毯上，想不到事情会是这样，原来连残疾

人在内都是他们导演的闹剧，我终于明白即使是明天或者后天在
各大报纸上刊登的消息都是虚构出来的，就像我写小说一样，有
时间地点人物和情节。谁都知道这一幕戏的主角和配角是谁，就
唯独我不知道，连同我的爱人都在合伙骗我，还有谁可以相信？

不知不觉间成了他人的傀儡，不知不觉间我们陷入迷阵。

袁慕尼走近我蹲下身子，有些怜悯地看着我。

"丫头，别这样，你的小说一直是受欢迎的，只是要通过更
好的方式推广它，才能让更多读者欣赏到它，出版社的初衷是好
的，没有人想故意骗你，只是大家都怕你不能接受，你知道吗？
你在我们眼里太单纯，单纯得不知道世间的尔虞我诈。你用写作
的方式完成你的梦幻，在你的梦幻王国里，你就是你的国王，而
在现实中你却像个孩子，我不知道怎样可以保护你，每次你在外
面我都替你担心，我希望你快乐，希望你成为一个优秀的作家，
可这需要很多炒作的方式，你明白吗？这只是一种手段，再好的
作品在轰动之前必须经历这个过程。"

他竭力向我解释着，可我却更加茫然，如果成熟就意味必须
了解人世的险恶，就必须世故圆滑，那我宁愿回到童年时代，但
成长是要付出代价的。成为优秀的作家就要经历蜕变和阵痛的过
程，就像达尔文的进化论一样，是自然规律。

袁慕尼当时给我讲了一个笑话，他说伏尔泰到了八十四岁
高龄卧床不起，当他等待死神降临时，一位牧师被派遣到他的床
边，为他祈祷忏悔，可这位老顽固非但不领情，反而盘问起牧师
的身份来。

"牧师先生，是谁叫你来的？"伏尔泰问。

"伏尔泰先生，我是受上帝的差遣来为你祈祷忏悔的。"牧
师说。

"那么你拿证件给我看看，验明正身，以防假冒。"

袁慕尼讲完这个笑话，没把我逗笑，他自己反而笑得前仰后合，他说这世上太较真的人不是思想家，就是艺术家。

66. 独身的解释

第二天出版社还安排了另一个男作家的签售会，这次我作为旁观者也观看了另一幕闹剧的上演，虽然有些情节上的差异，不过却有异曲同工之妙。我总算见识什么叫媒体炒作，记者的提问很造作，那个男作家似乎也半推半就，表情有些愠怒，不过回答却很巧妙。记者问他上次和他闹绯闻的女人是他的女朋友吗，他故弄玄虚地说你们希望是呢还是希望不是？接着他叹了口气说，想不到做名人真难，别人是真的和女人谈恋爱，我只能和媒体谈恋爱，你们别吃醋，我现在还没女朋友呢。搞得在场的人都哄堂大笑，当然来来往往买书的人的确多了许多，人气也因此旺了不少。

袁慕尼说："早就听说成都人对酒吧文化来了一场全新的革命，真想见识一下。"

晚上时总算让我们见识了，出版社在好乐迪酒吧包了KTV包间唱歌。当他们吃完饭到达酒吧时，这里已经在上演歌舞升平的人间喜剧，这里的灯光暗淡，透着女人眼神的暧昧。时间并不晚，可走道里到处是歪歪斜斜醉酒的客人，路过舞池时震耳欲聋的音响让我们蠢蠢欲动，再看舞池里还有过道里拼命摇晃着脑袋就像摇拨浪鼓一样的男男女女，我却觉得晕眩。据说他们吃了K粉，这样的气氛让我压抑，虽然我也爱热闹，可此时我更喜欢咖啡馆的宁静，我可以边喝卡布其诺边写作。

我也宁愿去健身中心练瑜伽，也不愿去迪厅跳舞，以前在服装公司时李直经常带我们去跳舞，不过我总是提前退场，或找间包房唱通宵的歌。我有着让人艳羡的歌喉，比百灵鸟还要动听的音色总让人大感意外，我原本以为是我母亲的遗传，可后来我才知道那是我亲生父亲的正宗嫡传，他原来是个贝司歌手，现在却不知在哪里流浪卖唱。

这一晚有出版社的人，还有成都的书商以及四川作协的几个人，一共有十多个人，中途不知是谁出的馊主意，悄没声息地请了两个陪唱的公主，把包间里撑得满满的。

那两位公主实际年龄并不大，却打扮得妖娆妩媚。也不知袁慕尼外表太吸引人，还是讲话幽默，总之整个晚上那两位公主的眼神都在他身上打转。他也第一次在我面前展露前所未有的迷人形象，游刃有余地穿梭于乱花丛中，这样子和他网上的形象倒有些匹配。

那一晚我只唱了一首歌，还是在迫不得已的情况下唱的。几个作协的人和总编起哄让我和袁慕尼来个情歌对唱，我坚决不肯，最后实在拗不过我唱了一首《记事本》。

翻开随身携带的记事本

写着许多事都是关于你

你讨厌被冷落

习惯被守候

寂寞才找我

……

我唱完后，所有人都在鼓掌叫好，他们说我的歌声很性感。只有我心里明白为什么会唱这首歌，袁慕尼的目光不时向我扫过来，暧昧而深情。出版社的总编开玩笑说，早知道程袭有这么好的歌喉，干脆售书前高歌一曲，那一定比什么炒作都轰动。他总是三句话不离本行，在无意间也承认"炒作"是确有其事，并不是空穴来风。

"爱一个人爱到心痛真是少有，有这么痴情的女人，不知道男人是喜欢独身还是结婚？"一位陪唱的公主或许是有感而发，看着我和袁慕尼说了这么一句。

"这就要去问问我们的哲学家了。"袁慕尼故作神秘地笑。

直到那两位公主都十分好奇地追问他，袁慕尼才给她们讲了一个故事。他说英国哲学家赫伯特·斯宾塞终身未娶。有一次他在路上遇到两个朋友，一个朋友问他："你不为你的独身主义后悔吗？"斯宾塞愉快地回答道："人们应该满意自己所做出的任何决定。我为自己的决定感到满意。我常常这样宽慰我自己：在这个世界上的某个地方有个女人，因为没有做我的妻子而获得了幸福。"

他讲故事时眼睛却不时瞟向我，我当然明白他的暗示，他是说我不做他的妻子会获得幸福，我心里像被冰突然凝固了一般，冰冷彻骨。

大家听了他的故事却一阵哄堂大笑，没人知道他说话的真正含义，除了我。

67．爱情游戏

那个晚上回到宾馆，我彻夜难眠。袁慕尼一直敲我的门，我佯装没听到。直到他悻悻离去，当他的脚步声消失在走廊的尽头，我才颓然地跌坐在床上。宾馆的夜很宁静，在房间里听不到一丝嘈杂的声音，这让我突然觉得无法和酒吧里的喧闹联系起来，这里的安静让我感到害怕。

手机的铃声突然响起来，在安静的房间里显得特别刺耳。

这么晚，我知道是袁慕尼打来的，一听到他的声音我就心乱如麻。我本不想接，可它没完没了地响，我就想听听他怎么说。

"袭袭，我想你。"袁慕尼的声音带着浓重的鼻息声。

"你应该想你的未婚妻。"我态度冰冷。

"你生我气了？丫头？"他问。

"我为什么要生你的气？"我反问。

"你一定是生我的气，我特别想你，我现在就过来看你——好不好？"他央求着。

"不必了，我已经睡下了。"我撒了谎。

"我睡不着。"他有些生气。

"睡不着就起床数星星。"我没好气地说。

"我想你——怎么办？"他不依不饶。

"冲个冷水澡睡一觉，醒来就什么也不想了。"我说完不由他分说挂断了电话，把自己重重地扔在床上，才发觉从未如此疲惫，身上缠绕着生人的味道，想起KTV那两个妖媚妖娆的公主，我就觉得浑身不自在，硬撑着睡意从床上爬起来，到洗手间冲凉，冲完凉才听到我的手机一直在响，我裹紧了浴巾跑去听电话，牙齿冻得咯咯响，我不得不钻进被窝里捂着，一边听电话一边生气。

"深更半夜的你还要不要我睡觉？"

"我睡不着。"他好像比我还生气。

"你睡不着关我屁事？"我没好气地说。

"这都怪你，要不是你让我冲冷水澡，我也不会这么清醒。"他还来劲了。

"我说什么你都听，我要你去死你也去死呀？"我好笑。

"你想我为你死吗？"他反问。

"我们不要玩这种游戏，好吗？我们又不是三岁小孩子，无聊。"我有些犯困，不断地打哈欠。

"只要你答应陪我，我就不玩了。"他使出在网上的缠人劲儿，我还真没办法。

"你到底想怎样？我要睡了。"我有些恼火。

"我只想见你一面，今晚若是见不到你，我就吵你一晚上。"他耐心十足。

我忽然想起了多年前喜欢在我身后跟着的小男生，他的死缠烂打经常激怒我，我想世上最痛苦的事莫过于让一个不爱的人整天追逐，而你无法说服他放弃执著，这就是痛苦。我从来没想到两个彼此喜欢的人，也会面临这种尴尬，虽然我很想见袁慕尼，他的每一句话对我都是巨大的诱惑，这种心灵上的折磨时刻考验着我的耐心，但我必须克制自己。

每天冷静时我总想和他一刀两断，可每次当心灵空虚时，我的情感就会战胜理智，我又忍不住想他。我常常告诫自己，我已不是一个小女生，要找一个可以依靠的爱人相伴一生，而且我也找到了，宁海就是好男人的范本，他体贴温柔，对我无微不至，虽然现在我和他正经受着巨大的考验。

门铃响时，我不得不从温暖的被窝里爬起来，虽然我并不想开门，可理智还是作了最后的妥协，我终于开了门，袁慕尼穿着睡衣拿着手机站在门外，眼神深邃地望着我，似乎想把我吃掉，我用双手抱紧了瑟瑟发抖的身子，把睡衣拉得更紧了。

我有些同情他，这么冷的夜晚我不该让他站在冰冷的走廊里，他闪进来顺手把门关上，寒冷的风吹了进来，我感觉自己快冻成了一根冰棍，我小跑着扑到床前一骨碌钻进被窝。

"真受不了成都，我想回广州了。"我用被子盖住头，躲开他肆无忌惮的眼神，心里却惊慌失措。

他走上前给我理了理被子，态度亲昵，当他的指尖碰触到被单，我的神经都莫明其妙颤抖起来，他高大的身影站在我的面前，挡去了一半光线。

我喘着气钻出被窝，看到他幽深而富有深意的眼神，含情脉脉，像看着一朵花儿绽放。他的脸上浮起幸福而陶醉的笑，最后他深吸了一口气说："你的呼吸真香。"

我只得屏息凝视，不能自由地呼吸，他的眼神似乎是一朵温暖的棉花，把我包裹着，又好似一团温热的气体，让我感觉暖烘烘地，我顿时浑身有了一股鲜活的暖气，不再感到寒冷。

"我可以抱抱你吗？"他看着我说。

我还没点头他已经用手抱住了我的身子，连同被单一起。

我忽然就感觉到被一种巨大的力量压迫着，胸口不能呼吸，我挣扎着想摆脱他的拥抱，可他却顺势俯下身来，他的眼睛和我的眼睛近在咫尺，他的呼吸和我的呼吸彼此纠缠，当我的灵魂快被勾引出窍时，他放开了我，而他的眼神并没有放开，他说："丫头，你需要我吗？"

我感觉身子整个抖了起来。需要？仅仅是身体的需要吗？那心灵呢？心灵的空缺怎么填补？我无法面对他的问题，我只要一开口，就会全线崩溃，所以我紧咬牙关，我以为可以咬住自尊与道德的底线。

我沉默，沉默是我抵抗他，还有抵抗自己的一种有效方式，但能够坚持多久，我并无把握。

"丫头，你老实告诉我，你想要我吗？"他再次试探地问。

他的眼神一直在我的脸上扫描，像上百瓦的探照灯，我不敢看他，我想这种夜晚对我来说是危险的，对于每个空虚无聊的人都是危险的，黑暗里危机四伏，而我是个迷失在感情泥淖里的羔羊，我分不清我需要怎样的感情，我分不清哪份感情对我更重要，宁海已经和我分开了，他说需要空间来考验彼此的感情，他需要冷静，而我却更需要关怀和爱。

如果说我还可以用行动来抗拒他的话，我的眼神却不能欺骗自己，我被他眼底的火苗慢慢点燃，而且越烧越旺，像冬日的炭火。当眼神将彼此的爱暴露无遗时，他似乎像受到默许的狼，他把我当成了他的猎物。他一把掀开我的被单，像一条蛇一样钻了进来，我感觉到一双冰冷的手在我的身上摸索，像一朵冰莲花在我的身上绽开，当他一触及我的身子，我就不停地颤抖。

"你冷吗？我的手冻吗？"他低声地问。

我只是拼命地点头，既害怕他的手又渴望那双手。

他暂时停止了动作，把手放进胸口暖和了一阵，直到他再次用手摸索我的身子时，他的手已经像点燃的火柴炽热起来，我似乎听到了"啪啪啪"火烧禾秆的声音。他的手在我的睡衣带上停留了几秒，便毫不迟疑地解开了它，当他触摸到我的肌肤，他明显抖动了一下，他把我一把扳了过去贴在他的胸前，我感觉到他的心跳加速，我的心突然在半空中旋转起来，他把我贴在他的身上，就像两片橡皮泥粘在了一起，我慢慢被他揉碎和他融合在一起，直到分不清彼此。

68．遗忘是最好的疗伤剂

第二天出版社的人已经陆续回去，袁慕尼一定要带我去游黄龙溪古镇，它虽然离我的家不远，我却未曾去过。他兴致很高，早早地把我吵醒，背上行囊我们打的去黄龙溪。它距成都二十公里左右，冬天的薄雾笼罩着整个古镇，来往的三轮车发出叮叮的轻响，我们在雾中仿佛走进了另一个世界。

袁慕尼牵着我的手穿行在青石板的街道上，让我仿佛回到了那古远的年代，身边有一个心心相印的男人，这也许就叫前世修来的缘吧。街上四处招展着蓝白小旗，让人不由得联想起古时的酒肆茶楼，看他轻车熟路地带着我，我猜想他以前曾来过黄龙溪。

"慕尼黑，你以前来过这儿吗？"我仰起头问他，他微笑着迎住我的目光，轻轻地点头。

"是和她吗？"我莫明其妙有些醋意。

他摇了摇了头又点了点头，他说："傻瓜，她那时只是个贪玩的小孩子，而你却是我最喜欢的女人。"我低下头禁不住脸红起来，他在说"女人"时加重了语气，让我不禁想起昨晚的缱绻，他的手在我的手心里逐渐变成一只温热的暖壶。

我还想提她时，他挥手制止了我，他的神情告诉我他不想提到她，古镇里的袁慕尼让我感觉有些陌生，他好像忽然变得单纯起来，一边给我讲解黄龙溪的历史，一边指给我看那些古朴典雅的明清建筑，他说如若是夏天来这里还可以看到一种花环，两块钱就可以买到一串戴在头上，清香扑鼻。那些身着蓝花布衣的老婆婆和蔼可亲，一边卖花一边给人指路，他说你一定喜欢，我的心动了动，他怎么知道我喜欢？这样的人间仙境谁不喜欢呢？若有机会和他在此地相守一生，那将是何等美事？

我突然幻想他给林晓瞳戴花环的样子，心里又开始泛酸，脸上的笑也突然收敛了。

"丫头，怎么了，我说错什么了？"他停止滔滔不绝的解说，温柔的目光一下覆盖了我。

我转开头故作生气，挣脱了他的手往前走，前面有一排古式茶楼，茶楼前吊着几串红灯笼，茶馆里坐着青衣布衫的茶客，我禁不住揉了揉眼睛，疑是回到了古代，街道里弥漫着茉莉花茶的清香。

袁慕尼紧跟着追上来，他过来拉我的手小心地赔不是。

"丫头，别生气了，我现在心里只有你一个人，你还不满足呀？"

我仰起头，再次碰触到他深情的目光，我有些陶醉，在那样的仙境里，自然而然会萌生出更多奢望。

"我想和你永远在一起，可以吗？如果可以，我们在这里租间屋子，每天生活在这个小镇上，你愿意吗？"我明知道自己在说傻话，可我看着他宠溺的眼神，我却更想确认我在他心目中的地位。

"我也想啊，丫头。"他走上来一把揽住我的肩，眼眶突然红了，让我措手不及。

我想挣脱他的怀抱，他却固执地揽着不松手。

"你知道我为什么要带你来这里吗？我一生中最美好的时光是在这里度过的，我希望这种美好只是存在于你我之间，没有其他人。"他真诚的耳语让我怦然心动，后来我才知道袁慕尼十几岁时曾陪林晓瞳到过这里，在小镇上待了近一个暑假，那时她的自闭症还没好，他是和她的父母一起陪她来散心疗养的，似乎也是从那时开始，注定他一辈子也逃不掉这段情债。

有了袁慕尼的表白，一路上我都非常满足，尽管我们又会重新回到过去的生活轨道上，彼此不相往来，他有他的爱人，我有我的生活，可只要拥有这几天的珍贵记忆，对我而言也是美好的。

"走，我带你去看黄辣丁。"他说黄龙溪里有一种小鱼，夏天时你要是把脚放进水里，它们会来咬你的脚，麻麻痒痒的很有意思。黄龙溪古镇并不大，中间有一条溪潺潺流过，我对水情有独钟，我所有的记忆中最美好的地方都是和水沾边的，岷江、青衣江、大渡河……

中午时，我们找了家酒楼吃饭，拣了个靠窗的位置坐下，袁慕尼就坐在我对面。我们喝黄辣丁煮的鱼汤，一口吞下汤后舌根留香，鱼肉则鲜嫩可口，入口香而滑，我还没有吃过如此好的美味，心情突然好了起来，吃相也不客气。

袁慕尼靠在木椅上，怔怔地望着我憨然的吃态。

"丫头，我喜欢看你现在的样子，无拘无束。"我莞然一笑。

"你好像也变了，环境是能改变人的，这里的清静让我们摆脱了尘世的喧闹，人自然是要变的。"

遗忘是最好的疗伤剂。至少我现在就不会想那些勾心斗角的事，古镇的美让我对旅游来了兴趣。袁慕尼说如果有空一定陪我到处走走，据说稻城有香格里拉的美名，他说秋天时去稻城最好，现在去则是草木枯败，气温也不适宜。

我们在黄龙溪古镇住了两天，这两天成了我记忆中最美好的日子，我们坐在茶楼里喝茶聊天，在大街上手牵着手数青石板……

在黄龙溪的日子里，我一直被幸福充盈着，感觉自己是世上最幸福的人。正当我们玩得留连忘返时，袁慕尼却接到事务所的电话，原来他接手的一单官司出了新状况，当事人要当面和他商讨对策。虽然有些不舍，我们还是不得不订了第二天早上的班机回深圳。

69．因为相爱所以分手

由于大雾，订好的班机在成都机场晚点两个小时。

我和袁慕尼因为起得太早明显有些倦怠，我们坐在候机室里等飞机，两人都在闭目养神，他的手机却响了起来，他睁开眼看了看我，拿起手机时脸色变了变，站起身一边听电话一边往僻静的地方走，他的神情让我一下猜到打电话的是谁，那时才早上八点半，她居然这么早就打电话来，这让我醋意翻滚。

他听完电话重新回来坐下，我却暗自生着闷气扭开头不想理他。

"怎么了？丫头？不舒服吗？"他凑上来揽着我的肩，无比亲昵地问。

"没有。"我盯着候机室里稀稀落落的人，竟然有种笙歌散尽游人去的凄凉。

"丫头，你不高兴了，我知道。"他趴在我耳边轻声地耳语。

我叹了一口气没有说话，我抬头看着他的脸，那张英武俊朗的脸就在面前，我甚至闻到了他头上的男人味，可他却似乎变得陌生而遥不可及，他很快就不属于我了，每念及此我就心如刀割。

"喜欢黄龙溪吗？"他看着我的眼睛问，很认真的表情。

我想我是喜欢的，不过我并没有出声，我不想让他知道我在那里有多快乐，我更不想让他知道我对他的感情已陷得太深，不可自拔。我一向认为爱情中总是有一方主宰另一方，而我不想他主宰我，虽然我在不断陷落，可我却不想让他知道。

终于等到上了飞机，他坐在我旁边一直看着我的脸色，他问我什么我都不出声，这显然让他慌了神，他坐立不安地看着我，而我却拿着航空杂志不停地翻着，眼睛里全是字，可心里却全是他。

"丫头，你出句声呀，为什么要生我的气？"他终于有些按捺不住。

"你自己心里明白。"我终于瘪了瘪嘴没好气地说，眼睛依然没有离开手里的书。

"我不明白，你在黄龙溪还好好的，一到机场就换了副面孔，我到底哪里招惹你了？"他有些困惑。

"你没招惹我，我只是生自己的气。"我万分委屈，眼眶突然红了。

"别，丫头，我知道你生气了，你别哭呀，有什么不开心说出来不行吗？"他伸手将我揽进怀里。

"我要你陪我去稻城。"我泪眼朦胧地望着他，渴盼他的回答。

"丫头，原来你是为这个呀！"他转头在我面颊上亲了一口，"小气鬼，我说过不陪你去吗？以后我把公事安排紧一些，隔一段时间带你出去走走，对你的写作有好处。"

我满足地笑了，趁机靠在他的怀里蹭了蹭。

当两人静静面对时，我才敢正视自己的内心。我知道我陷入他的阵地不能自控，这虽然注定只是一场灾难，可对于相爱的人来说爱情本身并无对错，就像豆子和水相遇注定要发芽，我们也挣扎着发芽去见阳光。我忽然想到了宁海，他是个好男人，我们的相识却注定只是一个水和沙的故事，在磨擦中融合，最后分离，水还是水沙还是沙，我在消磨他的同时也消磨了我自己。

"她怎么知道你要回深圳？"我知道我如果不问，我心里的疙瘩就会越长越大。

"我没说，是我家里人告诉她的，他们总是那么多事。"他的样子可怜巴巴，十分委屈。

"她会来接机吗？"我这才有些忐忑不安。

虽然我并没有错，可要是让我再次面对林晓瞳那逼视的眼神，我不知道我能不能再次承受。和一个情敌较量，这已经不是第一次，而在我看来最凶险的也是这次。以前还未确定这份感情的真实性，所以我对于小柯也好，对白荷也好，都不会存在太大的心理压力。可对林晓瞳却不同，她一开始就是这场爱情战争的胜利者，而我一开始就处于必败的境地，我没有资格也没有傲气去抵挡她的轻视。

袁慕尼和白云在某种程度上都是爱情的强盗，他们把爱抢了去，却把它无情地丢弃，我注定只是他们爱情驿站里的一个过客，当他们倦怠时，他们会像倦鸟归巢一样回到她们身边。

"她会来接机。"他叹了口气点了点头。

"那我要回避吗？"我有些郁闷。

"不用了，她又不是小孩子，她明白的。"话虽这么说，他停了一下，转而又说，"要不，你迟一些下飞机，等我们走了你再走，你看怎样？"

"好吧。那我们以后不用再见面了，是吗？"我冷若冰霜地说，心却如刀割。

"丫头，你又来了，你不要折磨我好不好？我这心忽上忽下的，快得心脏病了。"他的眼神又陷入了忧郁的泥淖，"你想让我怎样你才开心？和我一起出去吗？那就一起出去吧，我没什么害怕，只是我希望不要伤害你，我不想节外生枝，你明白吗？"他说如果只是林晓瞳一人接机还无所谓，可是她今天火急火燎地打电话来，她说他的父母也会来机场接他，"也许是他们听到什么风声了吧？毕竟你在成都签名售书的事在深圳也见报了，纸总是包不住火的。"

"你不知道，上次在深圳签名售书的事我父母早就知道了，那些报纸胡乱写，害得我爸差点和我拼老命。还是林晓瞳帮我解释说你是我当事人，那些媒体不过是捕风捉影，我爸才饶了我。"袁慕尼的脸黑沉着，他看了看我，再次叹了口气，"晓瞳一向帮着我，否则我早就被我爸扫地出门了。"

"晓瞳什么都好，你干吗要骗她？"我有些生气，只要他在我面前提她，我心里就犯堵。女人的直觉告诉我林晓瞳并不是一个单纯的女人，她在用以退为进的方式来笼络袁慕尼。

"你不要乱吃醋行不行？我不爱她，但我也不想伤害她。"他皱了皱眉。

"你想怎样就怎样吧，我没意见。"我扭开头不再说话。

飞机已经开始降落，因为大气压的缘故我感到头一阵晕眩，袁慕尼看了看我，突然揽着我的肩给我按摩头部，我的眼泪情不自禁地涌了出来。

他有些惊惶失措，掏出纸巾给我小心地擦拭着，那神情让我既怜惜又内疚。

下飞机时他为我拿下行李箱，伸手想来拥抱我，我却一扭头闪开了，他悻悻地离去时，还一步一回头地看我，而我的心顿时像被抽空了血液，像有人在心窝里狠命地戳。

70. 做一回爱的逃兵

想不到刚下飞机就被一个大学生认出了我，他不知道从哪儿弄来一本《原色》，从人群中挤过来让我签名。这下可好，我即使是马上戴上墨镜也已经迟了，机场上很快围过来一大帮人，围着让我签名，本来事情也没那么复杂，却不知道从哪儿跑来个记者对着我咔嚓不停地拍照，还一边叫嚷着我的名字，弄得我措手不及，我从来不习惯媒体追踪，一时竟傻了眼，眼见着围观的人越来越多，让我难以脱身不知如何是好，那样子狼狈极了。

正当我左右为难时，袁慕尼从人群外挤了进来，他一边说"对不起，请让一让"，一边拉着我的手往外挤，在他的护送下，再加上机场保安及时赶到，人群才慢慢疏散了，我被他护送到安全地带时，他对着我无可奈何地笑："对不起，我真不该丢下你一个人，看刚才的情况多险呀，要不是我赶过去，你不知道被人围到几时，看来出版社的炒作还真是成功了。"

他正说着，林晓瞳推着行李车和两个老人迎了上来。

"怎么这么巧？程小姐也刚从成都回来？"她故作惊讶地向我打招呼。

"对，我是去签名售书，怎么袁律师也是从成都回来吗？去办案子？"我看着袁慕尼假装惊讶地问。

两位老人的目光像探照灯，一直上上下下地打量我，让我不免有些尴尬，我已经猜到他们就是袁慕尼的父母，看他们敌视的神情，我知道袁慕尼刚才在飞机上并没有说谎。

"是呀，真凑巧，早知道和程小姐结伴同行。"袁慕尼故作惋惜的样子。

"上次袁律师为我打赢官司，我还没好好谢你，要不我今天做东请你们吃午饭，怎样？"我笑着说。

"你太客气了，打官司那是我分内的事。我今天有急事，以后有机会再请也不迟。"他和我假装客气着，而我却在林晓瞳目光的逼视下有些局促不安，我和袁慕尼演的双簧是瞒不住她的，在她面前我只能为我们的虚伪汗颜。

"程小姐来深圳应该是我们请客才对呀。"林晓瞳娇俏地笑着，仿佛什么事也没发生。

袁慕尼站在一旁有些手足无措，他也许正经受着巨大的思想斗争，两个都是爱他的女人，本想避免相互的伤害，却无可避免地发生碰撞，只有他明白我们虽然说着无关痛痒的话，却心如刀割。

看他不安的样子，我实在不想让这种尴尬的局面再继续下去，我借故拿着手机打了几个电话，故意说自己约了出版社的人现在要赶过去，便匆匆地告辞逃离了现场。

袁慕尼的父亲目光如炬，一直没有停止对我的扫射，直到我离开时还感到那束目光在我背上火辣辣地烫着，似乎我抢了他的心肝宝贝，让我感到恐惧和良心不安。

正如我判断的一样，林晓瞳真是个大肚能撑船的女人，只要看到她忍辱负重委曲求全的样子，我就觉得自己特卑鄙，抢了别人的东西还要大摇大摆地招摇过市，真是罪不可恕。

回到广州时已是下午时分，我先洗了一个热水澡蒙头睡了一觉，醒来已经是第二天中午，我这才感觉饥肠辘辘。在附近找了家大排档一口气吃了两碗云吞面，然后便回家写日记，写完这几天出去的见闻，我便继续写《烟火》，出去走了一趟又感觉文思泉涌，写起东西来如笔下有风，进展迅猛。

71. 盗版书

正当我的《烟火》快杀青时，却出了一件事。

那天我去天河购书中心找卡尔维诺文集，竟在小说书架上看到了《原色》，只不过它不是WS出版社的版本，竟是LS出版社的盗版，书面上还美其名曰由作者独家授权的精华版，翻看了一下却是改得面目全非，真是恶心。我拿着书气势汹汹地跑去找何经理，他负责这里的书籍推广，关河曾给我介绍过他。

"何经理，请给我解释一下，这盗版是怎么回事？"我把书甩在他的办公桌上，顾不得和他打招呼。

他一边招呼我坐，一边仔细地翻看那本书。

"这是怎么回事？"他显然比我还惊讶。

"我正想问你呢？竟然公开卖盗版书，这也太让人失望了吧？"我还在为此愤愤不平。

"这事我也不太清楚，当初购进这一批书是由采购部负责的，我只是例行公事看了一下批文，有正式书号，我还以为真是你授权的。"他竭力解释着，"程小姐，你先别急，这事一定能水落石出，我们会和WS出版社联系解决这个问题，你先回去听我们的消息吧。"

告辞出来时，我的头晕乎乎的，这世上的事千奇百怪，盗版书居然也能登大雅之堂，看来这事并不是想象中那么简单，我为刚才的一时冲动而汗颜。

下午，我便接到关河的电话，他说这盗版书的事他们早知道了，他们正在着手查办此事，希望我不要受到影响，如果《烟火》能够尽快出版，对刹住这股盗版风也有帮助。

"是不是又要打官司？"我警觉地问。

"没那么严重。"他轻描淡写地说。

"真的不用打官司？"我想再次确认。

"如果要打——我们会提前通知你。"他似乎有意想隐瞒我什么。

"好吧，希望事情不要闹大。"我挂了电话心里却一直忐忑不安。

我一直在犹豫要不要给袁慕尼电话，却想不到他的电话如愿而至。

"丫头，盗版书的事你都知道了？"他问。

"知道了又能怎样？现在市场上到处是盗版书，那个LS出版社也真缺德。"我气愤地说。

"可LS出版社只是替罪羊而已，那书号并不是他们的。"他强调说。

"怎么会这样？那你的意思是如果想打官司也没处打了？"我的心顿时凉了半截。

"不，追根溯源，这个官司如果真打，那才热闹呢。"他说话吞吞吐吐，显然也想隐瞒我什么。

"你们又想合伙来骗我，是吗？"我试探地问。

"你怎么能这样想？丫头，你连我都不信？我做任何事绝不会害你。"他有些急了。

"你不害我，那你可以骗我了？"我也急了，口不择言。

"我没有——如果不信，我今天就去广州找你。"他生气地说。

"不必了，留在家里陪你的林妹妹吧。"我生气地挂了电话。

他们的语气无端地让我生气，怎么我好像成了局外人？他们说什么话都对我处处防备。盗版书虽然侵害的是出版社的利益，可直接损害的是我的名声和利益。

我一边生气一边上网查看消息，搜索了一下，竟然发现《原色》盗版的消息已在网上传得沸沸扬扬，恐怕就只剩下我一个人蒙在鼓里了，想起来就生气。

而WS出版社总编就盗版一事答记者问的报道，也让我眼前一暗，他们誓死要和盗版商对抗到底的态度，怎么和关河先前的态度大相径庭？一个斩钉截铁，一个模棱两可，越看越让我怀疑。

什么时候《原色》的作者成了局外人？我似乎被人真空隔离了。

我再次气势汹汹地打电话给关河，他的回答更让我如坠雾里，不知东西南北。

"为什么不告诉我实情？"我开门见山地讨伐他。

"我并没隐瞒你什么呀，程大小姐。"他还挺能坚持。

"你说不严重，还说不用打官司。"我生气地说，难道他一下就忘了曾说过的话？

"我是说要打官司就通知你。"他还挺沉得住气。

"可是你们总编说要打官司，还要对抗到底，你们到底在演哪一出戏呀？"

"他是表明出版社打击盗版的坚定立场，至于打不打官司，要如何打官司这还得从长计议，并不是那么简单的事。"他分析得头头是道，让人不得不信服。

"那你干吗说得那么轻描淡写？"我抢白道。

"那是我怕吓着你，你要集中精力写《烟火》，不要去理会外界的事，天塌下来由我们给你顶着，你不用怕。"他换了一副关切的口吻，真让人感动，这只喝了洋墨水的老狐狸，快成精了。

挂了电话，我还是想不通，可是又不知道到底哪里不对，心里却一直闷得慌。

72. 纠缠不清

正当我为盗版书的事不胜其烦时，接到了李直的电话，那小子神秘兮兮的，一定要约我晚上去看《指环王》，我一再追问他有什么特别的事，他却三缄其口，没办法我只得应约前往。

如果要问世界上什么戒指最为昂贵，答案已经不再是任何一款俗气的宝石戒指，而是一枚魔戒。看完《指环王》，李直请客，我们到生活工场喝咖啡。明明是喝咖啡，他却要了一杯杜松子酒和苦艾酒混合的马天尼鸡尾酒，据说这酒的真正含义是"如果想和我搭讪，不必拐弯抹角"，所以很多来酒吧寻找艳遇的男女都爱喝这种酒，而马天尼也被称为是唯一一能和十四行诗相媲美的美国发明。

这让我颇感意外，我一直以为咖啡馆是没有这种酒喝的，李直说这里什么都有，只要你想喝。

我还是喝我的卡布其诺。他看着我直笑，他说我喝咖啡的习惯没有改，可是脾性却改了许多。我不置可否地笑，没有出声。

咖啡馆里弥散着低沉而伶仃的爵士乐，三三两两的情侣来了又去，暗淡暧昧的灯光，和白天的咖啡馆有着完全不同的情调。我看着李直的眼神有些诧异，我说你小子有什么话就直说吧，见了老乡就别吞吞吐吐的，要不就改名叫李曲好了。

他看了看我，眼神里居然起了一层薄雾，我擦了擦眼睛以为看错了，可的确没错，他的眼神和平时极为不同。李直苦笑着说我也不和你兜圈子了，你喜欢《指环王》吗？我说怎么了，挺喜欢的，托尔金的想象力真棒，我哪天能写一部像《魔戒三部曲》的小说，我死也瞑目了。李直笑着说："你已经很不错了，听说《原色》卖得挺好的，我简直不敢相信坐在我面前的是个作家呢，真遗憾我没看过你的作品，有空送一本给我看吧，记得签上你的大名。"

"你今天找我来有什么急事，直说吧？" 我望着李直苦笑，他真喜欢拐弯抹角。

"你还是那么直爽，宁海那小子不好意思自己来说，他让我来做说客，可我不知道你怎么想。"李直终于咧开嘴笑了，笑得却有些尴尬。

"什么怎么样？"我假装糊涂。

"又和我装糊涂了吧？你对宁海感觉怎样？"

"感觉？这你应该去问白荷才对，他现在应该快做爸爸了吧？"我苦笑。

"他们是绝对不可能的，你应该知道——宁海他喜欢的人是你。"

"现在说这些还有用吗？他总不能让孩子生下来就没爹吧？"我自己从小就是没爹的可怜虫，我总不至于让别人也像我一样遭此厄运吧？

"你到底想他怎样？"他的眼睛在灯光下熠熠生辉，像探照灯一样盯着我。

一对情侣在我们的斜对面坐下，对面的男人忍不住朝我们的方向望过来，我一看觉得眼熟，再一看惊呆了。对面的男人显然也认出了我，他愣了愣站起身向身边的女人说了句什么，朝我们这边走过来。

"怎么这么巧？"我巧笑嫣然，看着白云，就像看到一个亲人。

白云比结婚前瘦了许多，整张脸似乎拉长了，再加上他瘦高的身材，看起来像一根颀长的竹竿。

"袭袭，你过得好吗？你最近去了哪里？我很久没见你了。"他望着我，眼神飘忽不定。

"哎哟，我们的大作家怎么也来这种小地方呀？也不怕玷污你的名声，听说你在深圳大获全胜，不过要注意安全呀，别一个人出来走动，小心遭人暗算。"于小柯冷不丁地走过来，神情傲慢无理。

"这两位是谁呀？"李直指着白云和于小柯疑惑地问。

"你不认识，我也不太认识。我们还是走吧，我没兴趣和这种人在一起喝咖啡，喝进去我都会吐出来。"我拿了手提袋正准备走人，白云却上前一步扯住了我的衣袖："袭袭，你过得怎样？没有人欺负你吧？"他的眼神里溢满了关怀与不安。

"人家好着呢，你担心什么？"于小柯上前一步一把将我推开，由于用力过猛我一时也没防范，脚底一滑一个趔趄向后倒去，眼看着我就要撞在旁边的咖啡桌上，一个黑影冲了上来一把拦腰将我抱住，我这才稳住重心没有跌倒。

我惊魂未定，定睛一看竟然是宁海，我一慌连忙挣脱了他的怀抱，一不小心撞翻了桌上的咖啡。整个咖啡馆的人都转过头来看我们，让我无地自容，脸顿时红到了耳根。

宁海一脸怒气地看着于小柯，对着她大吼大叫，恨不得把她吞了。

"于小柯，你又在搞什么鬼？"宁海握紧了拳头，有些愤愤地说。

"大家都看着呢，我能搞什么鬼？你没看见她像条母狗似的，到处勾引男人，先是勾引你老乡，现在又勾引我老公，我不应该推她吗？我还要打她呢，省得她再到处祸害别人。"她冲上来想打我，却被宁海一把捉住了她的手，她挣扎了几下未能挣脱，脸顿时涨得通红。

她一急便破口大骂起来："宁海，你放开我，你不是快当爸爸了吗？怎么又跑出来拈花惹草，小心我告诉白荷，别忘了她肚里的小孩儿可是叫我舅妈的。我现在总算明白为什么那么多男人花心，原来都是被这种狐媚精勾引的——"她还想继续说下去，宁海的巴掌已经打在她脸上。

"于小柯，我警告你，把你的嘴巴放干净点儿，别以为白云宠你，我就会给他面子，你这种女人，一辈子也不配得到男人的爱。"宁海的眼里似乎要喷出火来。

于小柯的脸顿时起了五个鲜红的指印，半边脸很快肿了起来，她被他激怒了，像一头发怒的母狮子，眼睛里也似乎在喷火，她从小受过太多的打骂，也从来不怕打骂，她发了疯似的冲上去和宁海厮打起来，像只快饿死的狼见到猎物时的疯狂。如果不是白云竭尽全力拉着她，宁海早被她撕碎了。

"白云，放开我——快放开我，否则我马上和你离婚。"于小柯在白云怀里疯狂地挣扎着，整个咖啡馆的人都站起来看热闹，几个保安模样的男人惊慌失措地往这边跑过来。

白云不得不松了手，于小柯转过身，挥手就给了他一巴掌，这一巴掌清脆响亮，比宁海那巴掌更引人注目，在座的人都被这响亮的一巴掌震住了，白云的嘴角渗出血来。我也惊呆了，我怎么也没想到于小柯会如此疯狂，居然会在大庭广众之下打自己的老公，我从来没见识过这么凶悍的女人。小时候父母亲常常吵嘴打架，我经常在一旁看得哭鼻子，可他们最多也只是推搡几下，从来不会闹到如此地步。

白云的右脸和于小柯的左脸一样红肿了起来，手指印就像红萝卜一样长在脸上，让人惨不忍睹。

最后还是店里的保安调停了这场纠纷，由于扰乱了店里的生意，我们不得不交了罚金才得以脱身。

73. 多情总遗憾

多情总遗憾相思却无端，剪不断偏又梦里纠缠。

只有在那天，我才知道我陷入纠缠不清的境地是多么可笑。我的错误不可饶恕，三个男人，从来没有让我如此沉重。

那一天白荷是最后一个出现在生活工场的，她无声无息地出现，也无声无息地晕倒在我们面前。连宁海也不知道她是什么时候跟踪他，她是何时进入咖啡馆的。

她进来时，我们的注意力都在白云和于小柯身上，宁海那时从我的身后拦腰搂住我，我正摇摇欲坠，这样的场面让我晕眩，只要一听到于小柯声嘶力竭的尖叫，我就禁不住战栗。

她凭什么说我勾引她老公？这种话在十多年前母亲和养父吵架时我经常听到，我一直以为我可以和母亲的生活完全脱离，我可以成为独立的人，敢爱敢恨，不受他人左右，我也不会去破坏他人的幸福。于小柯的话就像尖刀在我的心上割着，母亲的尖叫声仿佛又回响在耳边，她哭喊着骂养父，她说他是世界上最残忍的人，她说他如果不爱她为什么当初要娶她？她为他失去了……后来我才知道母亲如果不是和养父结婚，她可能就会追随我的亲生父亲，她说天涯海角只要在他身边，也就是一种幸福。她说爱一个人真的很傻，可以不管贫富，只要能天天看到他就会快乐。

白荷晕倒在我们面前时，面色苍白如纸，她全身白衣，像一只白蝴蝶突然睡去，宁海和白云同时冲了上去。我不知道她为什么会晕倒，在医院时我一直在想这个问题，当看着宁海和白云在急诊室门前走来走去，我心里就莫明其妙地发慌。白荷的样子太可怕了，她的脸上没有一丝血色，她的身体好像突然轻了起来，这种感觉让我害怕。

白云的父母匆忙赶来，她的母亲白眉我这是第二次见到，长得颇有几分姿色，白净细嫩的瓜子脸，眼角虽然已有了鱼尾纹，不过相比她这个年龄段的中年女人来，她保养得相当好，一身红白格子套裙穿在她身上显得极为得体，说实话她的样子有些像我母亲，不过白眉比我母亲更会保养。她拼命地摇晃着宁海的手，一边哭一边叫着："小荷她怎么了？到底发生了什么事情？晚上出去时还好好的，怎么会跌倒？"

"伯母你别担心，她不会有事的——"宁海的额头直冒冷汗，他不停地用衣袖擦拭着。

白云的养父岳龙衣我这是第一次见，上次我就听说他是音像公司的老板，是广州著名的音乐制作人。那天在白云的婚宴上我中途退场，没有机会见到他，我一直对他的名字很好奇，"龙衣者袭也"，和我的名字竟不谋而合，我在网络上曾用过"龙衣"，可自从知道白云的养父也叫龙衣，我就再也没用过。

他极为体贴地揽着白眉的肩："别担心，会没事的。"

他一边小声地安慰着她，一边转过头来看我，当他的目光停驻在我的脸上时，他的脸色突然变了，他蓦地放开了白眉，怔怔地望着我，似乎曾经见过我。

"你——你是谁？叫啥名字？"他问得有些唐突，我一时没反应过来，茫然地望着他。

"她叫程袭，我的同学，也是四川彭山人。"白云见我沉默，便抢先替我回答了。

"程——袭？是龙衣的'袭'字吗？你妈妈是叫程萍？"他的眼神里露出异样的光彩。

"你，你怎么认得我妈？"我惊讶地看着他。

"我，我是岳龙衣，她——她还好吗？"他看着我神情有些激动。

我心里一惊，难道他是——被他一提醒，我联想到自己的名字，我忽然明白他为什么那样惊诧地看我，我和母亲的外貌有几分神似，我读初二时就长得和母亲一般高，我常常穿她的衣服，就因为长得和母亲有些神似，经常被街坊邻居误认是我母亲。眼前这个人竟然是我父亲，我几乎不敢相信，他长得很高也很瘦，清癯的脸颧骨高耸，下巴有一小撮胡须，如果不是早知道他是白云的养父，我还真会以为他是白云的父亲，他们都是瘦高个，在外形上极为相似。我现在终于明白我为什么也能长那么高，看着岳龙衣我就完全明白了。

"她挺好的——"我笑了笑，竭力克制内心的激动。

岳龙衣的脸在一瞬间变了几种颜色。

我早听外婆说过，他当年和母亲住在一起，一穷二白，他除了会弹一把烂贝司，别无所长。我外公外婆竭力反对他们的婚事，可我母亲却对他死心塌地，如果他最后不是在她怀孕时悄然离去，她宁愿跟他一辈子受苦也不会离开他。

"你今年多大了？"他一把抓住我的手，有些颤抖，他看我时眼神里有一股火苗在跳跃。

"二十六。"我轻声地回答，心里却咚咚跳着，他的手像火苗一下点燃了我的心，我想起了养父的手，温暖得像三月的阳光。他的眼里流动着父亲的慈爱，在那一瞬间我恍然以为我又回到了养父身边。

岳龙衣的手攥得我更紧了，他不停摇晃着我的手，似乎只有这样他才能感受到我内心的波动。

他的眼里闪烁着泪光："你是我女儿，媛媛？你妈妈这么多年过得好吗？我对不起她，我对不起她……"他嘴里喃喃自语地讲着什么，声音越来越小，直到我们都听不到他到底讲了些什么。

74．物是人非事事休

岳龙衣的脸痛楚得变了形，他捂着胸口低低地叫着我母亲的名字，直到白眉从背后揽住他的肩，忙乱地摇晃着他："龙衣，你醒醒，你醒醒呀，快快，叫医生，他的老毛病又犯了——"岳龙衣的脸霎那间变成了青紫色，他痛苦地捂着胸口，嘴角抽搐着，眼睛直翻白眼。

一群护士推着车急匆匆赶过来，他已经痛得晕了过去，他很快被一群手忙脚乱的护士推进了急救室。

我后来才知道岳龙衣离开我母亲时，他还不知道她怀了我，他为了不拖累她，南下广州闯荡。他原本希望我母亲能够幸福地生活，可当他知道世间上还有一个女儿存在时，一切都已无可挽回，我母亲已经匆匆嫁给了我的养父高地。

白荷已经脱离了危险，可她的小孩子还是没能保住，她躺在病床上睡得很熟，我呆在宁海的身后不知所措，如果那天不是那么凑巧，如果宁海没有出现，事情也许不会那么糟糕。我开始恨自己，我怀疑自己就是一个扫帚星，所到之处每个人都会倒霉，袁慕尼、宁海、白荷还有我初次见面的父亲岳龙衣。

见白荷熟睡着，我再次回到急救室门前，急救的红灯依然亮着。

白眉一直守在门口焦灼不安地来回走动着，只有白草怒视着我，似乎想把我吃掉。正当我心里极度不安和内疚时，她冲过来推了我一把，对着我大吼大叫："你走开——不要在这里出现，你出现他们就没什么好下场，你给我走开——"她一边推搡着我，一边哭着："要是他们有什么事，我绝不饶你！"

这时宁海正巧过来急救室，他见到白草正在推我，急忙跑上来拉白草："小草你别这样，这怎么能怪袭袭呢？她什么都不知道呀。"白草躲进他的怀里大哭起来，似乎这里最委屈的就是她，我的眼前禁不住模糊了，眼泪一直在眶里打转。

我真想不到会在这里碰见自己的父亲，外婆曾告诉我他回来找过我母亲，可她已经心灰意冷再也不愿见他。只有我知道她为什么不愿见他，只有我知道养父在她心目中的地位，虽然这么多年来她一直不停地数落着他的薄情寡义，她无法面对自己爱上他的事实。

这些年来我一直在想什么是真正的爱情，是相濡以沫地厮守终生，还是彼此错过在时空里遥望思念？

我知道爱一个人会无时无刻不牵挂着对方，爱之深痛之切。母亲从来没在我面前提过岳龙衣，她不愿提他那是她也无法明白是否还需要他，直到他再次回到她身边，她才发现失去的爱早已经随着岁月流逝了，唯有对养父的思念一直灸烤着她的心。

所以当我看见岳龙衣时我知道已然是"物是人非"，过去的再也回不到从前。

值班的护士跑过来，制止了白草的哭闹："这位小姐要哭请到外面去，这里的病人需要安静。"

宁海拍打着白草的肩轻声地安慰："小草别哭，伯父很快没事的。"

白草这才慢慢地止住了哭声，泪眼朦胧地从他的怀里挣脱出来，她依然愤怒地瞪着我。"如果我爸和我姐有啥事，你也跑不脱。"

我疲软乏力，走回到门前坐下，急诊室的红灯依然亮着，已经有两批医生进去了又出来，神情严肃，看来情况有些危险，我的心禁不住激烈地跳动起来。过道里时常有风穿堂而过，带着瑟瑟的寒意，这两天冷空气南下，我感觉自己像掉进了冰窟窿。

再过几天就要过年了，除了医院门口吊着的大红灯笼，在医院里却丝毫感受不到新年的气氛。

宁海脱下身上的外套给我披上："袭袭，你要是冷就先回去吧，伯父吉人天相，不会有事的。"他拍着我的肩安慰我，看着瑟瑟发抖的我，眼底淌过一丝怜惜。

我的心似乎被冰封了一般，眼前一片茫然。白眉停下来一动不动在站在急诊室门口，她的脸已经泛出了菜青色，想必是因为冷的缘故，她的身子也在轻微地抖动，白云把身上的外衣脱下来给她披上，她却浑然不觉。

半个小时后，急诊室的门终于开了，一个身穿白大褂的中年医生走出来，神情沮丧："对不起，我们已经尽力了。"我的心突然跳到了喉咙口。"他的情况很不好，肾癌已波及到肺部，我们必须先进行肺叶切除术，谁是他的家属？"他那冷峻的目光扫射到白眉的脸上。

"我是。"白眉突然回过神来，她慌乱地点了点头。

"先商量一下要不要为病人做手术，成功率只有三成。"他的语气沉重，说完他摇了摇头，头也不回地向走廊的一侧走去。

医生的话像铁钎一样砸在我的心上，冰凉刺痛。生离死别，我想这就是生离死别吧。

岳龙衣被护士推了出来，一大群人跟在车子后面，神情沮丧。我们跟着白眉一起涌进了他的病房。

"你们不要太激动，这样会惊扰到病人的，他刚刚打了镇静剂已经睡着了，你们只能看他不要吵着他。"护士叮嘱了几句就带上门出去了，走廊里传来空洞而冰冷的脚步声，逐渐远去。

我们都怔怔地站在病床前，看着他的脸，在前后几个小时的时间里，他已经变成了一个安静而无法言语的人，静静地躺着，他似乎一下苍老了十岁，我鼻子一酸，眼泪顺着脸颊流下。

我不知道他为什么看见我会那么激动，早知如此，我宁愿永远没见过他。这么多年过去了，也许他还无法对他的过错释怀，我一直不知道我有这样一位慈祥的父亲。我从外婆那里了解到的他是一个冷血无情始乱终弃的负心汉，可为什么他那么文弱，他的脸那么苍白，下巴上的胡须微微地翘着，让我很想上前去摸一摸它，我想他笑的时候它一定会抖动吧？他会不会摸着那撮小胡子，微笑着对我说话？

"这都是冤孽，我想不到他会在有生之年见到女儿——"白眉转过身，用一种极其复杂而哀怨的眼神看着我，"他身体一直不好，曾有几次我真的以为他已经不行了，可他还是坚持过来了，想不到——想不到他是想见你们娘儿俩，他的心愿未了——他会死不瞑目，你赶紧打电话——让你娘来广州，他也许最想见的人就是她，他放心不下她，我知道——"白眉喃喃自语，眼里却蓄满了泪水。

我怔了怔，随后转身去打电话，白草看我的眼神已经变了，估计她母亲对她说了些什么，她还给我抬了张凳子示意我坐。

电话是家里的保姆接的，她说我母亲最近身体很不好，夜里老咳嗽。等了好久她才磨磨蹭蹭地把我母亲叫来听电话，我说我父亲想见她，她当时还愣了一下，半天没出声，过了很久她才问是岳龙衣还是高地，我说是我亲生父亲，她沉默着没有再说话，过了很久她才叹了口气，她说："真是前世的冤孽，他还是见着你了。"她挂断了电话，自始至终她也没答应来广州看他，我已经尽力，我苦笑着看着白眉，她的眉头紧锁着，眼睛一动不动地看着岳龙衣沉睡的脸，深情缱绻。

75. 如果爱可以重来

白荷醒来后发现小孩没了，就开始声嘶力竭地哭，把医生和我们都吓坏了。宁海想跑去看她，却被白云拉住了，他说："你现在去看她只会更刺激她，等她好些了你再去吧。"我和白云兄妹去看她，说来奇怪她看见我立即停止了哭闹。

当我走过去扶着她肩时，她竟然对我笑了，她说："袭妹，我对不起你，现在好了，宁海再也没有什么负担，他一定会娶你的——"她的脸色苍白，嘴唇干瘪，以前她笑时眼睛像一弯秋月，而现在她的眼神却空洞而无神，她的样子那么憔悴，和去年我们初见时判若两人。

看着她的样子我心如刀割。

"白荷姐，你好好养身体，不要想那么多。"我轻声地安慰她。

"袭妹，你不要怪我——"她欲言又止。

"你千万别这么说，是我不好，我对不起你。"我还想继续说下去，却被刚进来的宁海打断了。

"千错万错都是我的错，你们打我骂我都行，不要再自责了。"他的眼神忧伤，像头受伤的困兽。

白荷看着宁海走进来，脸色忽然就变了，我一时之间还没有回过神来，她就歇斯底里地大哭起来："你还我孩子，你还我孩子——"

看着她大哭，我们一下慌了神，赶紧按了墙上的呼救信号，护士们很快便赶到了。

"病人刚刚醒不能受刺激，你们还是下次再来探视吧。"护士小姐冷冰冰地下了逐客令，她们费了九牛二虎之力，才按着手舞足蹈的白荷打了一针镇静剂，她这才渐渐安静下来，耷拉着脑袋很快睡着了。

"你瞧瞧，我说让你别来刺激她，你偏不信，这下可好——唉——"白云的眉头皱到了一起，他看到宁海心情就会变坏，这大概因为他一直视他为情敌的缘故，每次他们见面都没什么好脸色。

"这还不是怪你，引狼入室。"于小柯冷不丁地出现在病房门前，恶狠狠地看着白云，"这下荷妹没了孩子最伤心的人恐怕是你吧？你不是一直希望荷妹能解决你的眼中钉吗？这下如意算盘打错了吧？哈哈——哈——"于小柯冷笑时小巧的脸变得狰狞恐怖。

"小柯，你乱说什么？你是不是还嫌这里不够乱？"白云怒视着于小柯，当他从她面前经过时他扭过头看也没看她，他的冷漠显然激怒了她，她冲上去对他又抓又打，却被他紧抓着手动弹不得，她便又踢又咬地撒起泼来："放开我，白云，你这个混蛋，在你眼里就只有你的初恋，可惜人家不稀罕你——"她的叫声尖利高亢，把护士招了过来："你们是怎么搞的？病人需要安静，你们要吵出去吵——没见过像你们这样没教养的人。"

这时白草突然气喘吁吁地跑来："程袭姐，我爸爸醒了，他想见你。"

她跑过来狠狠地瞪了一眼于小柯和白云："你们两个，要打架回去打，别在这里丢人现眼了。"白草拉了我的手径直往电梯间跑。

当我们气喘吁吁赶到病房时，屋里已有一个男人正和他嘀咕着什么，白眉垂手站在一旁，神情悲凄。

看见我进来，岳龙衣的目光立即转移到我的身上，他向我招了招手："媛媛，过来，我给你介绍陈律师。"他指着身边的中年男人给我介绍，那男人看起来并不老却已经谢顶，看起来有些滑稽，这大概就是"聪明绝顶"的象征吧？

"哟，小姑娘长得挺高的，像龙衣。"陈律师冲着我友好地伸出手。

我横了他一眼，把手背到了身后说："我可不是小姑娘。"

"二十六岁，不是小姑娘是啥呀？哈哈哈。"

陈律师笑时眼睛眯成一条线，那条线里闪过一道白光，就像西门吹雪的剑寒光一闪。

"媛媛，他是我好朋友，快叫陈伯。"岳龙衣慈祥地望着我。

"我为什么要叫他陈伯，是因为你和他的关系吗？我还没打算认你这个父亲呢——"当我看着他的脸色变灰，我不得不停住没再继续说下去，陈律师按住我的肩把我从病房里拉了出来。

"你怎么搞的？怎么能这样对你爸说话？你不知道他就只剩下几天的命？如果不是他想见到你们母女俩，他早就入土成灰了——"陈律师的腋下夹着公文包，额前那几缕稀薄的头发乱舞着向我抗议。

"这都是他自找的，谁让他当初抛弃我妈？"一想到母亲多年所受的苦，我义愤填膺。

"抛弃？不，他当初是因为不知道，才离开的，如果他知道你妈怀了你，他不会丢下你们不管的，后来他回去找你妈，你妈却不肯接纳他，这是他一生的遗憾。"陈律师的眼圈突然红了。

"他回去得太迟了——"我很想告诉他不是每个女人都安于等待，不是每份爱都可以重来，可我看着陈律师红红的眼睛，话到嘴边又咽了回去，在这种情况下说什么都毫无意义，父亲命在旦夕，而我母亲是否能原谅他？我的心也七上八下的乱。

陈律师后来告诉我，岳龙衣在遗嘱里把他一半的财产留给了我们母女，我当时心里翻江倒海地难受，财产能弥补他的过错？不，当然不能，那只是求得他内心的安宁罢了。当爱已不存在时，财产对我们来说却只是一种负累，养父的财产是这样，外公的财产亦如此，连我亲生父亲也想用财产弥补亏欠的感情。他们不知道，财产只能让感情变得更加廉价，感情和财产永远画不上等号，它只会让我们觉得感情的付出是多么不平衡和不值得。

金钱能买到爱吗？当然不能。

有时我们终其一生都在寻找刻骨铭心的爱情，有些人永远也找不到，有些人找到了却不懂珍惜。

76．逝者如斯夫

第二天，我母亲出现在病房门前，她一身黑衣，精致的淡妆却无比的冷艳。

我颇感惊讶，我从来没见过母亲如此精心打扮过，自从父亲走后她便放弃了梳妆打扮，就像一朵花儿在盛开时突然萎谢，她从此失去了女人的颜色。今天当我第一眼见到她，虽然她身着黑衣，可她的艳丽却从骨子里绽放出来，她的脸经过精心的修饰，白如凝脂，眉梢如黛，星眸流转。她从门口走进来，每走一步都风姿绰约，我从来没有觉得她是如此美丽，而这种美丽让我忽然有些晕眩。女为悦己者荣，我甚至怀疑母亲还是爱着岳龙衣的，否则她何以要如此郑重其事？

岳龙衣的眼神从母亲进门时就一直没有离开过半步，她走到哪儿，他的眼神就跟到哪儿，我甚至怀疑他想把她的模样刻进脑海里，带到阴间去陪他。

母亲走过去对着他只是微笑，那笑容多少有些冷淡和疏离，但他却幸福得满脸皱纹挤到了一块儿。

白眉已退到了屋子的角落里，她的神情平静而欣慰，在这之前我对她并没有好印象。我对于中途改嫁的女人都没有好感，在我看来改嫁和妓女从良差不多，所谓"烈女不事二夫"这是千古遗训，我的脑袋的组织结构是现代和传统交织的丝网。

从母亲的事看来，白眉的确有着超人的肚量，能够在情敌面前泰然自若，对任何人都是一种考验。

他们俩相互注视着，足足有五分钟的沉默，眼神间相互纠缠，旁若无人。

直到岳龙衣轻声地问："阿萍，你还好吗？"

母亲摇了摇头，又点了点头，没有说话。

我知道没有谁能把自己的一生归结为好与不好，也不能完全归结为幸福与不幸福，所以我理解母亲的摇头，也明白她为什么会点头，对于一个行将辞世的人来说，心灵的安慰有时比事实更重要。

"我让你娘儿俩受苦了——"岳龙衣老泪纵横，他额角的皱纹像沟壑一样纵横交错，宛若生命里不知名的河流山川，看到他痛楚懊悔，我的心即使坚硬如铁，也在瞬间化成了水。

母亲伸出手，颤抖地握住他的手，泪眼相望，万千感慨却化作了一声叹息，造化弄人，为什么相爱的人要如此折磨才能相遇？我诅咒那些专管爱情的神，他们欺软怕硬，他们愚弄真诚。

岳龙衣去的时候面带微笑，这让我们不得不相信他走得非常幸福而满足，他显然得到了世上最珍贵的东西，所以对世间毫无眷恋，他走时母亲一直紧攥着他的手，泪眼婆娑。我从来没有见过生离死别的两个人，当执手相看泪眼时会是怎样一种情境，而今天我看到了，我看见母亲的手一直在抖，她紧紧地攥着父亲的手，希望能挽回他的生命，可是他已经油尽灯枯，回天无力。

白眉默默地呆在角落里，无法言喻的悲凄，她紧咬着嘴唇，直到渗出血来，她似乎在竭力控制自己不要哭出声来，可她的样子却显得更加悲凄。她看我母亲的眼神平静而安详，丝毫没有嫉妒甚至也没有羡慕，她只是沉醉地看着他们手拉手，直到他的头颅无力地滑落在枕沿上，他的灵魂似乎化作了一缕轻烟，而白眉的心似乎也跟着那缕轻烟飘走了。

我自始至终没叫他一声父亲，直到他离去，我只能在回忆里不断感受那生离死别的场面，暗自悲悯。

逝者如斯夫，当我们的爱也随之逝去时，过去的记忆同爱是否也会烟消云散？

"袭袭——如果爱可以重来，我真想给你一个幸福的家。"母亲苦笑着对我说。

可我知道没有什么爱可以重来，错过了就不能再回头，即使是重来的爱，已经和往日完全不同了。

幸福是什么？是和爱我的人相守一生，还是和我爱的人轰轰烈烈爱过再分手，在回忆里长久缅怀？

77. 破碎的容器

整个春天我都在为逝去的人而悲泣，以致春天突然变了颜色。

袁慕尼的电话打来时，我正在东圃逛花市，原本想出来散散心，想不到越看花越伤心。当晚就是除夕夜，花市已渐趋萧条，很多摊位只余下残破的花，不知作何处置，索性把它们砸得支离破碎。

那些破碎的花残落了一地，我不禁想起那些无缘的人和逝去的情感，再次愁肠百结。

手机响起来时，我怔了怔，我以为没有人再需要我，包括我母亲，她在父亲走后就匆匆离开了，她说她永远不会再踏足广州，直到她死。她理应憎恶广州的，因为这个城市抢走了她的爱人和女儿。

"喂？"我拿起电话，有些无精打采。

"丫头，你还好吧？祝你新年快乐。"袁慕尼的声音明显有些沮丧。

"你觉得我能好吗？"我态度冰冷。

"怎么了？"他追问。

"没怎么。"我无力地说。

"没怎么？你一定是不开心了，丫头，想我吗？"我们俩对话像在猜哑谜。

"我有资格想你吗？"我和自己赌气。

"又怎么了？丫头，口气挺冲的呀。"他有些担心了。

"我已经说了没怎么！"我有些恼火。

"你不想我？"他的声音很急切。

"我想了——我想吃你的喜糖。"我愤懑地说。

自从前几天在网友那里得知他的婚讯，我的心就一直没法平静。为什么总是要等到一切都破碎了，我们才会追悔莫及？等到爱的人都离去了，才能感到锥心的刺痛？我知道我没有资格去挽留宁海，我更没有资格去挽留袁慕尼，可我怎能眼看着幸福梦想的破碎而无动于衷？

"你知道了？"他一惊，声音里有无尽的伤感。

"知道了又能怎样？我宁愿不知道。"我赌气地说。

"别，丫头。你听我说，我和晓瞳迟早都要结婚，但我永远都是你的人，我心里只有你一个，你相信我，答应我，不要生气，好吗？"他柔声地劝慰，近乎哀求。

他如果不求我，我也许还会感激他，他的哀求让我感到沉重的压力，仿佛他的婚姻不只给他套上了枷锁，还给我套上了更沉重的桎梏。

在和他交往的近两年时间里，每当我犹豫不决是否要CALL他，把想念他的心情告知他时，我总不能如愿以偿地拨通他的电话，很多时候他不是关机，就是占线或不在服务区内。尝试过很多次失望后，我学得乖巧了许多，我知道他的世界里不可能只有我，我知道他会在适宜的时候让电话拨通。

当我的爱寻找不到适宜生长的土壤，它在这片土壤里就只能日渐萎谢。

想他时，我有时会翻看卡尔维诺的《树上的男爵》，我渴望自己也能像主人公一样在树上生活。

"可是……你看，我爱你，但我一直生活在树上，我要留在这上面……"

当我看到柯希莫为了信念与理想而抛弃爱情时，我又觉得悲哀，这就像袁慕尼为了父母之命而弃我于不顾一样，男人永远都是把信念放在第一，而爱情永远都是第二位，或第三位，或更低的位置。

袁慕尼不欠我，他不欠任何人，他唯一要做的是他的孝道和爱可以让家人满意，他也许还想在结婚后怎样和我保持这种不清不楚的情人关系，可我却已经开始厌倦了。

我再也不愿和任何女人分一杯残羹冷炙，这让我觉得自己很卑微，我的道德与尊严让我裹足不前。

78．香巴拉之魂

香巴拉，在藏族传说中是神仙居住的地方，翻译成汉语就是天堂。

一位摄影师曾说过：稻城有你能够想象的一切，有你想象之外的一切。

所以我一直渴望去稻城看看，在我的有生之年，带着青春和爱，让人生最后闪耀一次灵魂的光彩。

可这个愿望实现得这么快，让我始料不及。

那段时间我一直在为父亲的死懊悔，以致《烟火》的结尾我横竖都不满意，越看越觉得像人身后长了尾巴，有些怪异。

想不到袁慕尼竟然在此时给我电话，还是邀约我一起去稻城。

"丫头，你好吗？"他问。

"你想我不好，是吧？"我还在生闷气。

"怎么能这么说——我每天都在想你，如果我让你不快乐，我希望能够弥补。"他真诚地说。

"怎么弥补？给我找一个爱人？还是你不和林妹妹结婚了？"我挖苦他。

"我带你去一个地方。"他郑重地说。

"什么地方？"我急切地问。

"稻城。让你换换脑子，我也去轻松一下。"他说。

"你不是要结婚吗？现在又是冬天，你说过秋天的稻城才是最美的。"我有些惊讶。

"婚礼要三月才举行呢，其实冬天的稻城更美，丫头，你不是想去看雪吗？"他陶醉地说。

"想是想——但不会大雪封山吧？"我有些担心。

"运气好，应该不会。"他坚定地说。

"那我们去？"我有些兴奋了，把之前的心灵挣扎一下抛之脑后。

"好，去——说定了。"他再次坚定地说。

想不到第二天袁慕尼就从深圳开车来接我，车上准备了野外用的行囊，登山防寒用具一应俱全。他给了我两条路线选择，一条是取道成都经康定到稻城，一条是从云南昆明途经丽江、玉龙雪山、泸沽湖、稻城。我自然选择了后者，袁慕尼把它的福特翼虎寄存在广州机场，我们坐飞机直达昆明。

　　我后来曾问袁慕尼他为什么不驾车游稻城，他说冬天路滑，如遇下雪行车不便，要是把大量时间花在路途中，恐怕难以欣赏稻城的美。可后来我才知道并不是如他所说，他原来是有过隐居他乡的想法，只是当我后来再知晓此事时，一切都成了伤痛的记忆，他已不再属于我，我也不再属于他，永恒的都留在天国了。

　　无论是丽江还是泸沽湖，或是稻城，对我来说已不只是形式上的美，它还包含着通向幸福的希望。我没想到袁慕尼肯真的带我游山玩水，还是在他大婚之前，这多少证明他对我的重视，我颇为感动。

　　在沿途经过的景致中，我以为这么多年来外界争论不休的"谁是最后的香格里拉"，真是毫无意义，在我眼里谁是香格里拉都不重要，只要能给旅人带来快乐，它就是人间仙境。

　　而我在稻城所经历的一切，已不只是幸福或不幸所能涵盖了。

　　如果说稻城的秋天是最美的，那稻城的冬天则更适合情侣相携前来。它的白天阳光灿烂，没有恼人的雨；它的夜晚寒冷彻骨，恰适合情人依偎缱绻。玉龙雪山终年云雾笼罩，而仙乃日、央迈勇神山则是连绵不断的雪山，倒映在碧蓝幽深的一汪圣水中。

　　四天后，我们游览完云南的景致后，辗转四川，到达稻城时已经是中午时分。我们从稻城包车到日瓦乡，当晚在三圣如意食宿店住下。晚上碰到一个下山的摄影师，他很惊奇我们冬季还会来此旅游，大多数旅人都受不了冬季的恶劣天气。他惋惜地说："明天要降温，你们来得真不是时候。"

　　我当时并没在意他的话，在我眼里冬天嘛在哪儿不降温，难道还会升温？袁慕尼还不停地安慰我，他说我们是专程来看雪，不下雪就太煞风景了，这里的雪景是世上最美的。受摄影师的热情邀请，晚上我们和他特意请来的藏族姑娘跳起了锅庄舞，袁慕尼不怕献丑，我也半推半就跳得不亦乐乎。

我和袁慕尼以前从没跳过藏族舞，那天却跳得热情高涨，以至那晚我们睡得前所未有的安稳，并未受到寒流袭击的影响。

"丫头，觉得这样幸福吗？"那一晚他拥紧我，轻声地问。

"嗯，幸福。"我毫不犹豫地答。

"想和我在这里永远住下去吗？"他更紧地拥抱着我，喘息声吹进了我耳朵里，酥软潮湿。

"想。"我坚定地答，不再去想这是否只是一个虚妄的承诺，我不想惊扰那一刻他的真诚。

他为了我的坚定给了我一个长久而温暖的拥抱，那一晚我们紧紧地抱在一起，不断地深入彼此，好似火山爆发一样汹涌澎湃，激情融化了室内的寒冷，外面却是冰天雪地。

我怎么也不会想到这会是我们最后的激情。

想不到昨天还是艳阳高照，第二天却是大雪纷飞，气温骤降。昨天讲好价钱要进山的马帮现在说什么都不愿上山了，他们都推说上山危险，最好等雪停了再上去。

摄影师也一再劝我们别上山，他说这样的恶劣天气最多持续一个星期，等一个星期后上去，或许能看到别人无法看到的人间仙境。

我和袁慕尼一直在南方长大，长这么大也没见过几次像样的雪，看着外面纷纷扬扬的大雪我们都兴奋得手舞足蹈。他坚持想上山看看，他说有一年冬天他想和朋友登上峨眉山金顶看雪，却因为他们危言耸听而最终放弃，漫山的雪让他至今还无法忘怀，他说下雪时看雪最美，等融雪时上山就更危险了。

我们打定主意不要受别人的意志影响，既然来旅游就不能老猫在屋子里看雪，而我的内心则是更珍视和他在一起的每分每秒。我们穿上了厚厚的防寒服，带上摄影器材从三圣如意店里溜了出来，终于在高价诱惑下有人愿意租一匹马给我们上山。

我们沿着蜿蜒崎岖的山路向俄初山进发，一路上多是被雪掩盖的灌木丛，偶尔露出几丛金黄来，峡谷里雪白湍急的溪流瀑布，袁慕尼说到达亚丁村后就进入景区了。到那时三座雪峰呈品字形在我们面前一字摆开：北峰仙乃日（观音菩萨峰）、南峰央迈勇（文殊菩萨峰）、东峰夏诺多吉（金刚手菩萨峰），据说那里是藏族人心目中真正的净土。

可我们的马过了冲古寺就迷路了，因为雪气弥漫，再加上大风一刮根本望不见百米外的东西，袁慕尼拿着地图也找不到去牛场的路，他说那里可以看雪山，我们在草甸中树林里逡巡打转，希望能寻到一条出路却毫无头绪，心里不免有些慌乱了。

之后我们的马就冻得倒下了，筋疲力尽地躺着，可怜巴巴地望着我们喘粗气。袁慕尼直骂那个租马的人混蛋，居然以劣等马冒充良驹。这下可好，马倒下了，我们要在天黑前找到路已经够难了，想冲出重围可就更难了。我这才有些慌了，对此行的冒然之举突然有了不祥之感。

"宝贝儿，没有马我们怎么办？"我急得小脸煞白。

"先别急，我看看手机能不能打通，我早上要了店老板的电话。"他颤抖着找手机，可手机根本没信号，不看我都知道，他的脸一下绿了，冷汗涔涔。

我一边哈气取暖，一边呆望着他，我们的脸都冻成了茄紫色。我不断地站在原地跺步，看着已经奄奄一息的马，我心慌意乱，那畜生可怜巴巴地喘着粗气，眼里突然流出大颗大颗的泪，吓了我一跳。

"宝贝儿，你看，马哭了——马哭了，我们会不会冻死在这里呀？"我一急口不择言。

袁慕尼一把拉过我不停抖动的身子，紧紧地搂在怀里，似乎要用体温把我融化，他不断地安慰我："丫头，别怕，乖乖，我们不会冻死的，山下很快会有人来救我们——很快的。"

我竭力想振奋一些，可我的身子却感觉越来越冷，风雪像一只冰冻的铁桶把我们裹得越来越严实，他不停地搓揉着我的手，而我的手却像冰棍一样没了知觉。

他把我搂在怀里，紧紧地搂着，我却越来越困，意识渐渐模糊，我低低地说："宝贝儿，我好想睡，真的好想睡——"他不停地摇晃着我，一边大喊我的名字："丫头，你醒醒，你不能睡，你醒醒，袭袭——程袭，程袭——"他的喊声在林间回荡，雪纷纷扬扬震落一地。

我只记得最后我的身子突然轻了，好像我化成了鹅毛般的雪飞了起来，我的最后意识里听到了马的一声凄厉的惨叫，我很想睁开眼，很想问问袁慕尼我们的马是不是冻死了，可我却醒不来，好像有人把我重重叠叠地裹了起来，又好像有人把我抬了起来，我的身子不停地在摇晃，整个世界都在摇晃。

我真没想到，我差点用自己的生命给《烟火》结了尾。

不过袁慕尼终于给它结了尾，一个意想不到的悲壮结局。

79．死里逃生

所有人都说，我没死在雪山上是个奇迹。

所有人都说，袁慕尼死在雪山上真是个奇迹。

272

　　而我却相信他只是留在雪山了，他不愿意回家，他要在那里守护着我们的爱情。

　　我整整在三圣如意店里躺了半个月，四肢才有了力气，可是心如尘灰，魂已随着袁慕尼的魂魄去了。

　　好在雪停了，他们说冲古寺的杂巴出来担水时，才发现了躺在雪地上的袁慕尼，他满身的血已经凝固成冰。他们沿着一路的血迹往山上找便找到了我。我被他的防寒服紧紧地裹着，满嘴的血。

　　袁慕尼最后把马杀了，他用马血喂饱我之后，用身上的防寒服将我包裹成了一只人粽子，用最后的马血蘸在自己的衣服上，他是连滚带爬地找到冲古寺的，他用最后的力气写下了"上山救人"四个字。他一生写过很多诉状，而这四个字是他一生中写得最悲壮的四个字。

　　杂巴说幸亏天公庇佑，如果不是雪停了，袁慕尼的一番苦心也就白废了，雪没能掩盖血迹，我竟然奇迹般的得救了，这一定是有神灵垂怜。

　　我醒来时，已经是第三天中午，冲古寺的杂巴已和闻讯赶来的藏民把我抬回了三圣如意。只是去的时候是两人一马，回来时却只剩下我一人。后来我才知道，以袁慕尼的体力，他如果喝了马血绝不会支撑不到寺里，或者说他把蘸在衣服上的马血给自己多喝一点，他也不至于此，他真是傻得可以。

　　我终于知道是我害了他，是我让他永远回不去了，知道了这一点却已经无可挽回，悲剧已然酿成，我只余下刀绞似的心痛了。

　　我一直不能忘记，林晓瞳和袁慕尼的父母来带走他时，他们看我的那种仇恨眼神，看着他们的眼神我才知道我真的罪不可恕。那天林晓瞳前所未有地放下了她一贯的矜持，她哭喊着发疯似的冲上来，似乎想把我撕碎。如果不是三圣如意的店员拉着她，那一天我一定会伤痕累累。她那凄厉的哭声在我耳边震荡，我知道这辈子我都会背负着痛苦，背负着沉重的十字架生活下去，直到死去。

我的心伤痕累累，所有伤痛却已毫无知觉了。

我是最后才知道他为了隐瞒真相所受的煎熬。回到广州时，关河的电话向我道明了一切。

"你还好吧？程袅。"他显然知道了袁慕尼的事，声音有些喑哑。

"放心，我死不了——我要留下来赎我的罪孽。"我说。

"我真的很抱歉——"他欲言又止。

"你抱歉什么呢？害死他的是我——又不是你。"我冷冷地说。

"不，我不该让他带你出去散心，我早该知道冬天是不适宜去稻城的，我该死！"他泣不成声。

"你在说什么？他带我出去和你有什么关系？"我惊讶得声音也在颤抖。

"我不想让你为盗版的事心烦，我想你出去散散心，我们正好可以处理盗版的事，却想不到……"他吞吞吐吐，不知在说什么。

"就为这个你让他带我去稻城？"我不相信他的解释。

"对不起，对不起，是我害了他！"他的声音喑哑，震荡着电话线，让我不安和恐惧。

"不，是我害了他！"我的脆弱神经又被挑了起来。

"不是你——真的不是你，程袅，我对不起袁慕尼，我知道

274

是我们太自私，是我同意让出版社利用盗版来炒作你的小说，是我——是我想利用你们出去散心的机会想开一个记者招待会，我们想做《烟火》的前期宣传，把你的人气炒起来——"他的声音沙哑几乎变成了哭腔，似乎有沙吹进了他的喉咙。

"你说什么？你是说——盗版书也是你们一手炮制的？"我的心像被尖利的东西刺穿，钻心地疼。

"对不起，我知道这样做很卑鄙，我知道我说什么你也不能原谅——"他不停地道歉，我却把电话挂了，我看着那嗡嗡作响的电话机，我的心真的碎了，真相对我已经不重要了。

重要的是，一个自命清高的女人，一个想做纯粹作家的女人，一个想和托尔金比拼想象力的女人，一个自以为是、不知天高地厚的女人，她害死了自己的爱人。

她曾以为可以淡泊名利，她曾视金钱和名声如粪土，可她却为了这个最终害死了他。

关河的最后解释没有让我解脱，却加重了我的负罪感。后来我才知道，WS出版社是和LS出版社唱了一出双簧，后者提供了书号，WS出版社的控告之辞只是虚张声势，盗版不过是他们计划的一部分，一切都是为了炒作《原色》，为第二本《烟火》做铺垫，我又无意中充当了一回傻偏。

80．做一个盛放痛苦的湖泊

我穿着艳丽的服装在大街上走，这是在我《原色》服装系列发布会之后的事，我不知道我为什么会这样，我也不知道当我的回头率达到95%时，我是快乐还是悲哀，我忘记我曾经生长在这个城市，这个南方的城市，即使是在冬天都可以穿着裙子招摇过市。我不停地对着行人笑，我想那种笑类似某些疯子的笑，我的眼睛里没有任何人，我想我是对空气笑吧。

那一天的阳光真好，照在我艳丽的服装上，红黄蓝三原色幻化成彩虹般耀眼的色彩，我就像一只凤凰翩然欲飞，我曾真的以为自己就是凤凰，山鸡变成的凤凰，我对着蓝天傻笑，我幻想着我在天空翱翔的姿态，我想一定很美，很美。

《原色》服装系列真的不负重望，在服装公司开完发布会后，各地经销商的订单像雪片一样飞来，它成功的消息又一次在这个城市中掀起了一股风暴，而作为它的原创设计师，却没有人记得我的名字，它就像一只艳丽的蝴蝶飞走了，即使是穿着那些服装，我也感觉不到它们是属于我的，它们曾经是我笔下的魂灵，而今我已经毫无资格再拥有它们了。

二十万——二十万把这一切权利都带走了。

在这之前我常常想，像白荷那样的女子老天会给她怎样的幸福？可是天妒红颜，她身体康复出院后，就像一朵花儿一样萎谢了，看着她我就像看见了二十年前的母亲，她们都没了颜色。白荷的忧郁症让她完全变了一个人，任何人和她讲什么都提不起她的精神，我这才知道事情已经无可挽回，我不仅伤害了宁海，还同时伤害了白荷。

我以为解铃还须系铃人，可宁海也无法让她有丝毫进展，她从医院回来后似乎把他彻头彻尾地忘了，无论他对她做什么她都无动于衷，我想最大的伤害莫过于此，宁海仿佛一下被击倒了，他为了她的冷漠失魂落魄，每天他都会从东圃开车去天河看她，而看着她日渐消瘦，他自己也瘦了一圈。

我知道是时候抽身离去了，就像我曾经想的那样，应该离去的时候什么都不会留下，唯有记忆才是永恒。那些日子我老是做同一个梦，我梦见我的《原色》服装和《原色》小说一样火爆，它成了这一季流行的代名词，像Hip-hop一样，被无数的青年男女挂在嘴边，服装要穿三原色，连爱情也要三原色。

梦幻永远比现实美好。在梦里我看见袁慕尼向我走来，他的身后是万道霞光，他的眼睛在霞光后熠熠生辉，他说他要带我去一个地方，他说要和我永远隐居在黄龙溪，直到我们老得没了牙齿，他还会给我捕捉那种叫黄辣丁的小鱼儿，他说我们天上人间百年好合，像鱼儿一样自由自在，谁也管不着我们。

可惜这只是梦，梦醒后我还穿着艳丽的服装，穿行在广州的大街小巷，我不知去向哪里，也不知心往何处，这一个城市遗失了我的爱情。

这个春天风和日丽。白云却打给我一个惊人的电话，他说他要离婚了，宁海却要结婚了，他问我想不想去看看，我说不必了，不是自己的东西永远都不属于自己，我想我必须学会把痛苦融化掉。我突然想起十二岁时那个和尚说过的话，他说生命中的痛苦就像是盐，不多，也不少。我们在生活中遇到的痛苦就这么多。但是，我们体验到的痛苦却取决于我们将它盛放在多大的容器中，所以当我们处于痛苦时，你只要开阔你的胸怀……

那个和尚没有告诉我可以打碎一些容器，才能获得一个更大的湖泊。

我想我打碎了，是不是就可以不再感觉伤口上的疼痛？

不要做一只容器，而要做一个湖泊。我相信这话是真理。

我最终敲碎了三个爱的容器，我以为失去就是获得。

我以为我已经寻找到湖泊，来盛放我的爱与苦痛。

图书在版编目(CIP)数据

原色 / 李黛著.—合肥:安徽文艺出版社,2009.1

ISBN 978 - 7 - 5396 - 3162 - 2

Ⅰ.原… Ⅱ.你… Ⅲ.长篇小说 – 中国 – 当代 Ⅳ.I247.5

中国版本图书馆 CIP 数据核字(2008)第 191679 号

原 色 李 黛 著

责任编辑:岑 杰 姚爱云

出 版:安徽文艺出版社(合肥市圣泉路 1118 号)

邮政编码:230071

网 址:www.awpub.com

发 行:安徽文艺出版社发行科

印 刷:安徽新华印刷股份有限公司

开 本:880 × 1230 1/32

印 张:9

字 数:300,000

印 数:15,000

版 次:2009 年 1 月第 1 版 2009 年 1 月第 1 次印刷

标准书号:ISBN 978 - 7 - 5396 - 3162 - 2

定 价:22.80 元

(本版图书凡印刷、装订错误可及时向承印厂调换)